PHILIPPA L. ANDERSSON

ALL WE HAVE IS *today*

ROMAN

W0320449

Über das Buch

Vom Liebesleben hat Chloe Davis erst mal genug. Lieber erfüllt sie sich ihren Traum vom eigenen Yogastudio. Doch der Anfang verläuft schleppend, und nach nur sechs Monaten steckt sie in finanziellen Schwierigkeiten und Chloe droht, alles wieder zu verlieren. Es sei denn, sie findet einen Partner für das Studio …
Jason Crowley, den Star der Yogaszene, schickt vermutlich der Himmel. Oder ist es doch die Hölle? Denn Jason weckt in Chloe nicht nur tiefe Gefühle, sondern auch schmerzliche Erinnerungen an ausgerechnet den Mann, der für sie einst der Mittelpunkt der Welt war. Nie wieder will sie so verletzt werden. Daher setzt sie alles daran, ihrem sexy Studiopartner zu widerstehen …

Über Philippa L. Andersson

Philippa L. Andersson lebt und arbeitet in Berlin. 2012 erschien ihre erste Kurzgeschichte. 2013 folgte ihr erster Roman „In deinen Armen". 2017 war sie mit „You Can't Escape Love – Begehren . Vertrauen . Lieben" erstmals in der BILD-Bestsellerliste. Wenn sie nicht schreibt, joggt sie durch ihren Kiez, entdeckt neue Restaurants oder lässt sich vom Leben inspirieren.

www.philippalandersson.de
www.facebook.com/PhilippaLAndersson
philippa@philippalandersson.de

PHILIPPA L.
ANDERSSON

ALL WE HAVE IS
today

ROMAN

TIME FOR PASSION
BAND 1

Originalausgabe
Juli 2019

All We Have Is Today
Philippa L. Andersson
Copyright: © Philippa L. Andersson, 2019, Berlin, Deutschland

Umschlagfotos: © depositphotos.com/tankist276 und /rabbit75_dep
Umschlaggestaltung: Philippa L. Andersson
Illustration: © iStock.com/GelatoPlus
Lektorat: Mona Gabriel, Leipzig, Deutschland
Korrektorat: Laura Gosemann, Berlin, Deutschland

Bonus im Anhang:
Texte: © Nicole, Berlin; © Manuela, Berlin; © Romy, Setzingen; © Bea, Neubrandenburg; © Sandra, Ottensoos; © Julia, Lünen *Die vollständigen Namen & Nutzungsrechte liegen Philippa L. Andersson vor.*
Motive: © depositphotos.com/monkeybusiness, /Goir, /tonyoquias, /nikolasvn, /a_taiga und /evgenyataman

Philippa L. Andersson vertreten durch:
Sowade, Plantagenstraße 13, 13347 Berlin, Deutschland
philippa@philippalandersson.de
www.facebook.com/PhilippaLAndersson
www.philippalandersson.de

ISBN: 978-3-96443-400-5

Bestellung und Vertrieb: Nova MD GmbH, Vachendorf, Deutschland
Druck: Custom Printing,
PL-04 874 Warszawa, Polen

Alle Rechte vorbehalten. Ein Nachdruck oder eine andere Verwertung ist nachdrücklich nur mit schriftlicher Genehmigung der Autorin gestattet. Sämtliche Personen in diesem Text sind frei erfunden. Ähnlichkeiten mit lebenden oder verstorbenen Personen sind zufällig.

Über *San Francisco* geht die *Sonne* langsam auf und taucht alles in ein verheißungsvolles Licht. Ein *neuer Tag*, ein *neuer Anfang*, so sagt man, und nie habe ich das mehr gespürt als in diesem *Augenblick*.

PROLOG

Chloe

Die Wellen rauschen, und der Wind fährt mir durch die Haare. Die aufgehende Sonne berührt mein Gesicht. Und ich spüre den besten Mann der Welt an meiner Seite.

Wärme durchdringt mich. Ich fühle mich geliebt, öffne die Augen, begegne seinem Blick und versinke in diesem stürmischen Blau, das mich an das Meer erinnert.

Er drückt mich zurück in den Sand, stützt sich über mir auf und küsst mich. Und in dem Moment wird mir klar, dass ich träume und das hier nicht real ist. Doch statt traurig zu sein, fordere ich hungrig mehr Küsse ein, um die Augenblicke auszukosten, die mir bleiben, bis ich aufwache.

Ich tauche ein in Jeremys Lachen, in das Gefühl von seiner Haut auf meiner, in seinen Geruch, in alles. Seine Lippen fühlen sich warm und fest und fordernd an. Seine Hände fahren unter mein Yogatop, sind voller Sand, aber das stört mich nicht. Hauptsache, er hört nicht auf.

Und dann, gerade als er mich erneut küssen will, wache ich auf.

Mist!

Schwer atmend komme ich zu mir. Mein Körper und das dünne Laken haben sich verheddert. Ich taste blind nach rechts, zur anderen Seite des Bettes, nur um festzustellen, dass ich allein bin. *Dumme Angewohnheit.*

Obwohl ich weiß, dass Jeremy weg ist, trifft mich die Enttäuschung selbst nach drei Jahren wie ein Eimer kaltes Wasser. Ich bin genau dort, wo wir immer sein wollten. Nur ohne ihn.

Aber das Leben geht weiter, ermahne ich mich, fahre mir über das Gesicht, gebe mir einen Ruck und stehe auf. *Es bringt nichts, der Vergangenheit nachzutrauern oder von der Zukunft zu träumen. Der Moment zählt*, halte ich mir vor Augen. *Nur der Moment.*

Statt wie üblich den Tag mit einer Meditation und einem sanften Yoga-Flow zu beginnen, stelle ich mich direkt unter die Dusche und rufe mir ins Gedächtnis, wofür ich dankbar bin.

Da sind Lauren und Ava, meine besten Freundinnen, die ich seit der Highschool kenne. Lauren ist kurz davor, in die Nationalmannschaft der Schwimmer aufgenommen zu werden. Wenn alles gut geht, kann sie nächstes Jahr bei den Olympischen Spielen antreten. *Das wäre der Wahnsinn!* Ava ist Leichtathletin. Bei den US-Meisterschaften hat sie schon unglaublich oft Silber oder Bronze geholt, und es ist nur eine Frage der Zeit, bis sie Gold gewinnt.

Dann ist da mein wunderschönes Yogastudio in der Lower Haight, das ich seit sechs Monaten zur Miete führe, mit der Option, es später mal kaufen zu können. Von außen sieht es traditionell aus, im für San Francisco typischen viktorianischen Stil. Innen ist dagegen alles topmodern ausgestattet mit einem hellen Empfangsbereich, geräumigen Umkleiden, Duschen und einem großen Yogaraum. Neben Einzelstunden biete ich Kurse an für Einsteiger, die mit Yoga eine bessere Verbindung zu ihrem Körper suchen, und für Profis, die ihre Fitness, Ausdauer und Kraft stärken wollen.

Und als Drittes bin ich dankbar dafür, dass – ich muss kurz überlegen, aber lächele dann – dass ich noch Wasser habe. Das ist nicht so selbstverständlich. Denn das Studio wird viel langsamer bekannt, als ich es mir vorgestellt habe. Ich bin mit allen Rechnungen im Rückstand, mein Kreditlimit ist ausgeschöpft, mein Konto überzogen, und alles, was ich zu Geld machen konnte, habe ich bereits zu Geld gemacht.

In dem Augenblick gibt es ein gurgelndes Geräusch in der Leitung, und das Wasser versiegt.

Verdammt!

Ich trockne mich ab, ziehe mich an, mache mir wie jeden Morgen meine Bowl mit Haferflocken, Nüssen, Joghurt und Obst, bin jedoch angespannter als sonst. Auch ohne eine Koryphäe in Mathematik zu sein, weiß ich, dass ich dringend mehr Geld mit dem Studio verdienen muss. Oder einen Lottogewinn brauche!

Mein Frühstück kauend gehe ich zur Kiste des Grauens, in der ich all meine offenen Rechnungen aufbewahre, und durchforste sie nach der letzten Mahnung vom Wasserversorger. Dabei gleiten mir Anschreiben von PG & E, dem Gas- und Stromversorger von San Francisco, von meiner Telefongesellschaft, dem Besitzer des Studios und meinem Vermieter durch die Finger. Alles Anzeichen meines Lebens auf Pump.

Mir wird flau. *Das sind mehrere tausend Dollar an Schulden!* Dann beruhige ich mich, fische die Mahnung des Wasserversorgers heraus und hefte sie als Ansporn, besser zu werden, an den Kühlschrank. *Es ist normal, am Anfang Verluste zu machen. Außerdem läuft jede Menge Werbung für das Yogastudio. Bald werde ich Licht am Ende des Tunnels sehen. Ganz bestimmt!*

Ich habe einen Instagram-Account, auf dem ich täglich einen Flow für meine Follower vorführe. Auf meinem YouTube-Kanal gibt es ein Mal pro Woche zwei neue Videos, jeweils für Einsteiger und Profis, wobei ich an den Werbeeinnahmen verdiene. Und ich verteile natürlich überall Flyer für mein Studio, bin auf Conventions und Fitnessmessen unterwegs und reiße mir ein Bein aus, um bekannter zu werden. Ich muss nicht mehr lange durchhalten, bis sich all die Arbeit auszahlt.

Für einen kurzen Moment kommt mir der Gedanke, das Studio aufzugeben. Aber ich verdränge ihn schnell wieder. Yoga ist mein Leben. Ich war jahrelang Trainerin in anderen Studios, bis ich diesen Schritt gewagt habe. Es war *unser* Traum. Meiner und Jeremys. Und solange ich nicht alle meine Möglichkeiten ausgeschöpft habe, kann ich nicht aufgeben. Es geht einfach nicht.

Ich checke meinen YouTube-Kanal und freue mich über zehn neue Abonnenten. Und ich jubele noch mal, als ich drei Anmeldungen für ein Probetraining in meinem Mail-Postfach vorfinde. Ich habe mittlerweile sechzehn feste Kundinnen. Nicht genug, um davon zu leben, aber es ist ein Anfang. Und vielleicht werden es bald neunzehn.

Mit neuem Optimismus mache ich mich für den Tag fertig. Die Post kommt. Ich sichte die Briefe und finde darunter ein Schreiben vom Vermieter des Studios.

Sehr geehrte Ms Davis,

dies ist unsere letzte Mahnung. Bitte begleichen Sie bis zum Monatsende die ausstehende Miete, andernfalls lassen wir das Studio räumen.

Mit freundlichem Gruß

Thunder & Storm Real Estates

Mir wird schlecht. Ich wusste, dass dieser Tag kommen könnte. Dennoch trifft es mich wie ein Schlag in die Magengrube. *Verdammt, ich darf das Studio nicht verlieren. Bitte, bitte nicht. Es ist alles, was ich habe.*

Ich drücke mir die Fingernägel in die Handballen, um die Panik niederzukämpfen. Dann nehme ich mein Handy und tippe in meiner Kontaktliste auf das Bild einer Frau mit Badekappe, Schwimmbrille und dem breitesten Lächeln von San Francisco. So viel Zeit habe ich noch, bevor ich ins Studio muss.

»Chloe, alles in Ordnung?«, meldet sich Lauren, während ich im Hintergrund einen Anpfiff höre.

Wie man es nimmt … »Störe ich?«, frage ich und sehe auf die Uhr. Es ist kurz nach sechs. Sie müsste eigentlich ein paar Minuten haben, ehe ihr Frühtraining beginnt und sie im Becken ihre Bahnen zieht.

»Du störst nie. Wie oft soll ich es dir noch sagen?«

»Na ja, ich wette, wenn ich anrufe, kurz bevor du ins Wasser springst, dann schon.«

»Okay, du störst *fast* nie. Zufrieden? Also, worum geht es, Süße?«

Ich atme tief durch und starre auf meine Kiste voller Rechnungen. »Ich stecke in Schwierigkeiten«, sage ich. *Untertreibung des Jahrhunderts!*

»Was brauchst du? Einen Bodyguard, einen Auftragsmörder, Sex?«

Eigentlich müsste ich über ihren Witz lachen, aber die Sache ist zu ernst. »Ich brauche Geld, sonst verliere ich mein Studio.«

»Von wie viel reden wir?«

Ich zögere und fühle mich wie die größte Versagerin des Planeten. »Etwa zwanzigtausend Dollar. Vielleicht auch einundzwanzig.« Weil die Mieten in der Stadt die Hölle sind, ein Studio außerhalb sich jedoch nur lohnt, wenn man als Yogalehrerin schon berühmt ist und die Leute den weiten Weg in Kauf nehmen.

»Verdammt, Chloe, das ist ein Haufen Geld!«

»Ich weiß«, sage ich bedrückt.

»Aber du meintest doch immer, dass alles läuft …«

»Das tut es ja auch. Ich brauche nur noch etwas mehr Zeit. Also …« Ich kann nicht glauben, dass ich das tue. »Kannst du mir das Geld leihen?« Das ist ziemlich viel verlangt. Laurens Gehalt reicht gerade für sie selbst. Der Schwimmsport wird nicht so stark gesponsert wie Football oder Basketball. Als Frau verdient man im Sport obendrein weniger als ein Mann. Einzig durch die Unterstützung ihrer Familie kann Lauren relativ unbekümmert leben. Die besitzen nämlich eine ganz gut laufende Firma. »Oder nur zehntausend?«, sage ich, als sie schweigt. »Ich frag Ava für den Rest.« Was mir noch schwerer fällt, denn sie ist diejenige, die mir von Anfang an gesagt hat, dass es Schwachsinn ist, alleine ein Yogastudio zu eröffnen.

»Sorry, Chloe, selbst wenn ich wollte, ich hab nicht so viel Geld.« Sie seufzt. »Und Ava hat es zwar, aber sie wird es dir nicht geben. Du weißt, wie sie zu all dem steht. Kann dir denn keine Bank aushelfen?«

Ein hysterisches Lachen entschlüpft mir. *Die Idee hatte ich natürlich längst. Vor Monaten. Wie sonst hätte ich mir die Studioausstattung leisten können?!*

»Chloe, hast du etwa dein Kreditlimit ausgereizt?«, forscht Lauren nach.

Ich nicke, was sie nicht sehen kann. Weshalb ich peinlich berührt ein »Ja« ins Telefon krächze. Gefühle steigen in mir auf, die ich schon sehr lange nicht mehr hatte. Wut, Hass,

Verzweiflung. Alle ganz anders als die übliche Trauer. *Wenn Jeremy hier wäre, wäre das alles nie passiert!*

»Wie schlimm ist es?«, fragt Lauren nach, und ich bin dankbar, dass sie mir keine Vorhaltungen macht.

»Schlimm«, gebe ich zu.

»Dann weißt du, was zu tun ist«, sagt sie.

Sofort ist meine Energie zurück. »Nein, ich werde nicht aufgeben!« Das Studio ist alles, was ich habe. Fällt das weg, dann wäre das eine Bankrotterklärung an mein Leben.

»Hab ich etwas von Aufgeben gesagt?!«, tut Lauren empört.

»N-n-nein …«, stammele ich mit den Nerven am Ende. »Nur, was meinst du dann?«

»Hol dir einen zweiten Trainer ins Studio.«

»Aber –« Ich will protestieren. Das Studio trägt meine Handschrift. Ich brauche den Platz. Außerdem will ich mich nicht mit anderen Trainern um die besten Zeiten streiten.

Lauren kennt die Einwände, doch sie denkt in dem Fall rationaler als ich. »Du hast kein Geld, Chloe, und du bist kurz davor, alles zu verlieren. Ein zweiter Trainer, der bereits ein paar Kunden hat und die Miete zahlt, ist das Einzige, was dir jetzt noch helfen kann.«

Ich schweige und versuche, mich mit dem Gedanken anzufreunden.

»Es ist die beste Lösung«, sagt Lauren. »Finde jemanden für einen Monat, zwei oder drei. Was sind schon ein paar kleine Kompromisse, wenn der große Traum dafür erreichbar bleibt?«

Ich denke an meine Kiste voller Rechnungen, daran, dass ich kein Wasser mehr habe, und daran, dass die zehn neuen Fans meines YouTube-Kanals mir innerhalb der nächsten Wochen keine Tausende von Dollars einspielen werden.

Und ich versuche, mir vorzustellen, wie es wäre, wenn das alles vorbei wäre. Aber es geht nicht. Es tut zu sehr weh.

»Okay, du hast recht«, sage ich. »Ich such jemanden. Danke dir.«

»Gerne, Chloe.«

Wieder höre ich ihren Trainer. »Und jetzt arbeite weiter daran, die beste Schwimmerin der Welt zu werden, du Killerhai!«

»Rawrrr!«, knurrt sie, als würden Fische Geräusche machen. »Bin dabei, Süße.«

Ich lege auf, atme tief durch und setze mich an meinen Laptop, um den freien Platz in meinem Studio auf Immobilienseiten auszuschreiben und Flugblätter zu entwerfen, die ich später in der Nachbarschaft verteilen werde. Dann hetze ich, weil ich spät dran bin, für meinen Frühkurs ins Studio. Und sobald ich ankomme, bin ich erleichtert, denn auf dem Handy sehe ich bereits die ersten Antworten auf mein Angebot.

Das hättest du echt eher machen sollen, Chloe.

Jason

Nach einem kurzen Morgen-Work-out fahre ich zum Studio, um aufzuschließen und alles für den ersten Kurs um sieben vorzubereiten.

Wade, ein Freund von mir, der als Personal Trainer nur auf Anfrage arbeitet, hält mich für verrückt, dass ich immer noch die frühen Kurse gebe. Ich bin einer der bekanntesten Yogalehrer in der Bay Area, laut der Presse der *McYoga-Dream*, und ich kann sowohl für Kurse als auch für Einzelstunden überdurchschnittlich hohe Honorare nehmen. So frühe Termine habe ich seit Jahren nicht mehr nötig. Aber mir macht das nichts aus. Yoga ist mein Leben.

Kurz denke ich darüber nach, wie sich die letzten Jahre alles entwickelt hat. Erst das Studio, dann die Fernsehreportage über Yoga in der Bay Area, schließlich die App und die Fotoanfragen für Sportmagazine. Mein Business ist durch die Decke gegangen. Und ich kann nicht anders, als dankbar dafür zu sein. Für den Erfolg und dafür, Freunde zu haben, die mich davor bewahrt haben, dass mir der Ruhm zu Kopf steigt. Das Einzige, was mir jetzt noch fehlt, ist eine Familie.

In letzter Zeit erwische ich mich immer öfter dabei, wie ich die Insta-Profile von befreundeten Yogalehrern verfolge und neidisch werde, weil nach und nach Kinder auftauchen. Ihr Leben verändert sich. Sie haben den nächsten Schritt gewagt. Und was ist mit mir? Ich bin definitiv auch bereit dazu. Aber bisher konnte mich keine Frau begeistern.

Eine Zeit lang habe ich neben meinen üblichen Privatstunden noch besondere ›Nachhilfestunden‹ gegeben, was zu sehr schönen, sehr intensiven Affären geführt hat. Doch guter Sex allein macht noch keine Beziehung. Als Teenager habe ich das vielleicht mal geglaubt, als Mann sehe ich das anders. Es reicht nicht, jemanden zu begehren. Man muss auch tiefe Gefühle füreinander hegen, Pläne schmieden, gemeinsam lachen. Das volle Programm eben.

Aber gut, sei dankbar, dass alles läuft, Crowley.

Ich parke meinen schwarzen SUV vor dem Studio in Pacific Heights, steige aus und stutze. Die Eingangsstufen sind nass. Ich bin kurz davor, durch das Rinnsal zu waten und die Tür wie üblich aufzuschließen, als ich im Wasser eine tote Katze liegen sehe.

Steht all das etwa unter Strom? Ich weiche zurück, greife nach meinem Handy und rufe die Polizei. *Sicher ist sicher.*

Ich warte an meinen Wagen gelehnt, und keine fünf Minuten später rückt ein Einsatzwagen der Feuerwehr an. Und einer von PG & E.

»Sir, wissen Sie, was passiert ist?«, fragt mich einer der Feuerwehrleute.

Ich schüttele den Kopf.

»Und Sie vermuten, dass alles unter Strom steht?«

»Tue ich, aber ich war klug genug, das nicht zu testen.« Ich stehe nicht auf Stromschläge.

Die Feuerwehr berät sich mit dem Mann vom Stromversorger. Ich erkläre, wo der Sicherungskasten hängt, und nach einigem Zögern beschließen sie, für das gesamte Viertel den Strom abzustellen. Dann erst betreten sie das Studio, zunächst vorsichtig, schließlich, als jemand Entwarnung gibt, schneller.

Ich folge ihnen und kann nicht glauben, was ich vorfinde. *Die verdammte Sprinkleranlage, die das historische Gebäude vor Feuerschäden bewahren soll, läuft und läuft und läuft – obwohl weit und breit kein Brandherd zu sehen ist. Es regnet quasi seit Stunden in meinem Studio. Klasse!*

»Wie stellt man den Scheiß ab?«, frage ich einen der Feuerwehrleute, die sich mit solchen Systemen auskennen.

»Am schnellsten über den Haupthahn«, sagt er. »Soll ich?«

Ich nicke, und der Mann setzt sich in Bewegung. Wenige Augenblicke später hört der Dauerregen auf. *Als würde das was retten!* Das Einsatzteam sichert das Gebäude. Der Stromversorger lässt die anderen Häuser wieder ans Netz. Und ich stehe vor einer Ruine.

Der Holzboden ist vom Wasser aufgedunsen. Die Wände sind klatschnass. Die Baumfototapete, die für eine beruhigende Stimmung am Empfang sorgen soll, löst sich an mehreren Stellen ab. Ein paar Deckenverkleidungen sind herausgefallen. In den gefliesten Duschkabinen haben sich Pfützen gebildet. Es gibt nicht einen Raum, der unversehrt ist.

Fuck! Mein gesamtes Studio ist soeben abgesoffen, mitten in San Francisco! Wo man mit Erdbeben rechnet, nicht mit Überschwemmungen.

»Sie sind versichert?«, fragt mich einer der Kerle mitfühlend.

»Ja, bin ich.« Und das nicht zu knapp. Was eine Erleichterung ist, allerdings nur eine kleine. Denn für die nächsten Wochen muss ich das Studio schließen.

»Oh mein Gott, Jason, was ist passiert?«, reißt mich die Stimme von Jill aus meinen Gedanken. Ich drehe mich um und sehe eine meiner Kundinnen mit ihren Yogasachen hinter mir am überschwemmten Tresen stehen, während sich vor dem Gebäude weitere Frauen meines Sieben-Uhr-Kurses versammelt haben – und Fotos und Selfies machen. *Sehr respektvoll, Ladys! Sieht man schließlich nicht jeden Tag, wie ein Yogastudio den Bach runtergeht!*

»Komm mit!«, sage ich und führe sie wieder nach draußen. Ich will nicht, dass einer von ihnen sich hier drinnen aufhält und sich womöglich verletzt.

Vor dem Studio blicke ich in die fragenden Gesichter der Gruppe. »Die Stunde heute muss leider ausfallen«, verkünde ich, was eigentlich offensichtlich ist.

»Können wir nicht hier draußen vor dem Eingang unsere Übungen machen?«, meldet sich Claire. »Das Wetter ist herrlich.« *Und die sexy, gut gebauten Feuerwehrmänner sind eine Augenweide*, scheint ihr Blick zu ergänzen.

»Nein, sorry«, sage ich, entgegen meiner sonst ruhigen Art leicht gereizt. *Jeder normale Mensch kann sich doch wohl denken, dass ich jetzt Besseres zu tun habe, als einen Yogakurs zu leiten. Noch dazu in der Einfahrt meines abgesoffenen Studios!*

»Wir könnten auch an den Strand gehen«, meint Sam.

Ihr könntet die Übungen auch ohne mich machen, denke ich finster, aber verkneife mir den Kommentar. Es ist unfair, meine schlechte Laune an ihnen auszulassen. Umgekehrt wäre ich auch enttäuscht.

»Es tut mir wirklich leid, doch unter den Umständen muss ich absagen«, wiederhole ich. »Die Stunde wird euch natürlich nicht berechnet, und ihr erhaltet eine Gratiseinheit on top.« Das ist eine Spontanidee von mir, und ein paar Augen leuchten. *Perfekt! Jeder bekommt gerne was geschenkt.* »Ich melde mich heute Abend und sage euch, wie es weitergeht. Bis dahin: Kommt alle gut durch den Tag.«

»Danke, Jason, du auch!«, murmeln sie als Einheit.

Einige steigen wieder in ihre Autos und fahren weg, andere scheinen sich tatsächlich zum Strandyoga zu verabreden, was ich gut finde. Ich an ihrer Stelle würde meine tägliche Routine von so etwas auch nicht unterbrechen lassen.

Ich mache mich daran, die weiteren Kurse für heute abzusagen, bevor die nächste Gruppe enttäuscht vor dem Studio auftaucht.

Dann setze ich mich mit der Versicherung in Verbindung und empfange den gesamten Tag Sachverständige und Handwerker.

Und am Abend ist das Fazit ernüchternd. Das gesamte Areal muss zunächst trockengelegt werden – was laut Experten bei der Größe des Gebäudes zwei volle Monate dauern wird. Für die Renovierung benötigen sie einen weiteren Monat, weil es ein historisches Gebäude ist und bestimmte Auflagen erfüllt werden müssen.

Irgendwie hatte ich gehofft, dass sich das schneller erledigen lässt. *Wenn Gebiete überflutet sind, sind sie doch auch nicht für Monate unbewohnbar!* Aber gut, die Alternative wäre, das Gebäude schrittweise trockenzulegen und zu sanieren. Doch ich kann mir nicht vorstellen, Kurse zu geben, während im Nebenraum Bauarbeiten laufen. Kein Rabatt der Welt kann jemanden für diesen Lärm entschädigen.

»Was hast du jetzt vor?«, fragt mich Tyler, neben Wade einer meiner besten Freunde, abends, als ich mich nach einem Tag auf den Beinen und Kopfschmerzen vom vielen Telefonieren spontan mit ihm für eine Runde Squash treffe, um ein bisschen von meiner aufgestauten Wut loszuwerden. Normalerweise gehen wir surfen, doch heute ist mir mehr danach, auf einen Ball einzudreschen.

»Wenn es bloß drei Wochen wären, hätte ich einfach Urlaub gemacht«, sage ich. *Der ist eh überfällig.*

»Aber es sind drei Monate«, sagt Tyler, als wüsste ich das nicht selbst.

Keuchend halte ich inne, gebe den Satz auf und lasse ihm den Sieg.

»Ich muss ein oder zwei Studios finden, die freie Zeitslots haben, um die Kurse dorthin zu verlagern«, sage ich. So habe ich mal angefangen, als ich noch nicht so bekannt war – als Untermieter in anderen Studios. Es gefällt mir nicht, aber es ist die beste Lösung. Auch wenn es unglaublich frustrierend ist, San Francisco nach freien Plätzen abzutelefonieren. Für viele bin ich als McYogaDream Konkurrenz, und die will sich niemand ins Haus holen aus Sorge, dass ich Kunden abwerbe. Und die Studios, die mich nehmen würden, weil sie auf meinem Niveau arbeiten, werden nur Scheißzeiten für mich übrig haben. Und mit Scheißzeiten meine ich Termine wie fünf Uhr früh, zu denen kaum jemand will. Oder fünfzehn Uhr, die Zeit, in der weder Leute in der Mittagspause noch nach Feierabend kommen können.

»Und bis dahin?«, fragt Tyler.

»Bis dahin werde ich mir Kongressräume buchen, um die Kurse abzuhalten.« Auch wenn das bedeutet, dass ich Umkleiden und Waschmöglichkeiten improvisieren muss und eine Heidenarbeit habe, um jedes Mal Matten und Zusatzequipment hinzukarren.

Wieder verliere ich, aber es geht mir besser.

Wir beenden unser Spiel, gehen duschen, und da ich früher fertig bin, treibe ich mich am Empfang herum.

Beiläufig lasse ich meinen Blick über die Prospekte am Tresen gleiten. Bis mir drei Worte ins Auge fallen.

YOGASTUDIO. PARTNER GESUCHT.

»Wer hat die hiergelassen?«, wende ich mich an die Frau am Empfang.

»Was?«, fragt sie.

Ich nehme einen der Flyer, auf denen eine Chloe Davis einen Partner für ihr Studio in Lower Haight per sofort sucht.

Sie zuckt mit den Achseln. »Die waren schon da, als ich meine Schicht angefangen habe.«

»Sind sie neu?«, frage ich weiter.

»Erst seit heute da«, meint sie.

»Ich nehme mal einen mit«, sage ich eher zu mir als zu ihr und überfliege den einfachen A6-Zettel, der in einem Copyshop bedruckt worden sein muss. Nicht besonders hochwertig, nicht so, wie ich jemanden suchen würde. Aber da mein Studio unter Wasser steht, bin ich der Letzte, der jetzt wählerisch ist.

»Hey, du hast ja gute Laune«, ruft Tyler, als er mich sieht.

Ich schwenke das Papier. »Ich hab die Lösung.«

Wer auch immer Chloe Davis ist – der Name sagt mir tatsächlich gar nichts –, sie hat ein zentral gelegenes Studio, und ich will es.

1. KAPITEL

Chloe

»Ichhh brrrauchhhe alle Zwanzichhh-Uhr-Klasse«, sagt Ron, ein Puerto Ricaner, der sich das Studio ansieht und begeistert ist. Bis eben war ich umgekehrt auch ein Fan von ihm, denn er kann meine Miete zahlen und könnte sofort beginnen. *Jackpot!* Nur die nun von ihm geforderten Zeiten dämpfen meine Euphorie.

»Sämtliche Zwanzig-Uhr-Klassen?«, wiederhole ich überrascht. »Das geht nicht.« Ich selbst habe an drei Tagen in der Woche genau dann Kurse.

»Dafürrr ichhh lasse dirrr Sechhhzehn-Uhr-Zeit.«

»Wie großzügig«, knurre ich. Weil am Nachmittag bloß sehr wenige Leute können. Wenn überhaupt. Das ist, als würde dir jemand die Vorspeise anbieten, während er sich den Hauptgang krallt. »Danke, Ron, ich melde mich bei dir«, sage ich falsch lächelnd und komplimentiere ihn nach draußen. *Der kommt mir nicht ins Studio!*

Ich nehme mir ein Wasser und checke meine Mails nach neuen Interessenten. Langsam bin ich verzweifelt, weil Ron schon der zwanzigste oder dreißigste Typ war, der nicht geeignet ist. Ich hatte Leute hier, die um Zeiten schachern. Leute, die erst mal alles umbauen wollen. Leute, die das gesamte Studio wollten und dachten, ich sei lediglich die Vermieterin, und ich hatte Leute, die – und das ist mir recht schnell klar geworden – so wie ich am Anfang stehen und null Geld haben, mir also nicht helfen können.

Was würde Ava wohl dazu sagen?, denke ich bissig. Jetzt suche ich schon einen Partner, wie sie das immer wollte, komme aber trotzdem nicht weiter.

Mir wird ganz flau im Magen – was zugegebenermaßen auch daran liegt, dass ich heute kaum was gegessen habe. Wenn ich niemanden finde, sitze ich auf einem Berg Schulden, muss mir wirklich was Neues suchen und habe *ihn* verraten. *Uns* verraten.

Für ein paar Sekunden schließe ich die Augen und schwelge in meinem Traum von letzter Nacht. Jeremy, wie er an meiner Seite ist, mich anlächelt, mir das Gefühl gibt, dass alles gut werden wird. *Gott, wie sehr ich ihn vermisse!*

Mein Herz zieht sich eng zusammen, und tief durchatmend öffne ich wieder die Augen. *Jetzt ist der falsche Moment, um sich in Tagträume zu flüchten!*

Entschlossen straffe ich die Schultern und setze meine freundlichste Miene auf, als sich Brenda, eine weitere Interessentin, per Skype meldet. Wir reden über Kurszeiten, Yogatechniken, und ich atme mehr und mehr auf. *Sie könnte die perfekte Partnerin sein.*

Es fällt mir jedoch schwer, mein Lächeln beizubehalten, als sie plötzlich nur bereit ist, 1.500 Dollar zu zahlen.

»3.000 ist der Preis«, beharre ich. Das ist die Hälfte der Kosten für die Raummiete, den Strom, das Wasser und die Versicherung.

»Können wir nicht verhandeln? 2.000?«, fragt sie.

»Nein, 3.000.«

»Komm mir doch ein bisschen entgegen!«, bettelt Brenda, mit der ich mir die Zusammenarbeit grundsätzlich wirklich gut vorstellen könnte.

»3.000 ist schon mein bester Preis«, sage ich. Was stimmt. Die Mieten in San Francisco sind die Hölle, und die Nebenkosten sind ebenfalls nicht zu verachten. Vermutlich muss ich sogar etwas draufzahlen, denn schließlich beruht der Preis auf meinen aktuellen Verbrauchswerten. Mehr Kunden bedeuten jedoch auch steigende Strom- und Wasserkosten.

»Sorry, dann bin ich raus«, sagt sie schließlich.

Mir wird übel. *Was, wenn ich niemanden finde?* »Warte!«, rufe ich.

»Ja?«, gibt sie lauernd zurück.

»Vielleicht finden wir ja eine Lösung. Du zahlst die 3.000 Dollar, aber dafür kriegst du …« Ich überlege, was sie locken könnte. *Werbung auf meinem YouTube-Kanal? Tägliche Empfehlungen auf Instagram?*

»Nein, das klappt so nicht, Chloe. Viel Glück bei der Suche.«

»Verdammt, verdammt, verdammt«, motze ich meinen Laptop an. *Als würde das was ändern!* Brenda hat den Chat beendet, und ich stehe wieder ganz am Anfang. *Klasse!*

Ein raues Männerlachen sorgt dafür, dass mir ein irritierend wohliger Schauer über den Rücken läuft und ich mich augenblicklich zusammenreiße.

»Kein Verhandlungstalent?«, fragt der Mann, während ich mich umdrehe.

Ich hole schon Luft, um ihn zu belehren, dass ein Preis ein Preis ist. Wenn die Milch im Supermarkt einen Dollar kostet, bitte ich den Kassierer ja auch nicht um einen Rabatt. Doch als ich denjenigen, der das gerade gesagt hat, sehe, bleiben mir die Worte im Hals stecken. Denn im ersten Moment denke ich, der Mann, der einst meine Welt war, stünde vor mir.

»J-J-Jeremy?!«

Ich blinzele mehrmals, aber der Typ löst sich nicht in Luft auf. Dafür fallen mir Unterschiede zwischen ihm und Jeremy auf. Er hat zwar etwa die gleiche Größe und Statur, die gleichen wuscheligen Haare und fast die gleichen blauen Augen, bloß mit braunen Sprenkeln. Doch anders als Jeremy hat er mehr Lachfalten, vollere Lippen und eine schon mal gebrochene Nase.

»H-h-hi!«, presse ich heraus. *Nicht besonders souverän.*

»Wenn du 3.000 Dollar haben willst, hättest du allen sagen sollen, dass das Studio 4.000 kostet. Somit hättest du Spielraum für die Verhandlung gehabt«, redet er weiter, als würde er nicht merken, dass ich ihn wie eine Erscheinung anstarre. Was ich definitiv tue.

»H-h-hi!«, sage ich wieder. *Total peinlich!* Aber zu mehr bin ich nicht imstande.

»Ist es okay, wenn ich mich umschaue?«, fragt er, während seine Augen amüsiert funkeln.

Bevor ich zum dritten Mal ›Hi‹ krächzen kann, nicke ich stumm und verfolge, wie er sich in Bewegung setzt und die Ausstattung des Studios inspiziert. Den aus Baumstämmen gebauten Empfangstresen, die Acrylglasbilder mit Buchenwäldern, die Spots für dimmbares Licht und den Yogaraum, der an eine Tempelanlage erinnert.

Erst als er aus meinem Blickfeld verschwindet, beruhigt sich mein hektisch schlagendes Herz etwa von Sprint- auf Dauerlauf-Level. Bis ich seinen Geruch wahrnehme, der durch die Luft wirbelt, und sich erneut alles in mir zusammenzieht. Vor Schmerz. Vor Sehnsucht. Vor Verlangen. *Nicht gut.*

»Chloe? Fällt der Kurs aus?«, reißt mich die Stimme von Debbie aus meiner Trance.

»Du meinst die Zwanzig-Uhr-Klasse?«, frage ich zurück, dankbar, wieder normal zu sprechen. Sie nickt, und ich sehe, dass auch die anderen der Gruppe nach und nach eintreffen. »Nein, der findet statt.«

»Super, bis gleich!«, ruft sie begeistert und steuert die Umkleiden an. »Hey, bist du neu hier?«, höre ich sie da sprechen.

»Ja, bin ich«, entgegnet diese tiefe Männerstimme, die meinen Körper erneut in Aufruhr versetzt. *Obwohl er einen Raum entfernt ist!*

»Du wirst Chloe lieben«, sagt sie. »Ihre Kurse sind die besten!«

Wie bitte?! Ich nicke Nora und Francis zu, die ebenfalls zum Kurs kommen, und bin erleichtert, dass auch Cybill nach dem Probetraining letzte Woche wieder auftaucht. Nur eine Sache stört mich …

Bemüht gelassen durchquere ich das Studio, bis ich den Mann gefunden habe, der eben aufgetaucht ist. *Ich bin die Besitzerin und die Souveränität in Person. Zeit, mit dem Kerl zu reden!*

»Hi«, sage ich noch mal, als ich ihn entdecke, was ihn sofort wieder dieses teuflisch süße Lächeln auf mich abfeuern lässt.

»Hi«, gibt er mit tiefer, sinnlicher Stimme zurück. »Ich bin Jason.«

Alle guten Vorsätze sind dahin. »J-J-Jeremy?«, stammele ich erneut schockiert. *Das kann nicht sein!*

»Jason, nicht Jeremy«, wiederholt er ruhig. »Jason Crowley.«

Er reicht mir die Hand, und wie automatisch nehme ich sie zur Begrüßung, was ich sofort bereue. Denn sein Händedruck ist fest und warm und lässt mich unwillkürlich davon träumen, wie sich diese Hände auf anderen Stellen meines Körpers anfühlen würden. Himmlisch, dessen bin ich mir sicher.

»Chloe Davis«, bringe ich hervor.

»Ich weiß«, sagt er mit einem verschmitzten Lächeln.

Ich runzele die Stirn und sehe ihn abwartend an.

»Es stand auf dem Flugblatt, das du verteilt hast.«

»Das Flugblatt?«, echoe ich und benehme mich wie die letzte Vollidiotin. »Oh, ja, natürlich, das Flugblatt!« Wenigstens einen Teil der Verwirrung, die dieser Mann in mir auslöst, kann ich abschütteln. »Dann bist du also interessiert? Für 3.000 Dollar im Monat?«

»Bin ich.« Er nickt und sieht sich erneut um. »Das Studio gefällt mir.«

»E-e-ehrlich?« *Gott, wenn ich noch ein Mal stottere, muss ich einen Therapeuten aufsuchen!* Ich räuspere mich. »Ehrlich?«, wiederhole ich normaler.

»Auf jeden Fall«, sagt er und deutet zum Raum, wo sich meine Klasse bereits auf ihren Matten einrichtet. »Was dagegen, wenn ich mitmache?«

Eifersucht keimt in mir auf. Was total unangebracht ist, aber ich kann das Gefühl nicht niederkämpfen. »W-w-weil Debbie dich eingeladen hat?«

Wieder dieses Herzinfarkt verursachende Lächeln! »Du weißt, wer ich bin?«, fragt er, statt auf meine Frage zu antworten.

»Jason Crowley?«, wiederhole ich irritiert seinen Namen. Taub bin ich noch nicht. Immerhin etwas.

Er lächelt weiter amüsiert, nicht herablassend. »Und du weißt, wer Jason Crowley ist?«

Sollte ich? Ich folge vielen Instagram-Accounts. Doch sein Name ist nicht auf meinem Radar.

»Ich praktiziere Vinyasa und manchmal auch Hatha Yoga in Einzel- und Gruppenstunden«, sagt er. »Ich mag dein Studio und könnte mir gut vorstellen, hier zu arbeiten. Aber ich fände es seltsam, wenn ich auf einem höheren Niveau als du unterwegs bin. Denn vielleicht müsstest du mal eine Klasse von mir übernehmen. Oder ich eine von dir.« Er zwinkert mir zu. »Das ist doch der Sinn eines Partnerstudios, dass man mal für den anderen einspringen kann. Deshalb würde ich gerne den Kurs mitmachen. Um zu sehen, wo wir stehen.«

»O-o-okay«, stammele ich, leicht überfordert, dabei kreischt alles in mir: *Wer zum Henker ist Jason Crowley?! Und was bildet er sich eigentlich ein zu denken, ich sei eine Niete?!*

»Es ist schon fünf nach acht. Du solltest vielleicht anfangen?«, meint er.

Das gibt den Ausschlag. Ich bin sonst immer pünktlich. Außer wenn es um das Bezahlen von Rechnungen geht. »Schnapp dir eine Matte!«, sage ich und lege los.

Jason

Als ich hergekommen bin, war ich lediglich an dem Studio interessiert. *Ist es gut erreichbar? Sind Parkplätze vorhanden? Ist die Ausstattung modern? Und sind die Räumlichkeiten für Kurse mit bis zu dreißig Leuten groß genug?*

Sobald ich jedoch Chloe Davis in knallengen, kunterbunten Yoga-Pants, einem schwarzen Tanktop und mit ihrem bei jedem Wort wippenden, blonden Pferdeschwanz am Tresen gesehen habe, hat sich das geändert. Innerhalb einer einzigen Sekunde.

Ich bin ständig von tollen Frauen umgeben. Das ist das Los eines Yogalehrers. Die Damenwelt rennt einem die Bude ein. Viele sind verdammt attraktiv. Doch keine hat mich bisher wirklich interessiert. Bei der Frau vor mir ist das anders. Ohne dass ich wüsste, wieso. *Verrückt!*

Während ich nun den Yogaraum betrete, rekapituliere ich die ersten Augenblicke …

Chloe skypt mit jemandem, der offensichtlich auch am Studio interessiert ist, und ich beobachte sie.

Obwohl die Unterhaltung kein bisschen nach ihren Vorstellungen verläuft, behält ihre Stimme diesen sinnlichen melodiösen Klang bei. Was ich sehr sympathisch finde. Ich mag keine Leute, die herumpoltern. Mit Freundlichkeit kommt man weiter.

Nach allem, was ich höre, hat sie keine Ahnung, wie man verhandelt. Normalerweise halte ich mich von solchen Menschen fern. Idealismus in allen Ehren, aber man sollte schon die Grundregeln des Business beherrschen, wenn man selbstständig sein will. Aber ihr Pech ist in dem Fall mein Glück.

Als sie das Gespräch beendet, mache ich mich bemerkbar und bin endgültig geflasht von ihrem Blick und einer ganzen Sintflut an Gefühlen. Unglaublich tiefe Sehnsucht. Wahnsinnig heftiger Schmerz. Unbändiges, alles verzehrendes Verlangen. Noch nie hat mich jemand *so* angesehen. Und ich bin sofort süchtig nach mehr.

Und dann stammelt die quirlige Frau plötzlich herum. Was mich normalerweise nervt, ich bei ihr jedoch extrem niedlich finde. Weil ich es bin, der sie aus dem Konzept gebracht hat.

Ich warte, dass sie sich fängt, aber das tut sie nicht. Also erlöse ich uns beide und frage, ob ich mich umsehen darf.

Sie nickt, und ich gehe los – mit ihren Blicken in meinem Rücken, die ich spüre, bis ich den Raum verlasse.

Was zum Henker war das denn?! Ich habe darauf keine Antwort und sehe mich gründlich um. Alles ist, wie sie es beschrieben hat, modernste Ausstattung kombiniert mit der passenden Menge Esoterikkram. Jetzt interessiert mich bloß noch, wie gut diese Frau Yoga beherrscht.

Ich nehme mir eine Matte, und an mich gewandt erklärt sie, dass der heutige Kurs dazu dient, klassische Asanas zu perfektionieren.

Es ist lange her, seit ich Teilnehmer war, doch wie so oft beim Yoga genieße ich es. Jeder Lehrer hat seine eigene Handschrift, und egal wie gut man ist, man kann immer etwas dazulernen.

Chloe beginnt den Kurs mit Abläufen zum Aufwärmen des Körpers, was mir schon mal gefällt.

Obwohl es nicht meine Aufgabe ist, beobachte ich die anderen der Gruppe und konzentriere mich wie auch in meinen Kursen auf Haltungsfehler. Und ich bin überrascht, dass Chloe sich um jeden, den ich entdecke, kümmert. Was mir zeigt, dass sie nicht einfach jemand ist, der sich entschlossen hat, plötzlich Yogakurse anzubieten. Sie muss jahrelange Praxis und gute Lehrer gehabt haben.

Dann geht sie zum ersten Flow über, einer Mischung aus herabschauendem Hund, Planke und Krähe: eine fordernde Kombination, um die Muskeln im gesamten Körper anzusprechen, bei der man sich erst auf Händen und Füßen aufstützt und das Becken nach oben schiebt, dann in einen Liegestütz geht und schließlich die Beine zur Körpermitte zieht und sich nur noch auf den Händen hält. Und sie steigert das Tempo mit jeder Runde, was nicht nur die anderen, sondern auch mich ins Schwitzen bringt. *Wow!*

Begeistert mache ich mit und genieße, wie mich Chloes Stimme führt und in eine Art Trance versetzt. So etwas passiert extrem selten.

Ob der Sex mit ihr wohl genauso wäre?, frage ich mich plötzlich. *Unsere Körper im perfekten Flow! Einer folgt dem anderen. Während wir schwitzen, unsere Haut aneinanderklebt und –*

»Fuck!«, knurre ich, als ich einen Übergang verpasse, das Gleichgewicht verliere und verdammt peinlich auf meine Matte knalle. Was eher mein Ego verletzt als mich. *Erst frage ich, ob sie ein Profi ist, und jetzt benehme ich mich wie ein blutiger Anfänger!*

Ich knete meine Wade, bis der Muskel wieder weich ist, und will gerade in den letzten Ablauf einsteigen, als ich mitkriege, dass die anderen nicht mehr auf ihren Matten sind, sondern eine Traube bilden.

Was ist denn das für ein merkwürdiger Gruppenkuschelabschluss?! Der ist mir neu und hat mit Shavasana, der Endentspannung beim Yoga, eigentlich nichts zu tun.

Ich will einen Witz reißen, als sich aus der Gruppe eine der Frauen löst – Debbie –, eilig den Raum verlässt und mit einer Wasserflasche zurückkehrt.

»Hast du auch einen Arzt gerufen?«, fragt eine der anderen Frauen.

»Hab ich«, sagt sie.

Menschentraube? Wasser? Arzt?

»Was ist passiert?«, frage ich angespannt.

»Ich glaube, Chloe hat einen Herzinfarkt«, sagt Debbie.

»Quatsch!«, knurre ich. »Sie ist topfit.«

»Aber sie hat sich ans Herz gefasst und ist dann kreidebleich zusammengesackt.«

Echt?

Obwohl das die anderen bestimmt schon gemacht haben, fühle ich ihren Puls, der schwach, aber vorhanden ist. Ihre Wangen, ihre Stirn und auch ihre Hände sind dagegen beunruhigend kühl.

»Gibt es hier Decken?«, frage ich.

»Ja, Moment«, sagt Debbie, steht auf und holt eine.

Behutsam wickele ich Chloe darin ein und reibe über ihre Arme, woraufhin sie wärmer wird und zittert.

»Hat jemand mitgekriegt, was genau passiert ist?«, frage ich wieder. Weil das kein Herzinfarkt ist, sondern ein Schock. Ich bin kein Arzt, aber so viel erkenne ich.

»Du hast wegen irgendwas geflucht, und gerade als ich mich umdrehen wollte, ist Chloe zusammengeklappt. Das ist alles«, meint Debbie.

Mir kommt ein völlig absurder Verdacht. Nämlich dass ich der Grund bin. Mein Fehltritt war das einzig Ungewöhnliche. Aber diese Vermutung behalte ich für mich. *Warum sollte Chloe derart empfindlich darauf reagieren? Das ergibt keinen Sinn.*

»Sie haben uns gerufen?«, unterbricht ein Sanitäter meine Gedanken. Wir erklären, was passiert ist, und er überprüft ihre Vitalwerte. »Kann sie sich hier irgendwo ausruhen?«

»Draußen im Empfangsbereich gibt es ein Sofa«, sagt Debbie.

Ich hebe Chloe hoch, trage sie rüber und lege sie vorsichtig ab. »Was glauben Sie, was sie hat?«, frage ich.

»Vermutlich der Kreislauf«, sagt der Sanitäter. »Sie sollte viel trinken, dann wird das schon. Falls sie jedoch Kopfschmerzen kriegt, sollte sie im Krankenhaus einmal komplett durchgecheckt werden.«

»Okay«, erwidere ich nur, als wäre ich hier verantwortlich, dabei kenne ich Chloe erst eine gute Stunde. Tyler würde sich bepinkeln vor Lachen, wenn er mich jetzt sehen könnte, wie ich für eine völlig Fremde Mutter Teresa spiele. Aber seltsamerweise fühlt sich das gut an.

Als alle gegangen sind, setze ich mich zu Chloe aufs Sofa, lege mir ihre nach wie vor eiskalten Füße in den Schoß, reibe ihre Schienbeine, und während ich mir auf ihrem Tablet anschaue, wann sie Kurse gibt, informiere ich meine Kunden bei den eindeutigen Terminen bereits, dass die Klassen nun hier in Lower Haight stattfinden werden – obwohl Chloe und ich bisher keinen Vertrag haben. Aber ich weiß, dass ich bleiben werde. *Denn das war nicht der Kreislauf. Ich war das. Irgendwie.*

2. KAPITEL

Chloe

Ein verschwitzter, männlicher Geruch dringt mir in die Nase, den ich eigentlich nicht mögen dürfte, aber ich atme ihn gierig ein, als bräuchte ich mehr davon. Eine Hand streicht über meine Beine. Und mir ist angenehm warm.

Für einen Augenblick glaube ich, dass ich träume. Ein neuer Traum von Jeremy, der viel echter ist als sonst. Doch mein Bewusstsein schaltet sich langsam wieder ein. Wie Lichter in einer Fabrikhalle, die nach und nach aufflackern. *Pling … Pling … Pling …*

Mir fällt wieder ein, dass ich gesehen habe, wie Jason die Übung verhauen hat. Er ist weggerutscht. Das passiert. Ich hab das schon etliche Male bei anderen erlebt. Doch bei ihm ging mir das unerwartet nahe. Weil es mich irgendwie an den Vorfall vor drei Jahren mit Jeremy erinnert hat.

Verdammt!

Ich dachte, mein Herz heilt allmählich. Ich lebe mit Jeremy in meinen Träumen und verwirkliche meine Träume in meinem Leben. Es war ein guter Deal, eine tolle Balance. Aber dann taucht dieser Yogatyp auf und ändert alles. *Und wie!*

Mir wird klar, dass es Jasons Berührung ist, die ich spüre, und ich genieße sie. Mehr als ich sollte. Weil es zu lange her ist, dass ein Mann solch ein Gefühl in mir ausgelöst hat.

Ich stelle mir vor, wie seine Hand höher fährt, über mein Knie gleitet und dann weiter zwischen meine Schenkel wandert, sie auseinanderdrückt und meine Mitte berührt.

Ein Stöhnen entschlüpft mir, so heftig brenne ich.

»Hast du Schmerzen?«, fragt er sofort, und seine Hand hält mitten in ihrer prickelnden Bewegung inne. Er beugt sich über mich und fühlt meine Stirn. »Du glühst ja!«

Ich spüre die Wärme, die sein Körper ausstrahlt, öffne die Augen und verliere mich für zwei Herzschläge in seinem Blick.

»I-i-ich hab kein Fieber«, sage ich und kann nicht fassen, dass ich nach wie vor stottere.

»Nein?«, fragt er nur.

»N-n-nein.« *Es sei denn, intime Hitze gehört neuerdings dazu.*

»Warum fühlst du dich dann so heiß an?«, fragt er und streift mit dem Daumen meine Schläfe. *Nur meine Schläfe. Da gibt es doch gar keine Nervenzellen, oder? Aber dennoch flattert mein Herz. Und das Brennen in meiner Mitte wird höllisch.*

»Weil du halb auf mir liegst«, sage ich der Wahrheit entsprechend.

Er verlagert sein Gewicht, und ich werde mir seines männlichen Körpers bewusst. Der, den ich während des Kurses mit aller Kraft versucht habe auszublenden. Mir wird klar, dass die anderen Kursteilnehmer gegangen sein müssen. Nur er ist noch hier. Er und ich.

»Soll ich gehen?«, fragt er.

»Willst du das denn?«, antworte ich.

»Nein.«

Nein?

Dieses simple Wort sorgt für weitere Wärme in mir, vielleicht auch für eine Überhitzung in meinem Hirn. Denn bedürftig schiebe ich meine Hand unter sein Shirt. Ich ertaste seine Rückenmuskeln, nehme seine Wärme und seine Kraft wahr, und mit der Erkenntnis erwacht alles in mir zum Leben. Was immer das hier ist, ich hinterfrage es nicht. Ich greife zu.

»Mach, dass mir noch heißer wird!«, hauche ich, dieses Mal, ohne zu stottern, recke mich empor und verschließe seinen Mund mit meinem, weil ich die Antwort nicht hören, sondern spüren will. Überall. Angefangen bei seinen Lippen, die mir mit einem tiefen männlichen Stöhnen antworten und die sich dann über meinen Mund hermachen, als hätten sie jahrelang auf diesen Augenblick gewartet.

Oh wow!

Ich brauche mehr von seiner Haut und schiebe ihm das Shirt hoch, bis es an seinem Hals ist. Um es ganz loszuwerden, müssten sich unsere Münder trennen, aber ich bringe das nicht über mich. Mit einem Knurren erledigt er das.

»Jetzt du!«, verlangt er, und wie auf ein geheimes Signal hin hebe ich die Arme und wimmere, als er das enge Top über meine Brüste nach oben schiebt und dabei meine erregten Nippel streift. Ich ziehe scharf die Luft ein, was ihn augenblicklich das Interesse an meinen Lippen verlieren lässt. Er senkt den Kopf, umschließt meine empfindliche Spitze mit seinem heißen Mund und saugt fest daran.

»Nicht«, keuche ich erstickt, weil sich das furchtbar gut anfühlt.

»So besser?«, haucht er mir zu und reibt mit dem Daumen über die harte Knospe, während er zu mir aufschaut und mich mit einem derart dunklen verlangenden Blick anschaut, dass ich noch feuchter werde.

»Nein«, seufze ich.

»Dachte ich mir«, sagt er und senkt wieder seine Lippen auf meinen Nippel.

Gott! Ich will eingreifen, kämpfe allerdings mit dem Top, das er gerade so weit nach oben geschoben hat, dass meine Brüste frei sind. Ich winde mich, um es loszuwerden. Und als ich es geschafft habe, ziehe ich sein Gesicht zu mir hoch, um ihn wieder zu küssen. Und von seinem Mund verschlungen zu werden. Und dabei vibriert mein gesamter Körper vor Lust.

Seine Hand fährt mir zwischen die Beine und löst Miniexplosionen aus. Und als er fest und verlangend an meine Mitte greift, reicht mir das, um zu kommen.

Krass!

Es sollte mir unangenehm sein. Aber als ich umgekehrt spüre, dass sein harter Schwanz an meinem Bauch noch größer wird, bin ich schon wieder ganz bedürftig. Wie eine Nymphomanin, die drei sexlose Jahre innerhalb einer Stunde aufholen muss.

»Mehr?«, fragt er nur.

»Mehr!«, ist meine Antwort.

Ich kämpfe mit meiner beschissenen bunten Yogahose und schaffe es, ein Bein zu befreien. Und kaum habe ich das geschafft, öffnet er meine Schenkel und schiebt seine Finger tief in mich, füllt mich aus, nimmt mich mit seiner Hand. Und sorgt dafür, dass sich bereits der nächste Orgasmus in mir aufbaut.

»Du bist eng, Baby«, murmelt er erregt, aber auch besorgt.

»Und?«, keuche ich, schiebe seine Hose und die Boxershorts über seinen Hintern, reibe seinen Schwanz und spüre seine Härte, sein Begehren, seine samtig weiche, heiße Haut.

Mehr Ermunterung braucht er nicht. Er setzt seine Erektion an meine feuchte Öffnung an und stößt mit einem dringend gebrauchten Stoß in mich. Dabei kämpft er darum, das hier sanft zu machen. Aber ich will es nicht sanft. Ich brenne, und wie bei Feuer brauche ich keinen Eimer Wasser, sondern ein gottverdammtes Löschkommando.

»Härter!«, rufe ich und beiße ihm in die Schulter. »Bitte, härter!«

»Fuck!«, knurrt er, und mit einem tiefen Grollen umkrallt er meine Hüften und erobert mich ganz, lässt mich alles von ihm spüren und bewegt sich, als bekäme er nicht genug von mir. *Als wäre ich seine Erlösung. Und er ist meine!*

»Ja, Jason, ja!« Ich komme wieder, viel zu früh, was er mit einem Lachen kommentiert und mit Küssen auf meinem Gesicht und genießerisch langsamen Stößen belohnt. Als wäre das okay, dabei ärgere ich mich. »So ein Mist!«

»War das gut?«, fragt er sanft.

Ich nicke, atme schwer, genieße es, ihn weiter in mir zu spüren.

»Lust auf mehr?«

»Definitiv.« *Wie könnte ich bei diesem Mann auch Nein sagen?!*

Wieder benutzt er mich, braucht mich, vergräbt sich in mir, nimmt sich alles von mir, was ich geben kann. Und wieder kribbelt mein Körper, als wäre ich noch nicht genug auf meine Kosten gekommen.

»Jetzt mit mir, Baby!«, befiehlt er.

»Ich weiß nicht –«

»Du kannst. Vertrau mir!«

An seinem Atem und dem Zittern seiner Muskeln merke ich, wie nah er ist, und mit jedem Stoß baut sich auch in mir erneut ein Orgasmus auf. *Unglaublich!*

»Genau so!«, raunt er mir zu, als würde er es spüren. »Ja, genau so!«

Mein Körper ist machtlos und diesem Mann komplett ausgeliefert. Mein Unterleib zuckt. Ich ziehe mich eng um ihn zusammen. Und als er auch kommt und sein erleichtertes Stöhnen in mein Ohr dringt, erfasst mich eine tiefe, warme, genüssliche Ruhe, wie ich sie seit Jahren nicht mehr empfunden habe. Und die mindestens genauso schön ist wie der Sex eben.

»Hey«, murmelt er sanft, als er zu sich kommt. Unsere Körper kleben aneinander, sind noch miteinander verbunden, ganz eins.

»Hi«, gebe ich zurück.

»Geht es dir gut?«

»Ja«, sage ich. Doch meine Gedanken rasen plötzlich, während ich ihn ganz nah bei mir spüre und mit den Fingern durch sein Haar fahre.

Dieser Mann hat binnen weniger Stunden mein Leben komplett auf den Kopf gestellt. Das hat bisher keiner geschafft. Nicht mal Jeremy. Und ich weiß, wohin das hier führt. In eine Katastrophe epischen Ausmaßes. Es würde mich umbringen, wenn ich mich auf Jason einließe und ihn wieder verlieren würde. Jeremy hat mich *fast* umgebracht, und von ihm erhole ich mich immer noch. Aber der Mann, der mich jetzt voll Begehren, Zufriedenheit und einem Hauch Überraschung ansieht, der hat die Macht, mich genauso schnell, wie er mich erobert hat, komplett zu ruinieren. Dagegen ist Jeremy nur wie ein kleiner Kratzer. Jason wäre wie zertrümmerte Knochen – von Kopf bis Fuß. Jason wäre mein Ende. Das merke ich schon jetzt, denn mein Herz schlägt immer schneller, und alles zieht sich in mir zusammen, und ich will es nicht sagen, doch ich muss. Weil es besser ist, für uns und vor allem für mich. *Na los, beende es, Chloe!*

»Nein«, sagt er da, bleibt schwer auf mir liegen und legt mir einen Finger auf die Lippen, als würde er meinen Einwand spüren.

»Ich hab gar nichts gesagt«, murmele ich.

»Aber du willst was sagen, und ich möchte, dass du es lässt.«

Ist es derart offensichtlich?, denke ich. Und dann: *Wenn er mich jetzt schon so gut kennt und ich ihn schon so gut kenne, dann trügt mich mein Gefühl nicht. Das hier kann kein gutes Ende nehmen.*

Ich fahre durch seine Haare und präge mir den Geruch seiner Haut ein. Als ich ihn noch einmal küsse, reagieren unsere Körper sofort aufeinander, meine Mitte zieht sich lustvoll zusammen, und sein Penis wird erneut steifer, was augenblicklich tausend schöne Gefühle in mir auslöst. Nicht nur körperlich, sondern auch in meinem Herzen, ganz tief in mir. Aber dann löse ich mich von ihm. *Ich muss!*

»Geh!«, sage ich sanft, zittere jedoch, weil das Wort für einen Hauch Kälte in mir sorgt.

Er sieht mich verständnislos an.

»Geh, Jason!«, wiederhole ich.

Er bleibt.

»Bitte. Mach es nicht schwerer, als es ist. Lass mich allein!«

Jason

Fuck, nein! Das eben war … Mir fehlen die Worte. Ich hatte weiß Gott schon viel Sex in meinem Leben, aber keiner war wie der hier. Und noch nie habe ich mich mit der Frau, mit der ich geschlafen habe, so verbunden gefühlt wie eben mit Chloe.

Ich will sie erneut, und das spürt sie, weil ich noch in ihr bin. Und sie will mich auch. Ihre Pussy zieht sich eng um mich zusammen, und ich muss mir ein triumphierendes Grinsen verkneifen, als ihr ein sehr, sehr, sehr leises Stöhnen über die Lippen kommt.

Erwischt, Baby!

Ich bin hergekommen, weil ich ein Studio brauche, und ich habe die perfekte Frau gefunden. Keine Ahnung, woher ich das weiß. Es ist einfach so. Ich lese in ihren Augen, dass sie weiß, was Liebe ist, und dass da unendlich viel ist, was sie zu verschenken hat. Ja, da ist auch etwas Dunkles. Etwas, das mit diesem Vollidioten Jeremy zu tun hat, der ihr offensichtlich das Herz gebrochen hat. Aber damit kann ich leben. Ist er eben weg, sehr gut. Wenn er sie nicht zu schätzen weiß, sein Fehler. Doch ich, ich werde sie nicht enttäuschen.

»Verdammt, geh!«, flucht sie wieder und funkelt mich immer wütender an, bis sie ihre Hände gegen meine Schultern stemmt. »Jason, mach schon!«

Obwohl sie mich stoppen will, beuge ich mich zu ihr. Ich will eigentlich ihre Lippen streifen, doch da sie den Kopf zur Seite dreht, erwische ich bloß ihr Ohrläppchen. Was auch gut ist, denn ihr Körper erschauert sexy. »Okay, ich gehe«, hauche ich ihr leise zu. »Aber eines muss ich noch klarstellen …«

Sie atmet schwer unter mir und schweigt.

»Dein Text wäre daraufhin: Was denn?«, sage ich sanft.

»Was denn?«, spielt sie mit, was mich zum Lächeln bringt.

»Ich gehe nur unter Protest.«

»Zur Kenntnis genommen. Und jetzt, runter von mir!«

»Wie du willst …«

Ohne sie aus den Augen zu lassen, ziehe ich mich langsam aus ihr heraus, Zentimeter für Zentimeter, um sie noch mal genau daran zu erinnern, wo ich war und wie gut es sich angefühlt hat. Und dann erst wird mir klar, dass wir kein Kondom verwendet haben. *Fuck!*

»Nimmst du eigentlich die Pille?«, frage ich sie, sobald ich mich von ihr gelöst habe, und ziehe mir meine Boxershorts und die Jeans über meinen schon wieder halb steifen Schwanz.

Sie sucht gerade nach ihren Sachen und zieht sich hastig ihr Shirt und ihre Hose an, als sie plötzlich innehält. »Verdammt! Wir haben kein …? Stimmt, wir haben nicht … Bist du sauber?«

Unterstellt sie mir, dass ich eine Syphilis-Schleuder bin und mit halb San Francisco im Bett war? »Bin ich«, knurre ich. »Was ist mit dir?«

»Natürlich!«, ruft sie empört, was bestätigt, was ich mir schon dachte: Ihr letzter Sex muss eine Ewigkeit her sein. Deshalb war sie so eng. *Was im Augenblick der absolut falsche Gedanke ist, Crowley!*

»Und könntest du schwanger werden?«, frage ich sie, weil das eigentlich der Grund war, warum ich sie nach der Pille gefragt habe.

»K-k-keine Ahnung!« Und da ist wieder ihr süßes Stottern. »Nein, kann ich nicht«, sagt sie dann fester. »Gehst du jetzt endlich? Wir sind hier fertig.«

Ich will sie noch mal an mich ziehen, umarmen, festhalten, ihren Geruch einatmen, sie küssen, ihr durch die Haare streichen, mehr. Ich will einfach plötzlich mehr. Aber was auch immer los ist, Chloe macht deutlich, dass ich nicht mehr bekommen werde. Zumindest nicht heute. »Bis zum nächsten Mal«, sage ich daher, nehme mein Handy und meine Autoschlüssel und verlasse das Studio.

»Es wird kein nächstes Mal geben«, ruft sie mir hinterher.

Ich muss mich noch mal umdrehen und sehe diese wunderschöne Frau mit von mir zerzausten blonden Haaren. *Oh doch*, denke ich und lasse meinen Blick über sie gleiten. *Wird es.*

Sie zeigt mir ihren Mittelfinger. Als könnte das mich abhalten.

Lachend drehe ich mich wieder um und gehe zu meinem Wagen. Ab morgen werde ich in ihrem Studio meine Kurse geben.

***

Damit mir nichts dazwischenkommt, fahre ich die nächsten Stunden jeden Supermarkt und jedes Studio im Umkreis von fünf Meilen ab, um Chloes Flugblätter einzusammeln. Außerdem google ich ihre Online-Annoncen und verbringe den Abend damit, auf Anfragen unter ihren Anzeigen zu schreiben, dass das Angebot nicht mehr gilt.

»Tut es wohl!«, schreibt Chloe schließlich, als sie mir auf die Schliche kommt.

»Tut es nicht«, tippe ich mit einer diebischen Freude darunter.

»Doch!«

»Nein!«

»Lass das, Jason!«

»Nie.«

»Warum nicht?«

»Du weißt, warum.«

»Ich hasse dich!«

»Nein, tust du nicht.«

Und dann meldet sich ein dritter Kommentator: »Wenn das hier ein Scherz ist, so ist der nicht lustig. Nimm das Angebot gefälligst raus, wenn es nicht mehr aktuell ist.«

Ich like den Kommentar, und keine Minute später schreibt Chloe ins Forum: »Jason, das Studio kostet jetzt 4.500 Dollar pro Monat.«

Heißt das, ich hab gewonnen? »2.000«, tippe ich provokant und halte die Luft an.

»4.000«, geht sie runter.

»2.500«, komme ich ihr entgegen und grinse, weil sie nachgibt.

»3.750«, erscheint auf meinem Bildschirm.

»2.750«, kontere ich.

»3.400 Dollar. Das ist mein letztes Angebot«, schreibt sie.

»3.333 Dollar«, kann ich mir nicht verkneifen, sie zu reizen.

»3.333 Dollar und 33 Cent«, antwortet sie gewitzt. »Und kein bisschen weniger.«

»Weil du es bist. Deal, Baby«, tippe ich und muss zufrieden grinsen, weil sie gut verhandelt hat. Ja, es ist mehr für mich als ursprünglich gedacht. Aber es ist ein kleiner Preis für die Chance, diese unglaubliche Frau besser kennenzulernen.

Dann geht sie offline. Schade. Doch da ich noch lange nicht genug von ihr habe, scrolle ich mich durch ihren ziemlich professionellen Instagram-Account, und dabei kommt mir eine Idee.

Ich schließe meinen Laptop, breite meine Matte aus, zünde Räucherstäbchen und Kerzen an, schalte die Kamera ein und filme eine kleine Abendmeditation für meine Follower auf Instagram, bei der ich mit geschlossenen Augen und freiem Oberkörper – schließlich weiß ich, was Klickzahlen bringt – dasitze und meine Atemzüge ansage. Und dabei umspielt ein Lächeln meine Lippen. Denn wenn Chloe dieses Video sieht, wird garantiert wieder dieser sexy Schauer über ihren Rücken wandern …

3. KAPITEL

Chloe

Ich höre auf zu zählen, wie oft innerhalb der letzten zwölf Stunden mein Puls in die Höhe geschossen ist, nur um sich dann zu beruhigen und daraufhin erneut nach oben zu schnellen. Jedes dieser Male hat einen gemeinsamen Nenner: Jason Crowley, der – ich musste das erst recherchieren – McYoga-Dream, der heißeste Yogalehrer San Franciscos. Mit dem ich Sex hatte, richtig schmutzigen, erfüllenden, alles umwälzenden Sex. Der Mann, wegen dem ich mir die Pille danach gekauft habe, weil ich nicht vorhabe, in meiner jetzigen finanziell katastrophalen Lage auch noch schwanger zu werden. Der Mann, wegen dem ich keinerlei neue Interessenten für das Studio habe, weil er jetzt mein Partner ist, und der Mann, der ein Video hochgeladen hat, bei dem mein letztes sauberes Höschen soeben feucht geworden ist. *Was nicht das ist, was ich bei diesem Mann fühlen will. Verdammt.*

Trotzdem drücke ich auf ›Wiederholen‹ und sehe mir – so wie bestimmt Trillionen anderer Frauen – das Video erneut an. Nur um mir dann weiteres Bild- und Videomaterial über ihn reinzuziehen. *Das Internet macht einem das echt zu leicht.*

Zwei Sachen sind mir dabei trotz flatternden Pulses und immer wieder periodisch auftretender geistiger Umnachtung beim Stalken aufgefallen.

Erstens: Ich bin ein verdammter Glückspilz, dass Jason derart beharrlich in mein Studio wollte – wegen eines Wasserschadens, wie ich erfahren habe. Denn er ist nicht nur bekannt, sondern auch richtig gut.

Und zweitens: Der sich so zufällig ergebene Sex war garantiert nicht so zufällig. Dieser Kerl schleppt, entgegen seiner Behauptung, bestimmt alle paar Tage jemanden ab. *Wer sonst lässt sich dazu verleiten, auf dem Sofa mit jemandem herumzumachen, den er erst seit Kurzem kennt?* Deshalb werde ich mich morgen doch noch auf Krankheiten testen lassen.

Ehrlich, wie konnten wir bloß ohne Kondom miteinander schlafen?! Jeder kann beteuern, dass du die Erste bist, bei der er es vergessen hat. Woher willst du wissen, ob das stimmt?

Aber noch während ich über mich selbst entsetzt bin, weiß ich, warum all das passiert ist. Weil ich Jeremy so heftig vermisse und weil mich Jason so sehr an ihn erinnert und Wunden aufreißt, die kaum verheilt sind.

Ich wünsche mir so schrecklich intensiv, dass Jeremy jetzt hier wäre, dass mein gesamter Körper vor Sehnsucht schmerzt. Er würde mich umarmen und irgendeinen Witz darüber reißen, dass ich mich total bescheuert benehme. Und dann würden wir uns auf das Sofa setzen – die letzte Sitzgelegenheit in meinem Wohnzimmer, die zum Apartment gehört, während ich meine Möbel schon verkauft habe – und wir würden uns die Zukunft ausmalen.

Das Studio ist erst der Anfang. Wir wollten mit unserem Yoga eine ganz neue Bewegung starten, weitere Studios gründen, eigene Lehrer ausbilden, die Welt bereisen und dabei die Leute mit unserem Flow glücklich machen. Ich kriege Gänsehaut, als ich mir das vorstelle. Denn bisher kenne ich nur die Gegend um San Francisco.

Yoga am Strand von South Beach in Miami.
Ein Flow unter einer Cabana in Mexiko.
Gott, ein Kurs im Central Park in New York!

***

Während ich über die Zukunft nachdenke, muss ich auf dem Sofa eingeschlafen sein. Ich träume von Jeremy, er hat einen Arm um mich geschlungen, und ich lehne an seiner Schulter … Meine Beine liegen in seinem Schoß, und er streicht liebevoll darüber … Er beugt sich vor, und mir stockt der Atem …

Ich seufze, als ich das Gewicht seines Körpers spüre, genau an den richtigen Stellen, dort wo ich ihn brauche. »Baby?«, raunt mir seine Stimme zu.

»Mmh?«

»Nicht Jeremy. Jason!«

»W-w-was?«, stammele ich.

»Nicht Jeremy. Jason!«

Ich schrecke aus dem Schlaf hoch.

Oh mein Gott! War das eben in meinem Traum Jason?! Mein Herz rast wie verrückt, und ich brauche einen Moment, bis ich zu mir komme. *Das kann nicht sein!*

Schockiert spiele ich den Traum erneut durch. Es waren Jeremys Berührungen. Es sind immer Jeremys!

Aber er hat mich nie ›Baby‹ genannt. *Verdammt!*

Ich warte, bis mein Puls sich beruhigt. Aber ich kann nicht mehr einschlafen. Ich versuche es, doch nach einer Stunde gebe ich auf. Es ist fast sechs Uhr, und obwohl ich mich wie gerädert fühle, weil ich die Nacht auf dem Sofa statt in meinem Bett verbracht habe, stehe ich auf.

Wie auf Autopilot steuere ich mein Bad an, pinkele und drücke die Spültaste, als mir zu spät klar wird, dass ich kein Wasser und die letzte Spülladung gestern Abend verbraucht habe. *Nein!*

Ich schreibe mir auf, heute unbedingt einen Wasserkanister zu besorgen, um die Schweinerei zu beseitigen, und danach als Warnung ein ausgedrucktes Stoppschild auf den Toilettendeckel zu legen, damit mir das nicht noch einmal passiert. Dann packe ich meine Sachen zusammen und schwinge mich ohne Frühstück auf mein E-Bike, was so ziemlich das günstigste Verkehrsmittel für mich im sehr hügeligen San Francisco ist, um im Studio zu duschen und mich für den Tag fertig zu machen.

McYogaDream wird heute mit einer Schar Kunden auftauchen, und falls nur irgendeiner davon in meinen Kurs wechseln will, sollte ich fitter aussehen als jetzt. Deutlich fitter.

***

Als ich eine halbe Stunde später vor dem schönen viktorianischen Gebäude mein Fahrrad ankette, erfüllt mich wieder der gewohnte Stolz, als ich sehe, was ich mir hier aufgebaut habe. Das Studio ist ein Traum, und ich bin schon so verdammt weit gekommen. Ich muss bloß noch etwas durchhalten.

Es ist wie beim Radfahren. Bis zum Gipfel ist es total anstrengend. Aber wenn man sich hochgekämpft hat, dann ändert sich das. Man erholt sich, atmet auf, und dann geht es mit Schwung den Berg wieder runter, und alles ist leicht. Und ich spüre, wie dieser Schwung mich jeden Augenblick erfassen wird. Ich sage das schon seit Monaten, aber dieses Mal ist es mehr als ein Gefühl. Ich sehe den Gipfel schon vor mir. Es dauert nicht mehr lange.

Ich schließe auf, stemme mich mit der Schulter gegen die schwere Eingangstür und stutze, weil Licht im Hauptraum an ist. *Hab ich etwa vergessen, das auszuschalten? Das wäre die reinste Geldverschwendung!*

Dann jedoch beruhige ich mich, als ich Jasons Stimme höre.

»Halten!«, ruft er.

»Ich kann nicht«, antwortet eine Frauenstimme.

»Halten!«

»Nein!«

»Jetzt ausatmen und hoch!«

»Du bringst mich noch um, Jason.«

»Und genau dafür bezahlst du mich.«

Ich frage mich verwirrt, wie er hier reingekommen ist, und würde am liebsten in den Kurs platzen. Aber ich sehe katastrophal aus.

Leise schleiche ich daher zu den Umkleiden und bemerke, dass dort ein Schrank benutzt ist, was mich zur Eile antreibt. Kunden sollten nicht sehen, wie ich mich als Betreiberin des Studios hier zurechtmache.

Ich stelle mich unter die Dusche und genieße das herrlich heiße Wasser genau so lange, wie ich brauche, um mich einmal einzuseifen und wieder abzuspülen. Im Anschluss binde ich mir die nassen Haare zu einem Dutt, beseitige alle Spuren meiner Anwesenheit mit einem Handtuch und gebe es zum Berg mit der benutzten Wäsche. *Als wäre ich nie hier gewesen!*

Hungrig verschlinge ich eine Banane und will meinen Laptop hochfahren, als ich auf meinem Platz am Empfang einen Briefumschlag, Autoschlüssel, einen frisch gepressten Orangensaft, lauwarmen Kaffee und mehrere Papiertüten entdecke, aus denen es göttlich duftet.

»Und noch mal, Jill!«, höre ich Jasons Stimme aus dem Hauptraum. »Super, gleich hast du es! Fantastisch!«

»Jaaa!«, stöhnt sie.

Wusste ich es doch! Ich bin so eine Vollidiotin. *Wahrscheinlich treiben sie es gleich auf der Matte. Auf dass er danach sauber macht!*

Apropos Flecken …

Besorgt wandert mein Blick zum Sofa, und tatsächlich entdecke ich einen neuen, hellen Fleck. »Nein, nein, nein«, murmele ich leise, nehme mir ein Tuch und reibe darauf herum, was es aber nur schlimmer macht. Ich kann nicht fassen, dass dieses Sofa von Jason Crowleys Sperma oder meiner Lust oder beidem markiert ist. *Mist!*

Pikiert drapiere ich die Kissen neu, sodass das Augenmerk nicht sofort darauf fällt, ganz verdecken kann ich die Stelle leider nicht.

Zurück am Schreibtisch steigt mir erneut der verführerische Essensgeruch in die Nase. Ich will die Tüten beiseiteschieben, doch mein Magen knurrt protestierend, weil die Banane mich nicht satt gemacht hat.

»Okay, nur ein Blick«, murmele ich und öffne neugierig die Tüten, um zu sehen, was Star-Yogalehrer Jason Crowley isst.

Ich entdecke einen Vollkorn-Bagel mit zwei Lagen Käse, Tomaten und Salat, Früchteriegel, Joghurt und ein paar Erdbeeren. Sofort läuft mir das Wasser im Mund zusammen.

Oder ist das vielleicht für mich?

Weil ich die Tüten aufgemacht habe, schaue ich nun auch in den Briefumschlag und muss breit grinsen, als ich einen Scheck über 3.333 Dollar und 33 Cent auf mich ausgestellt finde.

Also wenn der Scheck für mich ist, dann das Essen doch bestimmt auch! Als Begrüßung. Oder Wiedergutmachung dafür, dass er sich einfach frech selbst eingeladen hat.

Keine Ahnung, ob mein unterzuckertes Hirn die richtigen Schlüsse zieht, aber ich schnappe mir den Bagel, beiße hinein und stöhne entzückt.

Himmel, wie kann etwas nur so göttlich schmecken? Ich vergesse sämtliche Strapazen des gestrigen Tages. *Das hier, das ist der Wahnsinn!*, jubelt mein Magen bei all den Kohlehydraten. *Es war so falsch, mein Essverhalten die letzten Wochen an meinen Geldbeutel anzupassen und mir das Ganze scheinheilig als Fastenkur schönzureden. Mein Körper braucht genau das hier!*

»Schmeckt's?«, reißt mich eine schrille Frauenstimme aus meinen Gedanken.

»Und wie!«, antworte ich voller Energie und wische mir mit dem Handrücken die Krümel von den Lippen, um einen guten ersten Eindruck zu hinterlassen. »Hi, ich bin Chloe Davis. Ich betreibe das Studio neben Jason.«

Lächelnd reiche ich ihr die Hand, doch sie ignoriert sie und mustert mich kühl von Kopf bis Fuß. »Das war mein Bagel.«

»Ich glaube nicht«, sage ich vorsichtig. *Wenn es ihrer wäre, wäre er doch bei ihren Sachen in der Umkleidekabine gewesen, nicht auf meinem Tisch.*

»Jason! Kommst du mal!«, ruft sie in den Raum, wo Jason offensichtlich noch aufräumt.

»Was gibt's, Jill?«

Sofort beschleunigt sich mein Puls, als Jason erscheint, dieses Mal in seinen richtigen Sportklamotten, mit von den Übungen leicht geröteter Haut und einem Lächeln auf den Lippen, das augenblicklich mein Höschen zum Glühen bringt.

»Sag ihr, dass das mein Bagel war!« Jill zeigt auf den letzten Bissen, den ich noch in der Hand halte.

Ich spüre, wie ich knallrot anlaufe. Denn sie ist sich so verdammt sicher, dass ich plötzlich unsicher werde. *Warum hätte Jason mir auch Essen mitbringen sollen? Er weiß ja gar nicht, wann ich anfange.* »Es lag auf meinem Tisch«, sage ich entschuldigend.

Amüsiert grinst er. »Dort liegen auch meine Autoschlüssel, richtig?«

Ich nicke. »Und?«

»Heißt das, dass dir damit automatisch mein Wagen gehört?«

»Ähm, nein«, gebe ich zu und würde am liebsten im Boden versinken, als mir klar wird, dass ich einen Riesenfehler begangen habe. Beschämt wende ich mich an Jill. »Es tut mir leid. Wirklich. Wo ist der Laden? Ich ersetze die Sachen sofort.«

»Er ist der Laden!«, zischt sie keine Spur versöhnlich.

Irritiert sehe ich zu Jason.

»Ich mache die Snacks selbst. Um sicherzustellen, dass meine Kunden die besten Zutaten kriegen.« Er grinst. »Das schmeckt man, oder?«

Ich kann nur nicken. »Mmh.« *Leckerster Bagel des Universums!*

»Na, das ist doch schön.«

»Ist es nicht«, keift die sexy Blondine.

»Jetzt mach mal halblang, Jill. Sie hat sich entschuldigt, und dir bleiben genug andere Sachen.« Er greift über die Theke und reicht ihr den Orangensaft und die Tüten. »Geh dich umziehen. Ich klär das mit Chloe.« Er wendet sich ihr zu und schenkt ihr eines seiner Höschen-feucht-mach-Lächeln, das mich sofort ermahnt, selbst immuner dagegen zu werden. »Wir hatten gerade so ein starkes Training. Versuch, im Flow zu bleiben und die positive Energie mit in den Tag zu nehmen. Daran wird doch wohl ein Bagel nichts ändern, oder?«

»Tja … also …«

»Schau mal, mir ist mein Studio abgesoffen, und lasse ich mich davon aus der Bahn werfen? Man weiß nie, wozu es gut ist. Wenn du jetzt schon deinen Pausensnack isst, kannst du ja in der Pause mit diesem einen Kollegen von dir was essen gehen.«

»Chris?«, wiederholt sie nicht besonders begeistert.

»Genau, Chris! Jetzt wieder alles gut?«, fragt er nach und zupft an ihren Sachen herum, was für ein kleines Gewitter in meinem Bauch sorgt. »Jill? Einmal lächeln für mich.«

Sie lächelt nicht, sie frisst ihn mit den Augen auf. Aber er nimmt das hin.

»Das ist mein Mädchen. Und jetzt hopp, unter die Dusche mit dir.«

»Allein?«

»Netter Versuch. Wir sehen uns dann in zwei Tagen«, sagt er, legt einen Arm um sie und dirigiert sie zu den Umkleiden.

»Bei mir zu Hause?«

»Wie jeden Freitag bei dir zu Hause.«

»Super.«

Dann lässt er sie los und kommt zu mir zurück.

»Tut mir ehrlich leid«, entschuldige ich mich noch mal. Das ist nicht gerade der Start, den ich mir für die Zusammenarbeit gewünscht habe.

»Es hat dir aber geschmeckt?«, fragt er nach und lehnt sich entspannt an den Tresen.

»Ja?«, antworte ich vorsichtig. *Worauf will er hinaus?*

»Dann ist doch alles gut.«

Jason

In Zeitlupe führt Chloe auch den letzten Bissen an ihre Lippen, öffnet den Mund, und ich werde hart, als ihre Zunge vorschießt, den Bissen halb umschlingt und alles in ihrem Mund verschwindet. Noch härter werde ich, als sie leise genüsslich stöhnt.

Verdammt, wenn sie immer dieses Geräusch macht, kriegt sie von mir rund um die Uhr Bagels!

»Ich dachte wirklich, das sei für mich«, sagt sie und wird wieder rot. »Der Umschlag ist es ja auch.«

»Wühlst du immer in den Sachen anderer Leute herum?«

»Das hier ist *mein* Schreibtisch.«

»Ich fürchte, von jetzt an ist das *unser* Schreibtisch.«

»U-u-unser?«

Statt sie wegen ihres süßen Gestammels aufzuziehen, schaue ich sie einfach nur an. Das könnte ich ewig tun, und mir würde nicht langweilig werden. Keine Ahnung, was sie an sich hat, aber jedes Mal wieder geht sie mir unter die Haut.

»W-w-was ist?«, fragt sie verunsichert.

Ich muss lächeln.

»J-J-Jason!«

Jetzt muss ich richtig breit grinsen. *Fuck, ich mag sogar, wenn sie meinen Namen verstümmelt! Mich hat es echt übel erwischt.*

»Hör auf damit!«, ruft sie.

Ich kann nicht, denn ich entdecke gerade wieder etwas Neues an ihr. Chloe stottert in meiner Gegenwart bloß, wenn ich sie nervös mache. Nicht beim Sex und nicht, wenn sie wütend ist. *Interessant!*

»Jason!«

Bingo, mein Name, ohne zu stottern, weil sie sauer ist. Gott, ist sie entzückend! »Du hast ja keine Ahnung, wie verdammt gern ich dich jetzt küssen würde«, sage ich ruhig und genieße, wie ihr Blick kurz zu meinen Lippen huscht und dann überallhin wandert, nur nicht mehr zu mir.

»Pech für dich«, tut sie cool, räuspert sich und steckt den Scheck ein. »Wie bist du überhaupt reingekommen? Ich hab keinen Schlüssel unter der Fußmatte versteckt.«

»Stimmt, da hab ich nachgeschaut. Fehlanzeige! Dann hab ich kurz überlegt, dich aus dem Bett zu klingeln.« Ich werfe ihr einen dunklen Blick zu, dabei würde ich das nur in Notfällen machen. »Wie andere Menschen auch habe ich schließlich den Schlüsseldienst gerufen.«

»Die dürfen dich doch nicht einfach reinlassen!«

»Ich sah wohl harmlos genug aus«, sage ich und lächele gewinnend.

»Du? Harmlos!«, schnaubt sie, als würde sie mich für den zwielichtigsten Kerl auf dem gesamten Planeten halten. »Na gut, aber da du ja jetzt hier bist: Wann ist dein nächster Kurs?« Sie räuspert sich. »Wann sind überhaupt deine Kurse?«

»Hast du noch ein Büro? Können wir das irgendwo in Ruhe besprechen?«, frage ich, weil ich das nicht zwischen Tür und Angel machen will.

Bevor sie antworten kann, kommt Jill und legt mir im Vorbeigehen die Hand auf den Rücken, was ich, ohne mit der Wimper zu zucken, über mich ergehen lasse. Das macht sie ständig, und jedes Mal missfällt es mir, aber ich lächele dazu. Sie trägt schließlich zu meinem Lebensunterhalt bei.

»Bye, Jill«, sage ich. »Genieß den Tag und schön entspannt bleiben!«

»Werde ich!«, flötet sie. Dann fällt die Tür hinter ihr zu, und sie ist weg.

»Du hast nichts mit ihr am Laufen?«, fragt Chloe misstrauisch.

»Eifersüchtig?«, necke ich sie.

»Eher besorgt, dass mein Studio die Tarnung für deinen Puff ist.«

Die Vorstellung ist so absurd, dass ich lachen muss. »Mit Jill?! Gott, nein! Da läuft nichts. Sei unbesorgt.«

»Warum nicht?«

»Schon vergessen? Ich gehe nicht mit meinen Schülern ins Bett. Ich dachte, das hätte ich gestern klargestellt.« Skeptisch rollt sie mit den Augen, was mich provoziert. »Ich schlafe nur mit anderen Yogalehrerinnen.«

»Sehr witzig«, murmelt sie, lacht dabei jedoch kein bisschen. »Können wir jetzt die Pläne abgleichen?«

»Du hast kein Büro?«, frage ich noch mal nach. »Dann könnten wir uns auf das Sofa setzen?« Ich meine es praktisch, aber ihr Blick sagt: *Nicht in einer Million Jahren teilen wir je wieder ein Sofa miteinander.* »Okay, dann komm ich zu dir um den Tresen herum, und wir machen es dort.«

Sie zuckt zusammen, und erst da bemerke ich, wie zweideutig mein Vorschlag klingt. Und es ärgert mich, wie verklemmt Chloe heute ist, während sie gestern so leidenschaftlich war. »Ich meinte damit die Orga. Aber wir können es danach natürlich auch hier treiben. Lust?«

»Kein bisschen.« Sie rutscht vom Stehhocker und stellt ihn wie eine Barriere zwischen uns. »Das gestern war ein Fehler. Können wir uns jetzt wie Erwachsene verhalten?«

»Natürlich.« Ich ziehe mein Handy aus der Tasche und schlage den Kalender auf. »Lass uns die Termine abgleichen und schauen, wie gut es passt.«

»Nur zu gerne.« Sie öffnet ihr Tablet – mit ihrem deutlich übersichtlicheren Kalender –, und wir gehen Tag für Tag durch.

An genau fünf Terminen haben wir Überschneidungen.

»Wie viele Leute sind in deinem Kurs?«, frage ich. »Vielleicht können wir beide zusammenlegen?«

»Zehn, aber es sind Anfänger.« Sie macht einen langen Hals und liest, was bei mir auf dem Plan steht. »Das, was du da machst, können die frühestens in zwei Jahren.«

»Okay, ich überlass dir die Zeit«, sage ich. »Dafür möchte ich die einen Tag später, wenn das in Ordnung ist?«

Sie schaut bei sich nach und nickt. »Den Termin hatte ich eh bloß für Probetrainings reserviert. Das kann ich gut schieben.«

»Und was ist mit donnerstags zwanzig Uhr?«, frage ich. Meine Kurse sind definitiv voller, aber dafür hat sie nicht viele. Die kann ich ihr nicht alle wegnehmen.

»Donnerstag auch?« Plötzlich wirkt sie wie erschlagen, doch noch bevor ich fragen kann, was los ist, schnappt sie sich ihr Handy und stürmt nach draußen. Dabei höre ich noch, was sie murmelt: »Verdammt, verdammt, verdammt!«

4. KAPITEL

Chloe

Seit fast sechs Monaten strampele ich mich ab. Jeden Tag denke ich, dass ich es schaffen kann. Aber gerade jetzt fühle ich mich so klein wie ein Mäuschen, das neben einem fetten Tyrannosaurus Rex versucht, sich ihren Lebensraum zu erhalten.

Wie soll ich gegen so jemanden bestehen?

Natürlich folgt mir Jason. Ich höre es an der massiven Eingangstür, die mit ihrem typischen Ächzen aufschwingt. »Geh weg!«, rufe ich über die Schulter. »Ich brauch nur einen Moment. Der steht mir ja wohl zu!«

Alles bleibt ruhig – seltsam –, und idiotischerweise zieht sich mein Herz zusammen, und ich fühle mich so verflucht allein bei all dem hier. Klar, ich habe meine Freunde. Ich wüsste nicht, wo ich ohne Ava und Lauren, meine zwei Lieblingsmenschen, wäre. Aber Freunde können einem nicht bei allem helfen.

Im Geiste gehe ich meine Schuldenliste durch. *Mies.* Zu Hause kann ich nicht mal meine Toilette spülen. *Das ist absolut erbärmlich.* Außerdem esse ich das Frühstück von anderen Leuten. *Wie tief kann man noch sinken?* Ich bin unglaublich kurz davor aufzugeben. Und zu sehen, dass da jemand ist, der geschafft hat, wovon ich träume, frustriert mich. *Extrem!*

Obendrein stellt Jason irgendwas mit mir an, was nicht gut ist. Irgendwas mit meinem Herzen, meinem Verstand, mir.

Los, Chloe, du bringst das jetzt zu Ende, überlässt Jason den Termin, was zwar schade für deine Leute ist, aber dennoch das Vernünftigste. Und dann konzentrierst du dich auf dein Leben. Nicht seines. Ja, beide haben sich kurz getroffen, so was passiert. Doch deshalb habt ihr noch lange keine gemeinsame Zukunft.

Mit einem motivierenden Nicken drehe ich mich wieder um, um ins Studio zu gehen, und verliere beinahe das Gleichgewicht, weil Jason davorsteht, mit den Händen in den Taschen seiner Yogahose, in diesem Shirt, das so sexy hauteng sitzt, dass sich seine Muskeln darunter abzeichnen, und mit Haaren, die der Wind zerzaust. Er muss die ganze Zeit dort gestanden haben.

»Du solltest doch reingehen«, blaffe ich.

»Du hast nur gemeint, du brauchst einen Moment, und den hab ich dir gegeben.«

Das ist nett! Unglaublich nett! Unter anderen Umständen würde ich darüber nachdenken, ihn meinen Eltern vorzustellen. Aber die Umstände sind, wie sie sind.

»Korinthenkacker«, knurre ich und will an ihm vorbei. Womit ich nicht rechne, ist, dass er nach mir greift und mich an sich zieht. »Lass mich, Jason!«

»Warum bist du so wütend?«, fragt er sanft, während ich versuche, mich mit aller Kraft zu befreien, und er mich umgekehrt kräftig festhalten muss, damit ich ihm nicht entwische. *Aber schon vergessen? Er ist der Tyrannosaurus Rex. Ich bin die Maus. Er schafft das natürlich!*

»Warum bist du so nett?«, kontere ich. »Ich hab dir gesagt, dass ich keinen Sex mehr mit dir will. Also spar dir das Ritter-in-der-Not-Programm!«

»Glaubst du, Kerle sind bloß nett, wenn sie Sex wollen?«

»Das, oder meine Zeit donnerstags um acht.«

Statt sich zu streiten, drückt er mich entwaffnend an sich.

»Was soll das? Lass das!«, fauche ich.

»Ich tue das Richtige.«

»Und das wäre?«

»Einfach für dich da sein.«

Verdammt! Er gewinnt. Machtlos atme ich seinen Geruch ein, kuschele mich enger an ihn und genieße, wie herrlich warm er ist. *Wenn jeder solche Umarmungen bekäme, es gäbe keine Kriege mehr!*

Dabei denke ich wieder an Jeremy und an das, was wir hatten. Intensiver, als gut ist. Hätte ich noch eine Krankenversicherung, ich würde meine Therapeutin anrufen und nachfragen, was sie davon hält. Vielleicht passiert erst jetzt das, was sie immer wollte: dass ich die Ereignisse von damals verarbeite und damit frei werde für was Neues.

Was Neues?

Jason?

Mein innerer Selbstschutzmechanismus springt an. Keine Ahnung, wie es Menschen schaffen, sich nach einer großen Enttäuschung wieder neu zu verlieben. Ich kann das nicht.

»D-d-du kannst jetzt aufhören, nett zu sein«, sage ich leise. »Ich hab mich beruhigt.«

»Keine Chance.« Er drückt mir einen zärtlichen Kuss ins Haar. »Ich hab sogar vor, noch viel netter zu sein.«

»Wie bitte?« Ich löse mich ein paar Zentimeter, sodass ich zu ihm hochschauen kann, und mir stockt der Atem, als ich seinen intensiven Blick auffange, der mit voller Wucht mein Herz trifft und die Angst in mir wegsprengt.

»Ich würde wirklich gerne den Kurs am Donnerstag nehmen, aber dafür überlasse ich dir ein paar meiner Mittagskurse.« Er wartet, ob ich was sage, doch mir fehlen die Worte. »Die wollte ich schon lange loswerden, um mehr Zeit für andere Projekte zu haben«, redet er weiter. »Und du bist gut. Du wärst perfekt dafür.«

Ich müsste mich jetzt bedanken, aber ich will ihn nicht dazu ermutigen, mir noch mehr von diesen tiefen Blicken zuzuwerfen. »Das ändert gar nichts«, sage ich deshalb leise.

»Für dich vielleicht nicht, aber für mich.«

Jason

Chloe hat es noch nicht begriffen. Sie hat mich an den Eiern, egal ob sie will oder nicht.

Ich reibe weiter über ihren Rücken, merke, wie sie das genießt, und genieße umgekehrt, wie sie meine Nähe sucht. Und dabei wird mir klar, dass diese Frau mich nicht nur an den Eiern hat. Sie hat auch mein Herz.

Keine Ahnung, wie dieser Jeremy sie mit all dem hier alleine lassen konnte. *Vielleicht ist er mit einer Yogaschülerin durchgebrannt, und sie ist deshalb so misstrauisch!* Ich hoffe, sie erzählt es mir irgendwann. Ich will auch wissen, wie Chloe zum Yoga gekommen ist. Wo sie die Techniken gelernt hat. Woher die Idee für das Studio stammt. Ich will alles wissen. Was ihr Lieblingsessen ist, ihr Lieblingsland, ihre Lieblingsfarbe. Und selbst wenn ich alles wüsste, ich wäre noch immer fasziniert von dieser Frau.

Ich will sie gerade fragen, woran sie denkt, als ihr Magen knurrt.

»Du kannst unmöglich schon wieder Hunger haben«, rufe ich lachend.

Und zack ist sie erneut Miss Superdistanziert. »Das waren nur Verdauungsgeräusche«, pariert sie, löst sich von mir und geht vor nach drinnen. »Vielleicht stimmt ja was mit dem Bagel nicht.«

»Der war absolut okay. Ich hatte auch einen«, sage ich.

Sie zuckt nur mit den Schultern. »Das kann jeder behaupten.«

Ich grinse. »Wir können uns auch in Zukunft unser Essen teilen. In Susi-und-Strolch-Manier, ich ein Ende der Nudel, du das andere.«

»Damit wir uns am Ende küssen? Träum weiter!«

Ich muss leise lachen, denn ihre roten Wangen verraten, dass ihr das gar nicht so unangenehm ist, wie sie tut.

»Wenn du noch Hunger hast, könnte ich dir was besorgen«, schlage ich vor, weil ich ihr die Story mit den Verdauungsgeräuschen nicht abkaufe.

Ihr Magen knurrt laut. Richtig laut.

»Ich würde sagen, das ist Zustimmung«, ziehe ich sie auf.

»Oder lautstarker Protest, weil ich keinen Hunger habe, sondern das Verdauungsgeräusche sind«, beharrt sie. »Also lass es!«

Sie geht in den Hauptraum und beginnt, alles für ihren Kurs vorzubereiten. Zehn Matten, mehr nicht. Dabei kann der Raum locker dreißig fassen, so wie ich es ab und zu brauche.

Ich spiele mit dem Gedanken, ihr erneut meine Hilfe anzubieten, aber lasse es für den Moment gut sein. Sie will nicht, und ich kann sie nicht zwingen. Außerdem habe ich selbst genug Dinge, um die ich mich kümmern muss.

Geduld, Crowley!

Ich beantworte Mails, und sobald Chloe fertig ist, begrüße ich um neun Uhr meinen Sexy-Hausfrauen-Kurs, wie ich ihn politisch absolut unkorrekt nenne. Aber bevor man mich steinigt … Darin sind nur Frauen, die kommen, sobald die Kids in der Schule sind, um sich für ihre Ehemänner fit zu halten. *Als könnte man Liebe mit einem knackigen Hintern beeinflussen!* Im Anschluss räume ich die Matten weg. Doch plötzlich hallt ein spitzer Schrei durch das Studio.

Chloe!

Die Vorstellung, dass sie verletzt ist, zieht mir die Eingeweide zusammen. Etwas, das ich so heftig noch nie für jemanden empfunden habe.

Sofort lasse ich alles stehen und liegen und renne zur Rezeption. Nur um dort festzustellen, dass meine sexy Studiopartnerin nicht nur *nicht* verletzt, sondern in absoluter Topform ist und mit einem »Whoop, whoop« am Tresen irgendeinen Tanz aufführt, der eine Mischung aus Twirling, Springen und Stampfen ist. Ich will nicht, aber ich lache los. *Mist!*

Sofort hört sie auf.

»Bitte …«, pruste ich. »Mach … weiter …!«

»Ha, ha«, kommentiert sie humorlos.

»Wie war das noch gleich …?« Ich versuche, ihren Tanz nachzuahmen, wackele ebenfalls mit dem Hintern und mache mich mit Absicht lächerlich.

»Willst du mich verarschen?«, grollt sie.

»Ich will den Tanz auch können«, sage ich und wippe leicht mit den Hüften. »Komm schon! Zeig mir die Moves.«

»Jason, ich habe keine Ahnung, wovon du sprichst! Welcher Tanz? Ich erledige hier bloß Papierkram.« Sie ordnet sich ihre vom Springen verräterisch zerzausten Haare, zieht sich ihre Klamotten wieder zurecht und greift nach ihrem Tablet. Und was auch immer sie dort liest, bringt ihre Augen erneut zum Leuchten. Sie möchte sich freuen, aber verkneift es sich. *Das kann ich nicht so stehen lassen!*

»Was ist mit dem Freudenschrei? Hab ich mir den auch eingebildet?«

»Nein, der war echt. Ich hab fünf neue Kunden!«, platzt sie heraus. »An *einem* Tag!« Sofort leuchten ihre Augen. Doch noch während sie das sagt, sammelt sie sich. »Für dich ist das bestimmt keine große Sache. Aber für mich ist das der Wahnsinn! Also: Yay!«, jubelt sie gekünstelt und wendet sich wieder ihrem Laptop zu.

»Auf Probe oder fest?«, frage ich, weil ich ihr Preismodell kenne, das zwischen fünf Einheiten pro Monat, unbegrenzten Trainings sowie Privatstunden unterscheidet.

»Feste Mitglieder«, sagt sie und muss erneut lächeln.

Schnell überschlage ich im Kopf, was fünf Neukunden für sie bedeuten. Das sind bei ihren Preisen 750 Dollar im Monat. Natürlich ist das nicht die Miete. Aber sie hat ja schon sechzehn andere fest. Dazu kommen ein paar Privatkurse und jetzt neu meine Mittagskurse. Damit ist sie kurz davor, ganz allein Gewinn zu erwirtschaften!

»Glückwunsch«, sage ich und gönne ihr das total. »Und da führst du nicht mal einen kleinen Freudentanz zur Feier des Tages auf?«

Ihre Wangen färben sich rot, weil wir beide wissen, dass sie genau das getan hat. Bis ich sie überrascht habe.

Mir bleibt nur eines übrig …

Mit einem Grinsen öffne ich auf meinem Handy die Musik-App, gehe in meine Achtzigerjahre-Playlist, die ich mal für eine Mottoparty erstellt habe, wähle diesen einen Song aus und drücke auf Play, woraufhin die ersten markanten Beats von Tina Turners *Simply the Best* erklingen.

»Jason, was soll das?«, zischt Chloe.

Im Takt der Musik mache ich Moves, die nicht mal Tina hinbekommen würde. »Ich feiere. Na los, mach mit!«

Ablehnend verschränkt sie ihre Arme, aber ihre Lippen kräuseln sich, als sie mich beobachtet. »*Das* werde ich auf keinen Fall tun.«

Geradezu explosiv lasse ich meine Hüften kreisen und gehe danach in einen Maui-Chicken-Dance über. »Sicher, dass du nicht willst?«

Chloes Lippen zucken verdächtig, dann quiekt sie vor Lachen. »Jason, lass das!«

Tina Turner singt und singt, und ich denke nicht daran aufzuhören, auch wenn ich mich total zum Affen mache. »Komm schon!« Ich winke sie zu mir. »Tanz mit mir!«

Panisch schüttelt sie den Kopf, kreischt jedoch auf, als ich theatralisch auf den Knien zu ihr rutsche und Luftgitarre spiele.

Das Timing könnte nicht perfekter sein, denn genau in diesem Moment beginnt der Refrain. Ich richte mich mit meinen schrägen Moves auf, und ich und Chloe schreien wie die Verrückten den Text mit. Sie führt endlich wieder ihren verrückten Tanz auf, und wir beide lachen um die Wette und versuchen, uns gegenseitig mit immer absurderen Bewegungen zu übertrumpfen. Als gäbe es einen Wettstreit zwischen uns.

Himmel, was stellt diese Frau mit mir an?! Ich kann mich nicht erinnern, wann ich zuletzt so verflucht viel Spaß hatte.

Als der Refrain erneut läuft, sind wir uns plötzlich ganz nahe. Ich angele nach ihr. Wir machen noch zwei, drei verrückte Hüftbewegungen im Einklang miteinander, und dann schlingt sie die Arme um meinen Hals. Wir werden beide ruhiger, schnappen nach Luft und sehen uns an. Und auf einmal will ich sie wieder, genauso heftig wie gestern, sogar heftiger. Denn genau wie Tina es gerade singt: Chloe ist einfach die Beste.

Ich streiche ihr eine verschwitzte Haarsträhne aus dem Gesicht. Sie nähert sich mir. Ich lege die letzten Zentimeter zwischen uns zurück und küsse sie mit allem Hunger, der sich seit gestern in mir angestaut hat. Ein Hunger, der mit jeder Berührung größer statt kleiner wird.

Ihre Lippen erwidern den Kuss, ihr ganzer Körper erwidert ihn. So wie bei ihrem Freudentanz hält Chloe nichts zurück. Als wäre in ihrem Kopf diese eine Mauer, die sie um sich errichtet hat, erneut gefallen. Mir gefällt die Frau, die sie dann ist. Offen, fröhlich und unglaublich sexy.

Ich drücke meine Hüften an sie, zeige ihr, wie verrückt sie mich macht, und sie reibt sich seufzend an mir, während unsere Lippen wild nacheinander schnappen, als wollten wir uns eher auffressen, statt uns zu küssen.

Dann ist das Lied zu Ende, und Chloe versteift sich. Schwer atmend sehen wir uns an. Ich halte sie, und sie hält mich. Aber dann boxt sie mir gegen den Bauch und macht sich los, um den Tresen wie einen Abstandhalter zwischen mich und sich zu bringen. »M-m-mach das nie wieder«, stottert sie. *Wenig überzeugend.*

»Was denn?«

»Mich zum Lachen bringen.«

»Kann ich nicht versprechen, Baby.«

5. KAPITEL

Chloe

Am Ende des Tages müsste ich total erledigt sein. Doch ich fühle mich beschwingt. Als würden die Glücksgefühle nachwirken, die Jason mit seinem Freudentanz bei mir ausgelöst hat.

Ich gebe meine Kurse, löse den Scheck ein und überweise das Geld sofort an den Studiovermieter, wodurch zwar nicht meine Schulden, aber immerhin der aktuelle Monat bezahlt ist.

Dann kümmere ich mich um die Buchhaltung und stelle fest, dass ich mit Jasons Kursen und den Neukunden fast im grünen Bereich bin. Zum ersten Mal seit Bestehen des Studios.

Wow!

Ich drehe meine Insta-Story, fahre nach Hause, um meine Toilette mit dem Wasser von Nachbarn zu spülen, und gebe abends meinen nächsten Kurs. Jason begegne ich dabei nur im Vorbeigehen, was gut ist, denn jedes Mal, wenn wir uns treffen und unsere Blicke sich begegnen, grinse ich und habe Tina Turner im Ohr. Ohne dass ich es verhindern kann. Und ich denke automatisch an den Kuss. Und an den Sex. Und alles in mir zieht sich vor Verlangen zusammen.

Aber das darf sich nicht wiederholen. Wieso versteht er das nicht?

***

Als ich drei Tage später endlich mal eine freie Minute habe – und sogar weitere Kunden gewinnen konnte –, melde ich mich bei meinen Freunden.

»Es gibt was zu feiern!«, schreibe ich ihnen per WhatsApp, was längst überfällig ist. Schließlich kann ich ja schlecht mit einem Mann, den ich erst seit ein paar Tagen kenne, einen Freudentanz aufführen, meine Mädels dagegen ignorieren. »Habt ihr Zeit?«

»Was ist los?«, fragt Ava.

»Oh mein Gott, ich ahne es!«, kommt von Lauren.

»Was denn?«, fragt Ava.

»Sie hat einen Partner«, posaunt Lauren Neuigkeit eins heraus.

»Was hat sie? Seit wann? Warum weiß ich nichts davon? Und warum du? Chloe! Rede!«

»Dreht nicht durch, mehr später«, schreibe ich nur zufrieden lächelnd.

»Kommt er auch?«, fragt Lauren.

Jason? Garantiert nicht. »Nein, ihr Nervensägen.«

»Aber du hast einen Partner?«, fragt wieder Ava.

»Ja, fürs Studio!«, tippe ich. *Nicht dass es hier Missverständnisse gibt!*

»Aber das feiern wir nicht?«, hakt Lauren nach.

»Genau. Denn es dreht sich nicht immer alles um Männer«, stelle ich klar.

»Oh mein Gott, dein Studiopartner ist ein Maaann!!!!«, reagiert Ava.

»Du datest wieder?!«, kommt von Lauren.

Himmel! Ich fasse es nicht, dass sie sich darauf stürzen. »DARUM GEHT ES NICHT!«, tippe ich, und dann: »Bis später, um neun am Fort Point. Ich bring Wein mit.«

»Und mehr verrätst du nicht?«, schreibt Lauren.

»Chloe!«, drängelt Ava.

»Wir feiern erst, was auch immer es zu feiern gibt, wenn du uns alles zu deinem Partner erzählst«, verlangt Lauren.

»Deinem männlichen Partner ^^«, kommt von Ava.

»Ich glaub, sie liest hier noch mit, aber schweigt«, tippt Lauren.

»Böses Mädchen«, schreibt Ava.

»Rawrrrr«, sendet Lauren.

»:D«, ist Avas Antwort.

»Wir kommen, Süße!«, tippt Lauren nun, weil es ihr wohl auffällt, dass ich nur mitlese, mich jedoch nicht einmische.

»Oh Gott, jaaa! Wir kooooommen! Ja, ja, ja!«, tut Ava theatralisch.

»:*«, kommt von Lauren.

Diese zwei! »Benehmt euch«, schreibe ich. »Sonst, Ava, schicke ich deinen Chatverlauf an die Presse und deinen, Lauren, an deinen Trainer.«

»Das würdest du nie machen!«, schreibt Ava.

Ach ja? Sie haben mich so fies bearbeitet, dass ich darauf lediglich eine Antwort habe: »3:)« Das teuflische Emoticon-Zeichen. Natürlich nur zum Spaß, denn sie haben recht, ich würde ihnen nie schaden. Aber das heißt ja nicht, dass ich sie nicht etwas ins Schwitzen bringen kann.

Zufrieden stecke ich meine Nase in mein Weinregal, wo all die Tropfen schlummern, die man mir zur Eröffnung des Studios geschenkt hat und die ich – nach der ersten euphorischen Woche – nicht mehr angerührt habe. Sobald mir klar geworden ist, dass der Start viel schwieriger wird als gedacht.

Ich lese die Etiketten und entscheide mich für einen Weißwein aus Sonoma, einem Weinanbaugebiet hier ganz in der Nähe, packe die Flasche in meinen Rucksack, wechsele meine Tagesklamotten mit sauberen Jeans und einem gepunkteten Shirt und schwinge mich aufs Rad.

Ein Anflug von Bedauern überkommt mich, dass Jeremy jetzt nicht bei mir ist, um mitzufeiern. Aber der Moment vergeht. Ich fühle mich endlich mal als Gewinnerin, und das ist herrlich.

Ich trete wilder in die Pedale, rausche am Rand des Presidio vorbei, ein Park, der früher mal ein Militärstützpunkt war, erreiche die Marina und hoppele dann von der Straße runter, über ein kleines Rasenstück, direkt an den Picknickplatz, den Ava, Lauren und ich schon als Treffpunkt nutzen, seit wir gemeinsam von Miramar nach San Francisco gezogen sind, und in dessen Tische unsere Namen eingeritzt sind.

Die Wellen rauschen. Möwen kreischen. Und ich genieße einen der schönsten Blicke auf die Golden Gate Bridge. *Postkartenreif.*

Ein dreimaliges kurzes Hupen lässt mich herumfahren, und ich entdecke Avas Ford, der hält. Sie steigt aus und winkt mir schon von Weitem zu, und wie bestellt braust Lauren ebenfalls in ihrem Uralt-Hyundai an.

Um sie zur Eile anzutreiben, schwenke ich die Flasche und tue so, als würde ich sie ohne sie leeren. Beide kommen über die Wiese gerannt – Ava deutlich schneller als Lauren, schließlich ist sie die Sprinterin von uns – und mit einem Kreischen, wie es nur Mädchen können, fallen wir uns in die Arme.

»Du bist glücklich!«, ruft Ava leicht verwundert, als sie mich sieht.

»Sie hat ja jetzt auch einen Partner, richtig?«, betont Lauren wieder.

Tina Turner, mein hartnäckigster Ohrwurm aller Zeiten, meldet sich erneut. *Super!* »Deshalb öffne ich doch keine Flasche Wein«, tue ich empört.

»Sondern?«, lauert Ava.

»Weil ich in den letzten Tagen vierzehn neue Kunden an Land gezogen habe.« Das klingt nach wenig, aber meine Freundinnen wissen, was das bedeutet. »Vierzehn«, wiederhole ich ehrfürchtig und frage mich, wie ich klinge, falls ich jemals in der Lotterie gewinnen sollte. Viel glücklicher geht kaum.

»Richtige Kunden?«, fragt Ava skeptisch nach.

Lauren gibt ihr einen warnenden Hieb in die Seite und fällt mir um den Hals – noch mal. »Das ist wundervoll, wundervoll, wundervoll!«, ruft sie.

»Ja, natürlich richtige Kunden«, erkläre ich zerknirscht. *Oder glaubt Ava, ich würde einen Wein für Probekunden öffnen?*

»Mega!«, ruft nun auch sie und erdrückt mich ebenfalls. »Dann war es ja gut, dass ich den besorgt habe!«, sagt sie, und erst jetzt sehe ich, dass sie Sekt in der Hand hält, was viel besser ist als Wein.

»Und ich hab die hier«, sagt Lauren, löst sich und holt aus ihrer Tasche Einwegsektkelche.

»Ihr zwei!«, kann ich nur gerührt sagen. *Erst so skeptisch tun, aber dann total hinter mir stehen.*

Ava lässt den Korken knallen. Ein paar Möwen erschrecken sich und fliegen kreischend auf. Sie schenkt uns ein, wir stoßen an, und dann wollen sie alles wissen.

Erst mal erzähle ich davon, wie ich kurz davorstand, das Studio zu verlieren, und dass ich Lauren um Geld angebettelt habe, die aber knallhart war und mir gesagt hat, dass ich auf Ava hören und mir einen Partner suchen soll. Und dann, dass ich genau das endlich gemacht habe und dass Jason Crowley aufgetaucht ist. »Jason Crowley!«, jubele ich.

Da ihnen der Name so wie mir anfangs nichts sagt, zeige ich ihnen seinen Instagram-Account, den sie beide so heiß finden, dass sie ihn sofort abonnieren. Stolz berichte ich, dass ich Kurse von Jason übernehmen kann und dass ich on top – ich betone das, weil ich das selbst erreicht habe – noch die Neukunden gewonnen habe.

Ohne Punkt und Komma sprudelt es aus mir heraus. Und als ich durch bin, fühle ich mich wie betrunken vor Glück. Ich rutsche von der Bank und lege mich ins Gras, um den Himmel über mir anzusehen. Und Ava und Lauren rücken neben mich, so wie wir das als Teenager bei Wochenendausflügen immer getan haben, wenn wir hier gelegen und uns unsere Zukunft ausgemalt haben.

»Chloe?«, fragt Ava nach einer Weile.

»Ja?«

»Wie viel Sekt muss ich noch holen, damit du uns jetzt endlich das erzählst, was wir wissen wollen?«

»Was meinst du?«

Lauren stützt sich seitlich auf einem Arm auf. »Sie redet von Jason Crowley und dir. Wovon denn sonst?«

Da ich weiß, wie verräterisch meine Mimik ist, will ich einfach nur weiter den Himmel anschauen, als wäre nichts dabei. Dummerweise habe ich wieder Tina Turner im Ohr und sehe Jason vor mir, wie er wirklich schräg tanzt. *Der Mann ist ein Gott auf der Yogamatte, aber vom Tanzen versteht er nichts.* Ertappt muss ich grinsen und verstecke mein Gesicht hinter den Händen.

»Ich hätte ja nie gedacht, dass du so eklig glücklich sein kannst«, meint Ava und klingt eine Spur neidisch, was mich an ihr letztes Date denken lässt.

»Also hat es mit Terry nicht geklappt?«, frage ich sie mitfühlend. Terry ist einer der Läufer in ihrem Leichtathletikteam und passt eigentlich ganz gut zu ihr.

»Terry? Welcher Terry?«, ist ihr einziger Kommentar dazu, was mir und auch Lauren sagt, dass wir besser nicht weiter nachforschen sollten. Wenn Ava darüber reden will, dann wird sie das tun. Aber heute ist nicht der Tag dafür. »Los, heitere mich mit Geschichten von Jason auf!«, wechselt sie das Thema.

»Na gut …«, beginne ich und richte mich auf. »Wir haben uns geküsst.«

»Chloe!«, kreischt Lauren amüsiert und pikst mich in die Seite. »Ich wusste doch, dass da mehr ist. Ich wusste es! Ich wusste es! Ich wusste es!«

Lachend weiche ich ihr aus, weil ich furchtbar kitzelig bin.

»Ja, wie, und mehr sagst du nicht?«, drängt Ava.

»Er küsst gut«, füge ich hinzu.

»Komm schon, Chloe! Details!«

»Er küsst sehr gut«, sage ich und amüsiere mich darüber, wie beide fast vor Spannung platzen. Bis mir klar wird, dass Jason besser als Jeremy küsst. Und plötzlich fühle ich mich schuldig. *Mist!*

»Denk nicht an *ihn*!«, ermahnt mich Ava und legt einen Arm um mich. Wir alle drei wissen, dass sie Jeremy und nicht Jason meint, und so schroff Ava manchmal auch sein kann, sie ist genauso mitfühlend. Sie hat damals eine ganze Saison für mich ausgesetzt und dafür gesorgt, dass ich nicht durchdrehe. Das werde ich ihr nie vergessen. Ich wüsste nicht, wo ich heute ohne sie wäre.

Ich seufze tief, weil ich die Gedanken an damals verdrängen will, aber es klappt nicht. Wieder spüre ich diesen Druck auf der Brust. Dieses Gefühl, einen Teil von mir für immer verloren zu haben. Diesen unerträglichen Schmerz, der mich schon einmal fast aufgefressen hat. Und obwohl meine besten Freundinnen hier sind, sehne ich mich plötzlich nach Jason. *Wie seltsam!* Ja, gut, ich stottere in seiner Gegenwart und benehme mich etwas merkwürdig. Aber wenn er da ist, fühle ich mich wie ich selbst. Wie die Chloe Davis, die ich schon immer war, noch vor Jeremy, und die Chloe Davis, die ich wieder sein könnte. *Eine starke, selbstbewusste, glückliche Frau.*

»Wie geht es denn jetzt weiter?«, fragt mich Lauren, um mich aus meinem Tief zu holen.

Dankbar wandern meine Gedanken zu meinem Studio. »Ich leg mich ins Zeug, damit meine Kundenkartei wächst. Und dann werde ich *die* Yogatante von San Francisco. Ist doch klar!«

Wir lachen alle.

»Auf dass du uns dann überhaupt noch kennst, wenn du so biegsam und berühmt bist«, scherzt Lauren.

»Keine Sorge, solange mir die Räucherstäbchen nicht das Gehirn vernebeln, vergesse ich euch nicht.«

Wir leeren die Flasche, aber keine von uns macht Anstalten, den Abend zu beenden. Jede von uns hat ihr Leben, Termine, Verpflichtungen. Umso intensiver genießen wir die Zeit zusammen.

Ich muss daran denken, dass ich in den letzten Tagen gar nicht wie üblich an die drei Sachen gedacht habe, für die ich dankbar bin. Und während ich in den Himmel schaue, wo man kaum Sterne, dafür aber den Mond sieht, hole ich das nach.

Zuallererst bin ich dankbar für meine Freundinnen, deren Hände ich drücke und die meine stumm zurückdrücken, als wüssten sie, dass ich gerade an sie denke.

Dann bin ich dankbar für meine neuen Kunden und für die Kurse, die ich von Jason bekommen habe. Sofort muss ich wieder grinsen, und Tina Turner singt in meinem Kopf. *Seufz!*

Und – ich überlege etwas – *oh mein Gott, ja!* Ich bin dankbar für meine gespülte Toilette. Man sagt ja, Hauptsache ein Dach über dem Kopf. Aber ich finde, die Redewendung muss dringend um fließend Wasser und Strom ergänzt werden.

Zum Glück hat sich meine Situation in den letzten Tagen nicht verschlechtert. Leider ist es bisher auch noch nicht viel besser geworden, weil ich das Geld, das ich habe, für bereits bestehende Verbindlichkeiten und einen vollen Kühlschrank und nicht für die Rechnung des Wasseranbieters verwendet habe. Aber manchmal ist keine Verschlechterung ebenfalls ein Fortschritt. *Ein Moment nach dem anderen*, denke ich mir. *Immer nur ein Moment. Und der jetzt, und der jetzt, und der jetzt – die sind perfekt. Was will man mehr?*

Jason

Ich kann immer noch nicht glauben, dass ich zu Tina Turner abgerockt habe. *Bitte mich, in den Skorpion zu wechseln? Kein Problem. Mache ich mit einem Lächeln. Aber tanzen? Nein, nicht meins.* Doch ich habe es getan, und seitdem kann ich Chloes Lachen nicht mehr vergessen. Und das Gefühl ihrer Lippen auf meinen. Und dann wieder das Lachen. Dieses unbeschwerte, ausgelassene, sorglose Lachen.

Leider höre ich es in den nächsten Tagen nicht, weil wir uns verpassen. Regelmäßig fahre ich bei meinem Studio vorbei, um den Fortschritt der Renovierungsarbeiten zu überwachen. Ich gebe meine Gruppenkurse und – mal im Studio, mal in den entsprechenden Wohnungen – die Privatstunden bei Leuten wie Jill, die sich mir in einem aufreizenden Fummel nach dem anderen präsentiert. Chloe gibt ihre Kurse. Immerhin am Rand kriege ich mit, wie sie ihren Instagram-Feed und ihren YouTube-Kanal mit Inhalten füttert. Das ist alles.

Nach einem Interview für ein Sportmagazin erhalten ich und auch Chloe im Nachgang weitere Anmeldungen, was dazu führt, dass sie am nächsten Tag Tina Turner summend durch das Studio huscht, aber immer nur dann, wenn sie mich nicht bemerkt. Falls doch, so sehen unsere Unterhaltungen etwa wie folgt aus:

»Oh … H-h-hi, Jason.«

»Hi, Chloe, gute Laune?«

»Ach … A-a-alles wie immer.«

»Wie immer?«

»Yepp. W-w-wie immer.«

»Na dann, man sieht sich.«

»Klar … M-m-man sieht sich.«

Klingt nicht wie der Anfang einer großen Liebesgeschichte, richtig? Sie vermeidet es, einen Schritt auf mich zuzumachen, und ich belasse es vorerst dabei.

Nicht dass ich sie nicht will! Gott, ich denke quasi Tag und Nacht an sie. Daran, Zeit mit ihr zu verbringen. Daran, sie meinen Freunden vorzustellen. Daran, mit ihr Paaryogakurse anzubieten – etwas, das ich bisher nicht gemacht habe, weil mir eine qualifizierte Partnerin gefehlt hat. Aber ich verkneife mir, irgendetwas davon mit Chloe zu besprechen, und sage mir, dass wir ja Zeit haben.

Gleichzeitig bin ich frustriert.

Denn bis auf ihr Gestammel und das Summen von Tina Turners Lied, scheine ich keinen besonderen Eindruck bei ihr hinterlassen zu haben.

Ich habe die Befürchtung, dass sie an diesen Jeremy denkt, jemand, über den ich versucht habe, mehr herauszukriegen. Aber weder auf ihrem Social-Media-Profil – und ich habe jeden ihrer 1.087 Posts inklusive aller Kommentare gelesen – noch in ihren Videos wird ein Jeremy erwähnt. Na gut, oder wenn er erwähnt wird, dann nur mit einem: »Das ist für dich, Jeremy!« Wie eine Live-Widmung. Was ich zum Kotzen finde. *Denn wie kann sie so liebevoll über dieses Arschloch reden, das sie sitzen gelassen hat? Oder umgekehrt: Wie kann dieses Arschloch nicht sofort in ihr Studio stürmen und über diese entzückende Frau herfallen? Ich würde es tun.*

***

»Wo bist du mit deinen Gedanken? Doch nicht etwa bei dieser Hammerfrau Jane?«, fragt mich Tyler, als ich mit ihm und Wade nach Fort Point zum Surfen fahre. Der Spot ist extrem bekannt, aber nur für Pros geeignet und lediglich zwei Stunden vor und zwei Stunden nach Ebbe nutzbar. Heute Abend sind die Bedingungen optimal. Jeder von uns hat Zeit, und in einem Neoprenanzug sind die Temperaturen perfekt. Doch als sich alle aufwärmen, stehe ich nur neben dem Board, den Anzug bis zur Hüfte hochgezogen, und schaue zum Wasser und zur Golden Gate Bridge – der Hauptgrund, warum der Spot so beliebt ist. »Was ist los, Kumpel?«, hakt er nach.

Stirnrunzelnd sehe ich ihn an und klappere im Kopf die verschiedenen Janes ab, die ich kenne, bis mir klar wird, dass er jemand anderen meint. »Du redest von Jill? Spinnst du?! Das ist die letzte Frau, an die ich in meiner Freizeit denke!« Er grinst stolz, weil ich in seine Falle getappt bin. Denn wenn es eine Frau gibt, an die ich nicht denke, dann gibt es auch eine, an die ich denke. »Glückwunsch, Tyler! Du hast mich erwischt.«

»Wie? Und das ist alles, was du mir zu deiner neuen Herzensdame sagen willst?«

Lachend zwänge ich mich in meinen Anzug. »Was willst du wissen? Wie ich mit ihr zusammen zu Tina Turner abgerockt habe?«

»Verarschen kann ich mich alleine.«

Zufrieden schnappe ich mir mein Board und gehe zu Wade, der schon am Wasser steht. »Wer ist jetzt mit seinen Gedanken woanders?«, rufe ich Tyler zu. »Komm schon!«

Er folgt mir. »Sag mir wenigstens, wie sie heißt?«

»Nie im Leben!«

»Nie im Leben ist ein seltsamer Name«, meint Tyler.

Wade lacht. »Braucht ihr zwei eine Gruppentherapie, oder kann es losgehen?«

»Traust du dich nicht alleine ins Wasser, oder worauf wartest du?«, gebe ich zurück und bin, obwohl ich der Letzte war, plötzlich der Erste am Start.

Vorsichtig klettere ich mit dem Board über die Felsen, gleite ins Wasser und fange sofort an zu paddeln. Vor mir sind die dunkle Bucht und die Golden Gate Bridge, die bereits von der untergehenden Sonne angestrahlt wird. Und mein Kopf wird total leer.

Im Studio denke ich öfter an den nächsten großen Hype, wie ich am Ball bleibe und was das Leben sonst noch bereithält. Aber wenn ich auf dem Wasser dahingleite, bin ich nicht der McYogaDream, sondern Jason, ein Typ auf einem Surfbrett.

Mit Wade und Tyler schwimme ich dorthin, wo die Wellen starten, und warte. Vom Ufer aus wirkt das entspannt, wie ein Picknick auf dem Wasser. Aber das ist es nicht. Jeder von uns ist hoch konzentriert, denn Sekunden entscheiden darüber, ob die nächste Welle deine ist oder nicht.

Wade richtet sich als Erster auf und versucht es, aber die Welle ist zu schwach. Ich lasse sie ziehen, paddele weiter raus, und dann plötzlich spüre ich es. Mit einer geschmeidigen Bewegung stelle ich mich auf. Das Yoga hilft mir auch beim Surfen, weil man dafür ein gutes Körpergefühl braucht. Ich merke, wie das Wasser das Board anhebt. Ich nehme Geschwindigkeit auf und schieße vorwärts.

Das Gefühl ist fast so gut wie Sex, denke ich. Und prompt bin ich bei Chloe. Ich verliere das Gleichgewicht, das Brett bricht weg, Wade lacht, und die Welle kracht über mir zusammen.

Ich müsste mich ärgern, stattdessen setze ich mich aufs Board, schüttele mir das Wasser aus den Haaren und fühle mich absolut perfekt.

Während ich wieder rausschwimme, erwischt Tyler nun auch eine Welle und reitet sie, bis er abdrehen muss, um nicht zu nah an die Felsen zu kommen. Als er zurückpaddelt, ist er mit Wade fast gleichauf, und die Welle, die ich als Nächstes nehme, erwischen die anderen beiden ebenfalls.

Mega!

»Was war das eben, Großmeister des Surfings?«, fragt Wade und spielt auf meine Bruchlandung an, als wir alle erneut rauspaddeln.

»Nichts«, sage ich cool.

»Er war abgelenkt«, erklärt Tyler.

»Wovon? Dem Sonnenuntergang?«, zieht mich Wade auf.

»Nein, von deinem sexy Knackarsch«, pariere ich.

»Uuuuh, herber Schlag«, kommentiert Tyler.

»Damit kann ich leben«, meint Wade. »Einer muss ja den besten haben.«

Tyler und ich lachen und sind trotz der Frotzeleien entspannt.

Wir sind eine Einheit. Jeder kann sich hier draußen auf die anderen verlassen. So haben wir uns auch kennengelernt, als wir zu dritt einen Surfer bei Santa Cruz aus dem Wasser gezogen haben, der sich mit seiner Kraft verschätzt hatte. Das passiert Anfängern öfter. Nach dem Vorfall haben wir uns über Surfspots und Unfälle ausgetauscht, die wir schon mitgekriegt haben, und sind dann eher durch Zufall so verblieben, dass wir zusammen rausgehen. Woraus eine Freundschaft entstanden ist.

Wir lassen uns von den Wellen treiben, bis es zu dunkel und das Wasser zu gefährlich wird. Tyler, unser Sicherheitsfanatiker, gibt zuerst das Zeichen zum Abbruch und schwimmt voraus. Wade und ich folgen ihm, klettern vorsichtig über die Felsen zurück an Land, klopfen uns auf die

Schultern und grinsen wie Jungen, die gerade den größten Spaß ihres Lebens hatten.

Mein Körper wurde im Wasser beansprucht, und ich genieße die Müdigkeit in den Muskeln. Lässig lehne ich das Board ans Auto, damit es trocknen kann, bevor ich es über die Polster reinschiebe. Mir ist zwar nicht so wichtig, dass immer alles sauber bleibt, aber einmal roch es nach dem Surfen wochenlang fischig im Wagen. Selbst diese peinlichen Duftbäume haben den Gestank nicht wegbekommen. Erst eine sauteure Innenreinigung hat mich davon befreit. Seitdem nicke ich den anderen beiden bloß zu, wenn sie ihr Equipment schon wegpacken, und lasse mir Zeit.

Mein Blick schweift über das Wasser und zur Brücke. Ich mag den Wind und das Geräusch, wenn sich die Wellen brechen. Mittlerweile ist es spät, weshalb kaum noch jemand am Picknickplatz ist. Nur zwei weitere Autos stehen herum, und ich frage mich, wem sie gehören.

Im ersten Moment befürchte ich, dass noch Surfer draußen auf dem Wasser sind. Und so als hätte Tyler einen ähnlichen Gedanken, schaut er wie ich zu den Wellen, wo wir aber niemanden entdecken können. Dann hören wir im Wind gackerndes Frauenlachen und das Klirren von Glas, und mit viel Konzentration erkenne ich eine Gruppe Mädchen neben dem Picknicktisch.

Wieder muss keiner von uns was sagen. Wir werfen uns lediglich Blicke zu und wackeln mit den Augenbrauen, weil Mädelspartys bei jedem von uns Erinnerungen an die Collegezeit hochkommen lassen. Wade holt alkoholfreies Bier aus der Kühlbox in seinem Wagen, öffnet uns die Flaschen mit der Hand – ein Trick, den ich immer noch nicht beherrsche, wovon ein paar kleine Narben an meinen Handballen zeugen –, und wir stoßen einträchtig schweigend an.

»Oh, schaut mal, da drüben ist Bewegung!«, weist uns Wade auf die Mädels hin.

Wir alle sehen amüsiert rüber, und erst jetzt wird klar, dass es nicht zwei, sondern drei junge Frauen sind, wobei die eine definitiv mehr getrunken hat als die anderen.

»Das wird sie morgen bereuen«, bemerkt Wade zu der Frau, die über das dunkle Gras stolpert.

»Ich wette, das war es wert«, sage ich.

Eine der Frauen verabschiedet sich und geht zu ihrem Wagen. Die anderen beiden reden noch miteinander, zunehmend hitziger, bis die Angeschwipste sich an einem Fahrrad zu schaffen macht.

Fuck!

Ich denke nicht nach, sondern drücke auf die Lichthupe, nur für den Fall, dass sie uns bisher nicht bemerkt haben. *Sie wird doch wohl nicht in dem Zustand Rad fahren? Kann ihre weniger angetrunkene Freundin sie bitte mit dem Auto nach Hause bringen!*

Die Angetrunkene winkt lachend zu uns und ruft: »Huhu!« Ziemlich euphorisch – und in einem Tonfall, der dafür sorgt, dass meine Haut kribbelt. *Wie seltsam!*

»Was tut sie da?«, fragt Wade und sieht wie wir anderen zu den Frauen.

»Ich glaub, sie hat uns gerade ihre Brüste gezeigt«, meint Tyler feixend, obwohl man das im Dunkeln und auf die Entfernung schwer ausmachen kann, und er pfeift anerkennend in ihre Richtung. »Das haben wir gleich.« Er drückt mich zur Seite, beugt sich in meinen Wagen und lässt erneut die Lichthupe aufleuchten, und ich spucke meinen Schluck Bier aus, als ich Chloe erkenne, die wieder ihr Shirt hebt, mit dem Arsch wackelt und gegen den Wind schreit: »Ich bin der König der Welt!«

Wade und Tyler johlen, aber ich stürme schon los. Dabei fluche ich: »Ich bring sie um! Ich bring sie so was von um!«

6. KAPITEL

Chloe

»Was ist denn in dich gefahren! Lass das!«, zischt Lauren mir zu und gibt sich Mühe, mein Shirt, das ich hochgezogen habe, wieder runterzuziehen. »Scheiße, da kommt einer her! Los, rein mit dir in meinen Wagen.«

Das macht mich augenblicklich nüchtern. *Stimmt, ich war eventuell ein bisschen zu ausgelassen.* Weil ich völlig vergessen hatte, dass ich einen Berg von Problemen habe – immer noch, wenn auch kleiner werdend. Adrenalin schießt durch meinen Körper, und mit zitternden Muskeln klettere ich auf die Rückbank von Laurens Hyundai. Als sie einsteigt und den Motor startet, versperrt ihr der Typ den Weg. Sie gibt probehalber Gas, doch er geht nicht beiseite.

Ängstlich werfe ich einen Blick nach vorn, und mir stockt der Atem, denn ich erkenne den Mann. »Scheiße, das ist J-J-Jason!«, rufe ich, prompt wieder stotternd.

»Der Jason, den du geküsst hast?«, fragt Lauren überrascht.

»Genau der!«, antwortet die Stimme des Adonis, der oben ohne in einem Neoprenanzug vor der Motorhaube steht. *Wie ein Fleisch gewordener Männerkalender!*

Statt Vollgas zu geben, was ich für ziemlich angebracht halten würde, stellt Lauren den Motor ab.

»Fahr schon!«, fauche ich ihr zu.

»Falls du es nicht mitbekommen hast, dein Partner, den du geküsst hast und der absolut göttlich aussieht, ist mir im Weg. Und ich glaube, er möchte, dass du aussteigst.«

»Also ich glaube das nicht«, antworte ich kindisch.

»Chloe, raus da mit dir!«, dröhnt Jason.

»Siehst du«, meint Lauren amüsiert.

Mit zitternden Fingern löse ich die Türverriegelung.

»Und jetzt aussteigen!«, befiehlt er rau.

»Ich denk ja nicht im Traum dran. Du machst mir Angst!«

Er schenkt mir sein umwerfendstes Lächeln, das, das mich seit Tagen verfolgt. »Du hast keine Angst. Ich mach dich nur nervös. Das wissen wir beide. Also? Kommst du freiwillig raus, oder muss ich dich holen?« Er grinst. »Denn das würde ich.«

»Ich würde mich weigern«, kichert Lauren, was für einen eifersüchtigen Stich bei mir sorgt.

»Gut, ich komm ja schon«, zische ich, steige aus und vollführe eine holprige Drehung. »Tadaaa, hier bin ich. Zufrieden? Und jetzt?«

Jetzt will ich böse Dinge mit dir anstellen, lese ich in seinen Augen. Und dass er unglaublich wütend ist. Seine Gefühle können es in ihrer Intensität locker mit den Wellen in der Bucht aufnehmen. Aber er spricht die Worte nicht aus, sondern atmet mehrmals tief durch, kommt dann zu mir und zupft mein gepunktetes Shirt, das noch halb auf meiner Taille aufgerollt ist, vollständig nach unten, sodass auch der letzte Streifen meiner Haut bedeckt ist. »Jetzt steigst du bei mir ein, und ich fahr dich nach Hause.«

»Ich bin mit dem Rad hier. Nein.«

»Das hat dich eben auch nicht gestört.«

Ich brauche einen Moment, bis ich begreife, was er meint. Dass ich zu Lauren ins Auto gestiegen bin. »Das war eine reine Schutzmaßnahme. Lauren wohnt nicht bei mir in der Nähe. Wir haben uns bloß vor einem uns körperlich überlegenen Kerl im Wagen versteckt. Mit dem Rad bin ich viel schneller zu Hause.«

Jason fährt sich übers Gesicht, als könnte er nicht glauben, dass ich hier mit ihm diskutiere. Doch anstatt sich mit mir anzulegen, wendet er sich Lauren zu. »Wo steht ihr Rad?«

»Dort drüben!«, sagt sie und zeigt zu einem der Laternenpfähle.

»Lauren«, zische ich sauer und fühle mich verraten. *Sie hat gefälligst auf meiner Seite zu stehen!*

»Sorry, Süße, aber ich finde auch, du solltest nicht mehr fahren. Genau wie ich es dir gerade gesagt habe.«

Hat sie, was der Grund ist, weshalb wir noch auf dem Parkplatz waren, während Ava schon losgedüst ist. Deshalb sind die Surfer auf uns aufmerksam geworden, ich habe aus einem Impuls heraus meine Brüste gezeigt, und nun steht Jason vor mir und benimmt sich, als wäre ich komplett unzurechnungsfähig. Dabei ist es ungefährlich, mit einem Schwips Fahrrad zu fahren. Das habe ich schon Hunderte Male gemacht, und nie ist was passiert. Ich bin vorsichtig, denn ich kann es mir nicht leisten, einen Unfall zu bauen, weil ich keine Versicherung habe.

Aber Jason interessiert das alles nicht. Er steuert zielstrebig mein Rad an und überprüft das Schloss.

»Der Schlüssel, Chloe!«, sagt er bloß.

»Wenn du mein Fahrrad auch nur anrührst, schmeiß ich dich aus dem Studio«, drohe ich und rücke den Schlüssel natürlich nicht raus.

»Das meinst du nicht ernst.«

»Doch, das tue ich«, sage ich stur.

Hilfe suchend schaut er zu Lauren.

»Ja, sie ist leider so liebenswert durchgeknallt, dass sie das ernst meint«, sagt sie. »Zumindest für den Moment.«

Frustriert fährt sich Jason durch die Haare, als nun auch die anderen Typen rüberkommen.

»Alles klar hier?«, fragt jemand mit vom Wasser noch ganz dunklen Haaren, dabei könnten sie auch blond sein. In dem Licht ist das schlecht zu erkennen.

»Wade?«, keucht Lauren neben mir. »Ähm, hi?«

»Lauren?«, fragt er ebenso überrascht. »Wow, was für ein Abend!«

Ich bin neugierig, wer Wade ist, woher er und Lauren sich kennen und warum beide nach dem ersten Hi so auffällig verstummen. Aber ich habe eigene Sorgen.

Da wäre zum einen, dass mein wundervoller, beschwingter Abend jäh zu Ende ist.

Und zum anderen, dass der Grund dafür unglaublich sexy vor mir steht. So sexy, dass ich Mühe habe, Jason in die Augen zu schauen, statt meinen Blick ausgehungert über seinen durchtrainierten Körper wandern zu lassen. *Eine Glanzleistung, denn man muss förmlich hinstarren! Als würden Pfeile darauf zeigen.*

»Wie wäre es mit einem Kompromiss?«, sagt er, richtet sich auf und ist mir so nah, dass ich den Kopf leicht in den Nacken legen muss – und so nah, dass seine Anwesenheit verrückte Dinge mit mir anstellt.

»W-w-was für einer?«, frage ich.

»Du fährst auf deinem Fahrrad nach Hause, und ich begleite dich mit dem Wagen.« Er zögert, aber dann streckt er doch die Hand aus und spielt mit meinen Haaren, die der Wind immerzu zerzaust. »Wäre das okay?«

Mal davon abgesehen, dass ich ihn schlecht daran hindern kann, mit seinem Auto dahin zu fahren, wohin er will, und ich mit dem Rad nachts ausschließlich gut ausgeleuchtete Wege nehme, sodass man mir leicht folgen kann, rührt mich, wie wichtig ihm das ist.

»Ich hab das wirklich schon x-mal gemacht«, sage ich beruhigend. »So betrunken bin ich nicht.«

»Ich würde mich besser fühlen.«

Meine Haut kribbelt plötzlich, und ich nehme nur noch ihn wahr, den fantastischsten Mann, den ich kenne. So großartig wie Jeremy und großartiger. Und ich spüre dieses unbändige Verlangen, zu ihm zu gehören, und gleichzeitig diese erdrückende Angst vor dem Schmerz, wenn ich ihn verliere. Ich müsste gegen diese Gefühle und diesen Mann ankämpfen. Aber jetzt, in diesem Augenblick kann ich es nicht. Es muss an der Stimmung liegen, an der Dunkelheit, die uns umgibt … Am Mond, der scheint … An den Wellen, die rauschen … Daran, dass der Wind kühler geworden ist und mich frösteln lässt, während Jasons Hand, die mit meinen Haaren spielt, sich so warm anfühlt … Ich strecke meine Hand aus, will ihn nicht berühren, aber muss es, und lege sie an seine Wange. Und daraufhin schließt er genießerisch die Augen.

Verdammt, Chloe, was tust du da?

Du gehst zu weit!

Hastig ziehe ich meine Finger zurück, als hätte ich mich verbrannt.

»Okay, können wir so machen«, sage ich mit klopfendem Herzen. »Ich fahr vor und du mir hinterher.«

Ich bücke mich und öffne das Fahrradschloss. Für einen kurzen Moment spiele ich mit dem Gedanken, mich einfach auf den Sattel zu schwingen, in die Pedalen zu treten, auf die Kraft des unterstützenden Motors zu setzen und ihm davonzufahren. Jason trägt noch den Neoprenanzug, und sein

Wagen steht ein paar Meter entfernt. Bis er mir folgen könnte, wäre ich längst über alle Berge. Doch als würde dieser Mann das ahnen, greift er nach dem Lenker, übernimmt das Rad für mich und schiebt es zu Lauren und den anderen.

»J-J-Jason begleitet mich nach Hause«, sage ich zu Lauren und spüre, wie ich rot werde, weil ich mal wieder stottere.

»J-J-Jason?«, ahmt sie mich amüsiert nach.

»Du kannst so fies sein!«, ist mein einziger Kommentar dazu. Dabei hätte ich mir das umgekehrt auch nicht verkniffen.

»Das macht sie immer, wenn ich sie ganz durcheinanderbringe, nicht wahr?«, erklärt dafür Jason.

»Blödmann!«, knurre ich, nicht stotternd. *Ha!*

Er lacht, legt seinen Arm besitzergreifend um mich und zieht mich zu sich, um mir einen wahnsinnig nassen, irgendwie freundschaftlichen und gleichzeitig intimen Kuss auf die Wange zu drücken. »Und wenn sie sauer auf mich ist, verschwinden die Sprachstörungen wie durch ein Wunder.«

»Lass das, oder ich überlege es mir anders«, grolle ich und entwinde mich ihm.

»Wirst du nicht«, haucht er mir zu.

»Vollidiot!«

Dabei hat er recht! So weit ist es schon mit uns!

Ich lese in Laurens Augen, dass wir uns auf jeden Fall sprechen werden. Schließlich habe ich ihr nur erzählt, dass ich Jason Crowley geküsst habe. Nicht dass, wenn wir zusammen sind, irgendwas Seltsames vor sich geht, das mich ganz durcheinanderbringt und mich von innen wärmt und mir, auch wenn ich wütend bin, ein Lächeln auf die Lippen zaubert.

»Du kommst klar?«, fragt sie bloß.

Ich nicke. »Sicher.« *Bin ja erwachsen.*

»Dann noch mal herzlichen Glückwunsch. Ich freu mich unendlich für dich, Süße. Bis bald.«

»Bis bald, Lauren.«

Sobald sie weg ist, gehen wir zu den Autos der Männer, und ich kann mich nicht zügeln: »Du kennst Lauren?«, frage ich Wade neugierig.

Seine Miene bleibt undurchdringlich. »Von früher«, erklärt er knapp.

»Und?«, hake ich nach. *Denn müsste ich ihn dann nicht auch kennen?*

»Nichts und«, sagt er, als wäre die Sache damit erledigt, steigt in seinen Wagen und ist weg, bevor ich ganz begreife, was los ist. *Wie seltsam!*

»Weißt du was über die beiden?«, frage ich Jason.

»Leider nein. Ich kenne Wade erst seit ein paar Jahren, und in der Zeit hat er nie groß über Frauen geredet.«

»Und du?«, frage ich und wende mich dem anderen Mann zu, Tyler.

Der hebt abwehrend die Hände, wobei ich Tattoos an seinen Unterarmen entdecke. »Was auch immer das hier ist, ich halte mich raus. Viel Spaß euch beiden!«

Mit diesen Worten geht auch er, während ich spüre, wie ich rot anlaufe. »Denkt er etwa, wir schlafen nachher miteinander?!«

»Ich glaube, ja«, sagt Jason grinsend.

Findet er das lustig? »Nun, das wird nicht passieren«, stelle ich klar, nehme sein Surfbrett und verfrachte es in seinen Wagen. »Los, zieh dich schon um. Wenn du nicht schnell genug bist, fahr ich ohne dich los. Ich will nach Hause.«

Jason

Für eine Sekunde bin ich versucht auszunutzen, dass wir jetzt alleine sind. Aber das Rumsen, das mein Board macht, als Chloe es in meinen SUV schiebt, lässt mich die Idee verwerfen. Ich stelle das Fahrrad direkt vor mir ab, um sicherzugehen, dass sie ihre Drohung nicht wahr macht und vorzeitig abhaut, setze mich auf den Fahrersitz und ziehe mir endlich den Neoprenanzug aus und meine Sachen an.

»Ich wäre dann so weit«, sage ich, als ich umgezogen bin, stehe auf und schiebe das Rad zu ihr. »Sicher, dass ich dich nicht einfach fahren soll? Dein E-Bike passt locker in den Wagen rein.«

»S-s-sicher«, sagt sie nur und greift nach dem Lenker.

Ich grinse, weil das Stammeln mir mehr verrät, als sie preisgeben will. »Und sicher, dass du in deinem Zustand fahren kannst?«

»Ich bin nicht so betrunken, wie du denkst.«

»Den Zustand meinte ich nicht«, sage ich sanft.

»K-k-keine Sorge. Du machst mich nicht so nervös, dass ich nicht geradeaus fahren könnte.«

Darüber würde ich mich gerne mit ihr streiten, aber entschlossen schwingt sie sich auf ihr Fahrrad und wartet, abmarschbereit.

»Also gut …«, murmele ich, steige in meinen Wagen, lasse den Motor an, drehe das Licht auf, schnalle mich an und gebe ihr mit dem Aufblenden der Scheinwerfer zu verstehen, dass wir loskönnen.

Sie winkt mit der linken Hand, während sie Schwung holt. Dabei eiert sie verdächtig auf dem Rad herum, was

Miniherzinfarkte bei mir auslöst, sodass ich das Ganze schon für eine miese Idee halte. Doch sobald sie von der Wiese runter und auf der Straße ist, radelt sie im Licht der Scheinwerfer schnurgerade. *Zum Glück!*

Erst geht es ein paar Meter die Marina entlang und dann auf der Lincoln durch den Presidio Park, wo sie kurz aufsteht und trotz Motor am Fahrrad gegen die Steigung ankämpft. Als die geschafft ist, rauscht sie sofort weiter.

Ich fahre konstant zwischen zehn und zwanzig Meilen pro Stunde und bewundere, wie schnell Chloe ist. *Wie all die Radfahrer, die es gewohnt sind, jeden Weg mit dem Bike zu erledigen.*

Als wir durch Richmond kommen, hängt sie mich an einer Ampel plötzlich ab. Sie rast bei Rotorange rüber, ich muss jedoch bremsen, weil ich Rot habe. Ich rechne damit, dass sie nun verschwindet. Doch zu meiner Überraschung hält sie an, wirft einen Blick zurück und wartet auf mich, obwohl die Straße vor ihr wieder leicht bergauf führt. *Und sie hat mich an den Eiern!*

Die Tatsache, dass ich seit einer gefühlten Ewigkeit ihren Hintern beim Radeln vor der Nase habe, ist schon Folter. Aber dass sie dort auf mich wartet, sagt mir alles, was ich wissen muss. Hier entwickelt sich was. Was Schönes.

Ein Hupen hinter mir reißt mich aus meinen Gedanken. Chloe macht breit grinsend einen Fingerzeig, und mir wird klar, dass sie meine Ampel meint. Wieder hupt jemand, und ein Sportwagen überholt mich nun, als ich auch endlich Gas gebe, weil ich Grün habe.

So ist das mit ihr und mir, nicht nur ich bringe sie durcheinander, sondern sie auch mich.

Ich fahre über die Kreuzung, und genau in dem Moment setzt sich Chloe wieder richtig hin und tritt nun mächtig in die Pedalen, um ohne Schwung den Berg hochzukommen. Selbst der kleine Motor am Rad kommt hier an seine Grenzen. Kurz vor dem höchsten Punkt klebe ich ihr im Schritttempo am Hintern. Was mich nicht im Geringsten stört, denn in den Jeans und unter Anspannung macht der eine verdammt gute Figur. Und lässt mich an Sex denken … an ihre Haut auf meiner … ihre Hitze an meinem Schwanz …

Fuck, werde ich hart.

Dann ist der Berg geschafft, und ihre Haare fliegen im Wind, als es erneut runtergeht. *Wie Superwoman!*

Ich schätze, dass sie Richtung Studio fährt. Stattdessen jagt sie weiter durch den Golden State Park und radelt in den Sunset District rein, eine Gegend, die, so malerisch das Wort ›Sonnenuntergang‹ klingen mag, zu den vergleichsweise günstigen Vierteln von San Francisco zählt. Schließlich verringert sie ihr Tempo, schwingt ihr Bein über den Sattel, bleibt noch auf dem einen Pedal stehen und hält direkt vor dem Briefkasten von einem der vielen einfachen Häuser, die kein Vergleich zu der Villa sind, in der ich wohne. Und sie erlöst mich von der aufreizenden Aussicht auf ihren Hintern. Auch wenn mein Ständer bleibt.

Ich parke am Bordstein und steige aus.

»Was denn? Glaubst du, ich torkele auf den letzten Metern und falle in den Straßengraben?«, witzelt sie außer Atem und sexy verschwitzt.

Weit gefehlt! Statt einer Antwort gehe ich zu ihr, schlinge die Arme um sie, beuge mich tiefer und küsse sie. Tue das, was ich schon am Wasser wollte. Das, was ich die ganzen letzten Tage wollte. Das, was ich mir immerzu verkneife, weil ich keine Ahnung habe, wie sie zu diesem anderen Kerl steht.

»N-n-nicht«, stottert sie an meinen Lippen, aber erwidert den Kuss. »Bitte, Jason, lass das!«

Keine Chance! Sie fühlt sich zu gut an. Da muss sie mehr auffahren.

Ich lege meine Hände auf ihren Hintern und ziehe ihre Hüften zu mir, um sie spüren zu lassen, was sie mit mir anstellt. Sie stöhnt tief und kehlig und kommt mir entgegen, und das macht mich noch verrückter und härter. Ich will sie, mit einer Dringlichkeit, die sie schon einmal in mir ausgelöst hat und die ich für Zufall gehalten habe. Aber da ist sie wieder.

Unser Kuss wird wilder, und plötzlich ist es Chloe, die meinen Kopf mit beiden Händen packt, wobei ihr schweres Fahrrad mit einem Krachen auf den Gehweg fällt. Weil sie mich genauso heftig will wie ich sie. *Erwischt, Baby!*

Mühelos hebe ich sie hoch, und augenblicklich schlingt sie ihre Beine um mich. Ich drücke sie gegen den Wagen und bin kurz davor, auf offener Straße über sie herzufallen. Was zum Glück kaum auffällt, weil es dunkel ist und wir nicht direkt unter einer Laterne stehen.

»J-J-Jason«, stammelt sie schwach, während sie sich an mich presst und mir durch die Haare fährt.

»Entweder im Auto oder in deinem Apartment«, sage ich und werde bei der Aussicht, diese Frau gleich zu genießen, härter.

»V-v-verdammt, Jason!«

»Wehe, du versuchst, mich aufzuhalten«, knurre ich und küsse sie mehrere Herzschläge lang so fest, dass sie nichts entgegnen kann, was ich nicht hören will. *Mies, aber effektiv.*

»Versuche ich ja gar nicht«, keucht sie, als sie wieder atmen kann. »Auto!«

Echt? Ich sollte ihre Wahl hinterfragen und sie dazu drängen, mich in ihr Bett zu lassen, das nur ein paar Meter entfernt ist. Doch in dem Moment hat sie schon meinen Gürtel geöffnet, die Knöpfe der Jeans aufgerissen und ihre Hand auf meinen harten Schwanz geschoben. Und mir ist schlichtweg egal, wo sie es will, Hauptsache, sie hört nicht auf.

Bitte nicht.

Mit halb heruntergelassenen Hosen öffne ich die hintere Wagentür und steige mit Chloe auf die Rückbank. Ich drücke das Board zur Seite, sodass es seitlich steht und wir die gerade Fläche von den umgeklappten Sitzen nutzen können, was einem Bett immerhin nahekommt. Dann rolle ich ihr das Shirt über den Kopf, löse ihren BH und spüre ihre vom Radeln verschwitzte Haut. Und wenn es irgendwas mit mir anstellt, dann, dass ich sie noch heftiger will. *Gott, steh mir bei!*

Ich bücke mich und sauge fest an ihren Nippeln, zeige ihr, wie dringend ich sie brauche. Gleichzeitig kämpfe ich mit ihrer Jeans, öffne sie und schiebe den eng sitzenden Stoff über ihren herrlichen Hintern. Sie hilft mir, und als ich sie wieder an meine Erektion drücke, stöhnen wir beide.

»Mehr!«, seufzt sie, als ich mit den Fingern den Zwickel ihres Slips beiseiteschiebe und in sie eintauche. »Bitte, mehr!«

»Du weißt, dass ich dich in Zukunft daran erinnern werde, dass du mich angebettelt hast«, raune ich ihr zu.

»Ich stand unter Alkoholeinfluss«, ärgert sie mich.

Mieser Scherz! Strafend reibe ich über ihre Klit, und sie holt erstickt Luft.

»Okay, tu ich nicht. Ich, Chloe Davis, bitte dich im Vollbesitz meiner geistigen Kräfte – meiner schwindenden geistigen Kräfte –, nimm mich!«

»Wo?«, frage ich sie und genieße es, mit ihr zu spielen, den Moment hinauszuzögern, ihren Körper feuchter für mich werden zu lassen.

»Du weißt wo«, wimmert sie.

»Sag es!«, fordere ich sie auf. »Sag mir, wo du mich willst. Nicht dass ich mir die falsche Öffnung aussuche.«

Selbstbewusst umfasst sie meine Hand und benutzt mich, um sich selbst Lust zu verschaffen. »Hier will ich dich«, seufzt sie. »Genau hier!«

Fuck, ich komme fast, so heiß ist das!

»Dein Wunsch ist mir Befehl.« Ich ziehe meine Hand weg, drücke ihre Beine auseinander und presse meine Erektion gegen sie, und unglaublich langsam und ihr dabei tief in die Augen sehend dringe ich in sie. Damit sie begreift, dass sie mich dazu gebracht hat, so hart zu sein. Sie ist es, die dafür sorgt, dass ich vor Begehren fast umkomme. Sie ist das Zentrum meines Universums. Sie ist es immer.

»Alles okay, Baby?«

»Mmh«, antwortet sie und legt ihre Beine um mich.

Mit einem letzten sanften Stoß vergrabe ich mich ganz in ihr. Und auch wenn es mir schwerfällt, mich nicht zu bewegen, halte ich inne. Das hier, das ist etwas Besonderes, etwas Großes. Das ist es jedes Mal, wenn wir uns aufeinander einlassen und ich ihr ein Stückchen mehr unter die Haut gehe, so wie sie mir ein Stückchen mehr unter die Haut geht.

»Immer noch alles okay, Chloe?«

»Ja.« Sie fährt mit den Händen über meinen Hintern, meinen Rücken und meine Schultern. Ich bin nicht der McYogaDream, ich bin einfach bloß Jason, ein Mann, den sie begehrt und der sein Herz zu verschenken hat.

Als ihre Finger durch meine Haare kämmen, beuge ich mich wieder tiefer zu ihr und küsse sie. Und im Rhythmus unserer Zungen beginne ich, mich endlich in ihr zu bewegen, was sie an meinen Lippen zum Stöhnen bringt.

Ja, Baby, so ist es gut.

Ich liebe, wie perfekt sie sich anfühlt, wie heiß und feucht sie ist, wie ihr Körper sich meinem anpasst. Sie ist mein Ort. Und ich erschauere, weil ich so verdammt kurz davorstehe zu kommen. Aber es ist wie beim Surfen, ich will die Welle länger reiten, den finalen Kick hinauszögern.

»Oh Gott, Jason!«, ruft sie da.

Ihr Körper erzittert, sie krallt sich an mich, als versuchte sie, es aufzuhalten. Doch sie ist über diesen einen Punkt hinweg, kann mir nicht widerstehen und kommt, gibt sich mir ganz hin.

Wow!

Umgekehrt will ich ihr nun auch alles von mir geben. Ich stoße schneller in sie, genieße ihre Enge, ihre Wärme, sie.

»Nicht«, murmelt sie da stöhnend und sich windend. »Himmel, Jason, nicht!«

Aber ich kann jetzt nicht aufhören. Egal, wie gerne ich es auch für sie möchte. Ich nehme sie weiter, bin so kurz vor meinem Höhepunkt und brauche sie nur noch etwas, etwas, etwas mehr!

»Fuck«, knurre ich, komme und fühle mich mies, nicht mehr auf sie Rücksicht genommen zu haben. Gleichzeitig bin ich wie berauscht von dem, was mich diese Frau empfinden lässt. *Pure Ekstase!* »Sorry, Baby. Jaaa!«

In dem Moment zieht sich Chloe erneut eng um mich zusammen, und Erleichterung durchflutet mich und intensiviert meinen Orgasmus. Denn ihr Nein war kein Stopp, sondern der Versuch, dieses heftige, kaum auszuhaltende Verlangen zu ertragen.

»Was tust du mir nur an?«, murmelt sie schließlich erschöpft, wir drehen uns, und sie bleibt auf mir liegen.

»Ich dir?« Ich streichele ihren nackten Rücken, folge der Linie ihrer Wirbelsäule und zeichne Kreise auf ihren Schulterblättern. »Du mir.«

In dem Moment kippt das Surfbrett. »Mist«, knurre ich, kann jedoch gerade noch verhindern, dass es auf Chloe kracht, und drücke es mit dem Ellenbogen zur Seite

Sie kichert und schmiegt sich wieder an mich.

»Weißt du, in deinem Bett wäre es jetzt gemütlicher«, sage ich, genieße ihre warme Haut und höre auf ihre ruhigen Atemzüge.

»Also, ich finde es hier perfekt«, sagt sie.

Diese Frau!

Ich fahre ihr durch die zerzausten Haare. Ihr Haargummi ist fast herausgerutscht, und ich ziehe ihn vorsichtig fester, wobei wir uns beide wissend anlächeln. Und sie seufzt, als ich erneut meine Arme um sie lege und tief den Geruch ihrer Haut einatme. Ich will den Augenblick nicht zerstören, aber wir müssen reden, und im Studio mit den Kunden, die ständig um uns sind, klappt das nicht.

»Ist Jeremy der Grund, warum du mich nicht reinbittest?«, frage ich sie leise. Alles andere ergibt für mich keinen Sinn.

Sie versteift sich.

»Hey, rede mit mir!«

»Mein Bett ist nicht frisch bezogen«, sagt sie. »Das ist alles.« Sie löst sich von mir, immer noch lächelnd, aber wieder mit diesem Schmerz in den Augen, den ich nicht verstehe und den ich ihr so gerne nehmen möchte, und legt sich den BH an.

»Du weißt, dass das Polster hier auch nicht frisch gewaschen ist?«, gebe ich zurück, während sie sich anzieht. Denn kommentarlos will ich sie nicht davonkommen lassen.

»Dann liegt es wohl an Jeremy«, antwortet sie. Und bevor ich weitere Fragen stellen oder sie packen und aufhalten kann, hüpft sie barfuß mit ihren Schuhen in der Hand aus dem Wagen, umrundet den SUV, schnappt sich ihr Fahrrad und ist keine Sekunde später im Haus verschwunden – wo es dunkel bleibt. *Wie seltsam! Jeremy wird ja wohl kaum da sein, und sie will ihn nicht wecken! Sie würde doch nie vor dem Apartment, das sie sich mit ihm teilt, Sex mit einem anderen Kerl haben! Oder würde sie? Und falls ja, wie kann sie dann zu ihm zurückkehren, wenn er sie offensichtlich nicht glücklich macht. Warum hält sie so an ihm fest?*

Ich müsste mich jetzt eigentlich anziehen und wegfahren. Stattdessen bleibe ich einen Moment liegen, spiele den Abend in Gedanken noch einmal durch und überlege auszusteigen und ihr ins Haus zu folgen. Ich will mehr. Und ich sehe, dass sie das auch will. *Nur, was hindert sie? Was hat ihr dieser Scheißkerl angetan? Wovor hat sie so eine verfluchte Angst?*

Ich brauche Antworten. Nicht unbedingt heute, aber bald.

Sehr bald.

7. KAPITEL

Chloe

Was tue ich hier nur?!

Für einen Augenblick fühlte sich mein Leben unendlich leicht an. Und dann hat Jason Jeremy erwähnt, und meine Ängste sind wie eine Welle über mir zusammengebrochen. Mein Magen hat sich zusammengezogen, und der Sekt, den ich mit Ava und Lauren getrunken habe, ist mir wieder hochgekommen. Ich habe es gerade noch ins Haus geschafft, um mich im Bad zu übergeben. Was mies ist, weil ich nach wie vor kein Wasser zum Spülen habe, aber immer noch besser, als vor Jason zusammenzuklappen.

Sobald mein Magen Ruhe gibt, will ich mir Licht anmachen, um den Dreck zu beseitigen. Doch als ich den Schalter ankippe, passiert nichts. Weil mir der Strom abgedreht wurde.

Verdammt!

Blind greife ich nach einem Handtuch, wische mir den Mund an und gehe dann zum Fenster. Jasons Wagen parkt noch draußen. Mein Herz beginnt, wild zu schlagen, und neue Sehnsucht steigt in mir auf, weil der Sex eben längst nicht gereicht hat. Weil nichts mit diesem Mann reicht.

Aber mal ehrlich, Chloe, was soll das? Du weißt, wohin das hier führt. In eine Beziehung, für die du nicht bereit bist. Davon zeugt ja wohl das Erbrochene ein Zimmer weiter.

Um mich zu beruhigen, gehe ich ins Schlafzimmer, setze mich im Schneidersitz aufs Bett und konzentriere mich auf die Sachen, die heute großartig waren. Ich denke an den Abend mit meinen Freundinnen. Dann daran, Jason getroffen zu haben. An seine Blicke, seine Berührungen, seinen Kuss, den Sex …

Wow, es sind mehr als drei gute Dinge.

Und fast alle haben mit Jason zu tun!

Diese Erkenntnis sorgt für eine neue Welle der Übelkeit. Gleichzeitig ist da diese Sehnsucht …

Scheiß drauf, denke ich. *Ja, ich müffele, meine Wohnung ist eine Katastrophe. Aber da draußen ist ein Mann, dem all das egal ist. Was will ich denn mehr?*

Entschlossen stehe ich auf und gehe vor die Tür. Doch nun ist Jasons Wagen weg. *Verdammt!*

Aber vielleicht ist das ganz gut. Ein Wink des Schicksals, mich jetzt nicht in etwas zu verrennen, was sowieso keine Zukunft hat. Das, was zählt, ist mein Studio. Keine Affäre – wegen der ich mir schon wieder die Pille danach holen muss. Weil wir nicht verhütet haben. Was keine Dauerlösung sein kann.

Aufgedreht und gleichzeitig völlig erledigt lege ich mich ins Bett. Ich befürchte, dass ich ewig nicht zur Ruhe kommen werde. Doch der Tag fordert seinen Tribut, und binnen Sekunden bin ich eingeschlafen.

Halb wach und halb schlafend träume ich, dass Jeremy zu mir kommt. Er erinnert mich daran, wie viel ich schon geschafft habe und dass ich jetzt ja nicht aufgeben soll. Und dann sagt er mir, dass wir meine neuen Kunden feiern müssen.

Ich genieße seine Hände auf mir und seine Küsse und wie gut es sich anfühlt, dass er da ist. Genau das brauche ich gerade, jemanden, der mir Sicherheit und Geborgenheit gibt und mich will, obwohl mein Leben ein einziges Chaos ist.

Mein Körper brennt, möchte mehr von ihm.

Seine Küsse werden fordernder. Er beißt mich in die Schulter, und ich stöhne lustvoll, weil ich ihn so wild gar nicht kenne. Aber mir gefällt, dass ich ihn so verrückt mache.

Während er mich verwöhnt, flüstert er mir ins Ohr, wie wundervoll ich bin, wie sexy, wie klug, wie schön. Und schließlich sagt er mir, dass er es nicht länger aushält. Er drückt meine Beine auseinander und gleitet in mich. Und in dem Augenblick erkenne ich, dass ich nicht mit Jeremy im Bett bin, sondern mit Jason. Dass er der Mann ist, der mich all diese schönen Gefühle hat empfinden lassen. Und ich verliere mich in dem, was er tut, obwohl ich wahnsinnig Angst habe vor dem, was das bedeuten kann.

Unsere Körper nehmen einen immer schnelleren Rhythmus auf, genau wie mein Herz immer schneller schlägt. *Bumm, bumm, bumm. Bumm, bumm, bumm.* Bis ich plötzlich zitternd komme – und endlich aufwache, völlig verschwitzt und feucht zwischen den Beinen.

Weil jemand gegen meine Tür hämmert …

Bumm, bumm, bumm.

»Ms Davis, machen Sie auf. Ich weiß, dass Sie da sind.«

Sofort beschleunigt sich mein Puls, als ich die Stimme meines Vermieters erkenne. *Das verheißt nichts Gutes.* »Moment«, antworte ich.

»Entweder Sie öffnen mir, oder ich komme rein.«

Bloß nicht! Wenn er sieht, in was für einem Saustall ich lebe, setzt er mich gleich vor die Tür. Er muss wegen der Miete da sein.

»Ich hab das Geld«, rufe ich, während ich mir auf dem Weg zur Tür hastig Shorts und ein sauberes Shirt anziehe und ihn dann freundlich anlächele. »Mr Jones, hier, ich hab das Geld, ich hab es!« *Dass ich diesen Satz mal sage!*

Mürrisch reißt er mir die Scheine aus der Hand und zählt nach. »Das sind 5.000 Dollar zu wenig.«

Bezogen auf meine Gesamtschulden, aber nicht in Bezug auf den Monat.

»Es ist die aktuelle Miete«, sage ich angespannt.

»Und der Rest? Haben Sie den auch?«

»Sie kriegen noch mehr«, versichere ich sofort. »Bis zum Ende der Woche.«

»Das sagten Sie schon letzte Woche.«

»Bitte, dieses Mal stimmt es.« *Weil ich neue Kunden habe, weil es bergauf geht, weil sich endlich was tut.*

»Sorry, Ms Davis.« Nun wird er sanfter, geradezu väterlich im Ton. »Ich weiß, es ist hart, doch da draußen stehen Leute für dieses Apartment Schlange, die mir keinen Ärger machen.«

»Aber Sie kriegen Ihr Geld!«, wiederhole ich. »Bitte, tun Sie jetzt nichts Dummes. Ich hab es, versprochen.«

Er rümpft die Nase, und ich vermute, er riecht das Erbrochene, das ich schon gar nicht mehr wahrnehme. Dann mustert er mich. »Sie sind ein nettes Mädchen und –«

»Ich geb Ihnen Yogaklassen, gratis«, unterbreche ich ihn hastig, weil ich nicht will, dass er das Unvermeidliche ausspricht. »Wie wäre das? Für Sie und Ihre Frau?«

»Sie ist bereits bei einem Studio.«

»Ich komme zu ihr, und sie muss nie wieder was zahlen.«

Er seufzt. »Ich hör mir das schon seit drei Monaten an. Ich war geduldig, das wissen Sie. Doch irgendwann ist Schluss.«

»Aber die Yogastunden«, bleibe ich beharrlich.

»Davon kann ich mir nichts kaufen. Tut mir leid. Bis heute Abend sind Sie hier raus. Andernfalls lass ich die Bude räumen.«

»Bitte, Mr Jones …« Tränen steigen mir in die Augen. »Ich habe neue Kunden, ich warte nur noch auf die Überweisungen. Dann kann ich zahlen.«

»Das sagen Sie jedes Mal.«

Eine Notlüge, die ich jetzt bereue. Doch sonst hätte ich das Apartment schon früher verloren. »Aber dieses Mal stimmt es! Ehrlich.«

Mit einer mitfühlenden Miene klebt er einen Zettel an die Tür. FREI, ZU VERMIETEN! Danach geht er, und ich versuche, mich zusammenzureißen und mich auf das Gute zu konzentrieren. Das Dumme ist nur, ich finde nichts.

Das hier ist wirklich übel!

Wie erschlagen schließe ich die Tür und betrachte das, was von meinem Leben übrig ist. Ein Regal mit Planen, das als Kleiderschrank für meine Klamotten fungiert, eine Matratze, eine Kommode, Kisten, die mit einer Decke als Couchtisch herhalten, der Berg unbezahlter Rechnungen und ein bisschen Kram. Die Badezimmer- und Küchenmöbel sowie das Sofa gehören zum Apartment.

Für einen kurzen Moment überkommt mich Panik. Ich kann keinen klaren Gedanken fassen. Dann wandert mein Blick zur Uhr, und ich reiße mich zusammen. *In nicht mal einer Stunde habe ich einen Kurs und bisher weder geduscht noch was gegessen. So ein Mist!*

Plötzlich fällt es mir leicht zu entscheiden, was ich als Nächstes tun muss. Ich packe meine Tasche mit den Yogasachen, schnappe mir mein E-Bike und radele zum Studio.

Jason

Wer ist Jeremy? Diese Frage lässt mir keine Ruhe.

Wie jeden Tag gebe ich meinen Morgenkurs – ohne Chloe zu sehen. Danach kontrolliere ich den Fortschritt der Arbeiten in meinem Studio, und schließlich versuche ich erneut, über Google etwas über diesen Mann, der zwischen Chloe und mir steht, herauszukriegen. Aber alles, was ich online finde, sind die wahnsinnig guten Videos von Chloe, die mir so sehr gefallen, dass ich sie mal fragen muss, wie sie die dreht. Mehr nicht.

Dann erinnere ich mich, wie merkwürdig Wade und die Freundin von Chloe sich gestern angeschaut haben, und ich schreibe Wade und frage ihn, ob er den Kontakt zu ihr herstellen kann. Vielleicht kann ich über diesen Umweg mehr über Jeremy erfahren.

»Ich weiß nicht, von wem du sprichst«, kommt prompt zurück.

Will er mich verarschen? »Die Frau mit dem breiten Lachen …«

»Sag bloß, diese Blondine hat dich abblitzen lassen, und jetzt willst du die Nächste?«

»Und wenn es so wäre?«, provoziere ich ihn.

»Wehe!«, antwortet er.

Bingo! Ich muss grinsen. »Weil du sie doch kennst?«

»Es ist lange her. Sorry, ich hab keine Nummer von ihr.«

»Aber einen Namen?«

»Lauren Jefferson.« Kurze Pause. »Und ich schwöre dir, wenn du sie angräbst, hast du beim nächsten Mal einen Surfunfall.«

»Verstanden.« *Als würde ich so was tun!*

Ich google Lauren und bin erleichtert, als das Internet zwar nicht ihre Telefonnummer, dafür aber ihr LinkedIn-Profil ausspuckt, wo sie als Arbeitgeber das Schwimmteam der Stanford University angegeben hat. *Beeindruckend!*

Ohne zu zögern, schicke ich ihr eine Kontaktanfrage und eine Nachricht. Schließlich fand sie mich gestern vertrauenswürdig genug, um ihre Freundin nach Hause zu begleiten. Ich stelle mich noch mal als derjenige vor, der mit Chloe zusammen das Studio führt. Ich bekenne, dass ich sie sehr mag. Und dann bitte ich sie freiheraus, mir alles zu Jeremy zu sagen, und hinterlasse ihr meine Handynummer. Jeremy ist der Schlüssel, um bei Chloe weiterzukommen. Und wenn ich weiß, was dieser Arsch mit ihr angestellt hat, kann ich mich darauf einstellen und der Mann sein, den sie braucht. *Klingt nach einem Plan!*

Wenig später parke ich vor Jills Anwesen in Sausalito, schultere meine Yogamatte und tippe den Zugangscode ein. Immer freitags gebe ich ihr zu Hause Unterricht, weil sie es terminlich nicht anders schafft. *Mal sehen, wie die Frau heute drauf ist.* In den letzten Sitzungen fand ich sie ziemlich übergriffig. Falls das nicht nachlässt, muss ich mit ihr reden.

»Ich bin da!«, rufe ich, betrete die Wohnung mit der Schlüsselkarte, die sie mir gegeben hat, und schließe die Tür hinter mir. Wie üblich durchquere ich den Flur und gehe raus auf die Terrasse, wo wir bei gutem Wetter immer unsere Übungen absolvieren. Sie ist noch nicht zu sehen, aber das stört mich nicht. Ich lade meine Sachen ab, rolle meine Matte aus und mache ein paar leichte Dehnübungen. *Vorbereitung ist alles.*

»Hi!«, begrüßt mich Jill mit roten Wangen und in dem knappsten Outfit, das ich je an ihr gesehen habe, und reicht mir eine Tube Sonnencreme. »Wenn wir hier draußen sind, kannst du mir bitte den Rücken eincremen?« Sie klimpert mit den Wimpern. »Ich will schließlich keinen Hautkrebs kriegen.«

Ich verkneife mir, ihr zu sagen, dass man auch von Besuchen im Solarium, wo sie, ihrem knackig braunen Hautton nach zu urteilen, häufig ist, Hautkrebs bekommen kann. *Der Kunde ist König, und Jill ist eben Jill.*

Ich nehme die Tube und gebe etwas Sonnenmilch in meine Hände. »Dreh dich um! Ich creme dich schnell ein, und dann kann es losgehen.«

»Du bist ein Schatz«, flötet sie, drückt mir einen Kuss auf die Wange, dem ich nicht ausweichen kann, und streicht ihre Haare nach vorne, damit ihr Rücken frei ist.

Ich will sie zurechtweisen, aber belasse es dabei, verteile die Sonnencreme und beende alles mit einem: »Fertig! Lass uns anfangen.«

»Gerne doch«, säuselt sie und rollt ihre Matte aus.

»Wir beginnen wie üblich mit der Erwärmung«, sage ich und warte, bis sie mit leichten Dehnübungen beginnt, bei denen ich sie unterstütze. »Sehr gut«, lobe ich sie, als sie locker mit den Händen ihre Füße greift, was sie bei ihren ersten Yogastunden vor einem Jahr noch nicht konnte. »Du wirst immer besser!«

»Das hab ich dir zu verdanken«, sagt sie stöhnend, keine Ahnung, ob von der Dehnung oder vor Erregung. Bei Jill weiß man nie.

Da sie mich gebeten hat, mehr Fokus auf den Core, sprich die Körpermitte, zu legen, habe ich mir für heute eine Kombination aus Yoga und Pilates überlegt. Ich gehe zu meiner Matte, erkläre die Übungen und bin begeistert, wie gut Jill den Ansagen folgt.

Als ich eine Abfolge aus Planks und Liegestützen im Wechsel mit dem herabschauenden Hund und Flex-Übungen verlange, zittern schließlich ihre Muskeln.

»Halte durch«, sage ich, greife an ihre Hüfte und korrigiere ihre Position.

»Ich kann nicht«, japst sie.

»Doch, du kannst!«, fordere ich sie heraus und zähle bis drei. »Und jetzt hoch in den herabschauenden Hund.« Sie macht mit. »Und in die Kobra.« Sie ist dabei. »Und zurück in die Planke.«

Sie schafft den ersten fehlerfreien Durchlauf, und ich erhöhe die Intensität.

»Und nun die Powerrunde«, sage ich und mache als Motivation mit. »Halt die Spannung und lauf auf der Stelle. Komm, Jill, da geht noch was!«

Mit vor Anstrengung hochrotem Gesicht folgt sie meinen Anweisungen.

»Zu langsam«, reize ich sie. »Hopp, hopp, hopp! Ich lauf dir sonst davon.«

»Nie!«, keucht sie da und gibt plötzlich mit einer Entschlossenheit Gas, die ich eine Spur beängstigend finde. Aber alles, was für meine Kunden funktioniert, funktioniert auch für mich. Lieber so, als wenn sie unter ihren Möglichkeiten bleiben.

»Sehr gut«, beende ich die Übung und schließe das heutige Training mit einem sanften Stretching ab.

Jill legt sich auf ihre Matte für Shavasana, die finale Tiefenentspannung. Ich decke sie zu, nehme mein Tablet und stelle Naturklänge ein. Dabei sehe ich, dass mir Lauren nicht auf LinkedIn, sondern direkt per WhatsApp geantwortet hat. Am liebsten würde ich die Nachricht sofort lesen. Aber ich verkneife es mir.

Das kann ich bei einem Kunden nicht bringen.

Geduld, Crowley!

Als exakt fünf Minuten vorbei sind, hole ich Jill langsam wieder zurück. »Alles gut?«, frage ich sie und reiche ihr eine Hand, um ihr aufzuhelfen.

Sie blinzelt und sieht mich verklärt an, wie es den meisten nach einer intensiven Einzelstunde geht. »Ja, alles gut«, haucht sie und ergreift meine Hand.

Mit einem Ruck will ich ihr hochhelfen, doch stattdessen zieht sie mich zurück. *Was soll das denn?*

Ich verliere das Gleichgewicht, kann mich aber zum Glück knapp über ihr abstützen, sodass ich nicht auf sie knalle. *Das wäre echt ungeschickt!* In dem Moment schnellt sie jedoch herum, dreht mich auf den Rücken und setzt sich auf mich.

»Oh mein Gott, geht es dir gut, Jason?«, ruft sie besorgt. *Gespielt besorgt*, wie mir sofort klar wird. Ihre Hände fahren durch meine Haare und über mein Gesicht. Es fühlt sich an, als hätte sie nicht zwei Arme, sondern acht.

Spinnt sie?!

»Alles gut«, murmele ich, meine Wut niederkämpfend. »Tut mir leid, mein Fehler.« Ich greife nach ihren Armen, damit sie aufhört, mich anzutatschen. Dabei rutscht sie allerdings auf meinen Schwanz, und da Stimulation leider Stimulation ist, kann ich nicht unterdrücken, dass das Teil zuckt. *Im denkbar schlechtesten Moment!*

Jills Augen funkeln entzückt, doch ohne ihren nächsten Zug abzuwarten, schiebe ich sie von mir herunter, richte mich auf und ziehe sie nun endlich hoch.

»Sicher, dass alles in Ordnung ist?«, fragt sie eklig süß besorgt. »Wenn du dich im Haus ausruhen magst, ist das kein Problem. Ich könnte dir das Gästebett anbieten.«

Und Sex, fügt ihr Blick hinzu. *Jede Menge schmutzigen Sex.*

Nie im Leben.

Ich erhalte viele Angebote, doch so was wie mit Jill gerade ist mir noch nie passiert. Und das wird es auch nie wieder.

»Es tut mir leid, aber ich muss dir hiermit kündigen«, sage ich möglichst freundlich und beherrscht, während ich meine Sachen zusammenpacke.

»Das kannst du nicht machen!«, ruft sie.

Und wie ich das kann! »Das eben war …« Mir fehlen die Worte. Wir wissen beide, dass es kein Versehen war. Sie hat mich eindeutig angegraben.

»Ich dachte, wir hätten einen Draht zueinander. Bitte, Jason, du darfst mir nicht kündigen.« Jill packt mich am Unterarm, um mich am Gehen zu hindern. »Du bist der beste Trainer, den ich je hatte.«

Fällt ihr früh ein! Ein bisschen habe ich Mitleid mit ihr, allerdings nicht genug. »Ich bleibe dabei«, sage ich. »Und jetzt lass mich los.«

Ihr Griff verstärkt sich. »Du kannst doch nicht ernsthaft überrascht sein, dass alle mit dir ins Bett wollen. Du bist der McYogaDream. Warum wohl nimmt man Einzelstunden bei dir?«

»Du meinst Unterricht für vierhundert Dollar?«, frage ich sie. »Vermutlich, um sich sportlich zu verbessern. Sex ist in der Stadt nämlich billiger zu haben.«

Jill klebt mir eine, was ich vielleicht verdient habe, vielleicht auch nicht. Aber dadurch lässt sie mich los, und ich nutze den Moment, um hier wegzukommen.

»Verdammt, das wollte ich nicht! Komm zurück, Jason.«

Ganz sicher nicht. Ich laufe weiter.

»Bitte!«

Zu spät! Jetzt bin ich schon an der Tür.

»Das wirst du bereuen, du Scheißkerl! Das wirst du so was von bereuen.«

Mir läuft ein eiskalter Schauer über den Rücken.

Unglaublich, dass ich diese Frau mal geschätzt habe. Ja, sie war vielleicht etwas aufdringlich. Was soll's? Damit muss man umgehen können, wenn es Oben-ohne-Yogavideos von einem gibt. Aber dass sie plötzlich von der braven Schleimerin zur drohenden Furie mutiert, bestärkt mich darin, diese Frau aus meiner Kundenkartei zu entfernen. Chloe werde ich ebenfalls vor ihr warnen. Verschmähte Frauen sind zu vielen Dingen fähig.

Ich verlasse Sausalito. Und erst als genügend Abstand zwischen Jill und mir ist, halte ich in einer Parkbucht und erlaube mir, tief durchzuatmen.

Es ist vorbei, beruhige ich mich. *Und sie kann dir nichts vorwerfen. Du hast sie nicht belästigt. Alles ist in Ordnung.*

Ich zwinge mich, mich auf die guten Dinge in meinem Leben zu konzentrieren. Wie weit ich gekommen bin, wie viel Erfolg ich habe und dass nun die Frau in meinem Leben ist, auf die ich gefühlt schon immer gewartet habe. Die eine, für die man alles andere stehen und liegen lässt.

Apropos …

Ich nehme mein Handy, um endlich die Nachricht von Lauren zu lesen.

»Du weißt von Jeremy?«, schreibt sie nur.

»Ja, tue ich«, antworte ich, dabei weiß ich genau genommen nichts, außer dass dieser Vollidiot Chloes Leben ruiniert hat.

»Dann sollten wir uns unterhalten«, kommt fast sofort zurück. »Kannst du heute? Fünfzehn Uhr?«

»Kann ich«, schreibe ich, obwohl ich dafür ein paar andere Termine verlegen muss. Aber ich will nicht länger auf Antworten warten.

»Gut.« Sie schickt mir eine Adresse vom Stanford-Campus auf mein Handy, wo sie vermutlich trainiert. »Kannst du mich da abholen?«

»Kein Problem.«

»Super, bis nachher, Jason.«

8. KAPITEL

Chloe

Während ich die Flows mit meiner morgendlichen Yogagruppe mache, wandern meine Gedanken zu Jason. Ich mag ihn. Sehr sogar. Er ist ein fantastischer Mann. Verständnisvoll, fürsorglich, uneitel. Und wahnsinnig attraktiv. Wenn jemand wie er mit einer Frau schläft, hat es etwas zu bedeuten. *Jackpot, richtig?* Aber sosehr mir die Vorstellung auch gefällt, dass ich solch eine Frau für ihn bin, so wenig möchte ich, dass das mit uns weiter geht. Denn ich bin nicht bereit für ihn. Für keinen Mann.

Verdammt!

Ich sage die letzten Bewegungen an und wechsele in Gedanken zu Jeremy.

Er hat mir ständig gezeigt, dass er mich liebt, und dann, von einem zum anderen Tag, hat er ein Loch von epischen Ausmaßen in mir hinterlassen. Und statt es irgendwie in den letzten Jahren zu schließen, umgehe ich es. Obwohl ich mich dem stellen muss, um zu heilen und nach vorne zu schauen.

Aber mal ehrlich? Ich habe gerade meine Wohnung verloren und kämpfe nonstop für das Studio. Ich kann nicht auch noch mein desaströses Gefühlsleben kitten. Dafür reicht meine Kraft nicht. Vielleicht irgendwann, doch nicht jetzt.

Also musst du Jason ziehen lassen. Damit er eine andere Frau kennenlernt. Eine bessere. Eine weniger verkorkste als dich, Chloe. Bitter, aber richtig.

Mist!

Ich beende den Kurs und verteile wie immer Lob an die Teilnehmerinnen, die heute einen Schritt weitergekommen sind, tue oberflächlich so, als wäre alles bestens. Dabei mache ich mir Sorgen, wie es weitergeht.

Sobald die Frauen gegangen sind, räume ich auf und frage mich, wie es sein wird, wenn ich gleich auf Jason treffe. *Werden wir über letzte Nacht reden? Wird er mehr wollen? Oder mich bedrängen, das nächste Mal in meine Wohnung zu kommen?*

Bei dem Gedanken wird mir ganz übel. *Welche Wohnung? Die, in der ab morgen jemand anderes wohnt, der die Miete zuverlässiger zahlen kann als ich?*

Zu meiner Erleichterung lese ich im Kursplan, dass Jason erst am Abend im Studio ist. Genug Zeit, um mich um mein Leben zu kümmern.

Ich beantworte Mails, und als es elf ist, rufe ich Ava in ihrer Trainingspause an.

»Jason hat dich gestern also wohlbehalten nach Hause gebracht?«, meldet sie sich, und ich höre ihrer Stimme an, dass sie lächelt und auf weitere Insiderinformationen hofft.

»Woher weißt du davon?«

»Von Lauren natürlich. Also, erzähl schon!«

Als müsste sich immer alles um Männer drehen! »Deshalb ruf ich nicht an«, sage ich.

»Wie? Ich krieg keine Details? Bitte! Ich lauere schon den ganzen Morgen darauf.«

»Es gibt keine«, sage ich.

»Du bist eine schlechte Lügnerin.«

Von wegen! Wenn sie wüsste, was ich alles für mich behalte. »Und du eine neugierige Freundin«, erwidere ich. »Ich will nicht über Jason reden, okay?«

»Er hat dir nicht irgendwie wehgetan, oder?«, sagt sie nun plötzlich ernster. »Lauren meinte, ihr dachtet erst, er sei ein Vergewaltiger.«

»Gott, nein!«, rufe ich und verrate jetzt doch mehr, als ich wollte. »Jason war gestern einfach wundervoll. Er hat mich nach Hause begleitet und alles richtig gemacht, was man richtig machen kann.«

Ava jubelt. »Glückwunsch, ich freue mich so für dich, dass du endlich wieder jemanden gefunden hast.«

Ja, was habe ich doch für ein Glück, denke ich trocken und schweige, weil meine Gefühle total durcheinandergeraten. Freude steht da nicht an erster Stelle, sondern Angst.

»Chloe? Bist du noch dran? Das sind tolle Neuigkeiten!«

»Ich weiß nicht«, sage ich nur.

»Wie? Du bist dir nicht sicher, ob du so jemanden willst?« Sie klingt überrascht. »Also wenn du ihn verstößt, ich nehme ihn sofort bei mir auf.«

»Wehe!«, zische ich. *Falls sie das tut, kann sie sich eine neue Freundin suchen.*

»Also bedeutet er dir was?«

Ja, ja, ja!, jubelt alles in mir. »Es ist kompliziert«, sage ich jedoch ausweichend.

»Wegen Jeremy?«, fragt sie mitfühlend.

»Mmh«, gebe ich ungern zu, weil ich seit einer Ewigkeit nicht mehr mit Lauren oder Ava über ihn gesprochen habe.

Das erste Jahr waren sie für mich da, aber irgendwann wurde ihnen Chloe, der Trauerkloß, zu viel. Ihnen zuliebe habe ich nach vorne geschaut und für den Traum gearbeitet, den ich eigentlich mit Jeremy verwirklichen wollte. In jeder freien Minute habe ich für eine Yogaschule Kurse gegeben, um Geld beiseitezulegen. Ich habe angefangen, meinen Instagram-Kanal aufzubauen. Und schließlich habe ich nach einem Studio zum Mieten gesucht. Worüber sie sehr erleichtert waren. Also hab ich ihnen nicht erzählt, dass sich für mich nichts geändert hat. Dass das taube Gefühl mein ständiger Begleiter ist. Dass mein Herz immer noch durchdreht, wenn ich über irgendwas stolpere, das mich mit Jeremy verbindet. Ein Foto, ein Geschenk von ihm, wenn jemand auf der Straße sein Aftershave trägt. Und ich merke, wie der Schmerz wieder unter der Oberfläche brodelt, der Schmerz, den ich so gut weggesperrt habe. *Aber offensichtlich nicht gut genug.*

»Chloe?«, meldet sich Ava sanft, als würde sie spüren, dass ich einen Moment für mich gebraucht habe.

»Ja?«

»Wenn es dir hilft: Ich war nie ein Jeremy-Fan. Aber ich fürchte, ich bin absolut im Team Jason.«

Was?! Kurz bleibt mir die Luft weg. *Wieso hat sie das nie gesagt? Ich dachte immer, alle finden Jeremy so toll. Und wie kann das sein, dass Jason nicht nur mich innerhalb von wenigen Augenblicken in seinen Bann gezogen, sondern irgendwie auch meine besten Freundinnen für sich eingenommen hat?*

»Jason ist nicht besser als Jeremy«, zische ich, weil ich das Gefühl habe, ich müsste ihn verteidigen. »Er ist bloß anders, und wie ich ja schon gesagt habe: Deshalb ruf ich nicht an. Ich kenne Jason erst seit Kurzem. Wir werden sehen, wie sich das entwickelt.« *Am besten gar nicht.* »Aber jetzt brauch ich deine Hilfe. Bei was anderem.«

»Oh, okay, bei was?« So ist Ava, stets zur Stelle, wenn Not am Mann ist.

»Kannst du mir heute Nachmittag dein Auto leihen?«

»Klar, wozu?«

»Weil ich … ach, ist egal. Danke dir«, sage ich erleichtert, weil ich es nicht fertigbringe, ihr zu beichten, dass ich mein Apartment verloren habe und einen Umzugswagen brauche. *Das ist echt peinlich!*

»Sicher. Kein Problem.«

»Super, ich radele gleich vorbei, und bis heute Abend hast du deine Schlüssel wieder. Du bist die Beste. Ich hab dich lieb.« *Und wie!*

»Ich dich auch, Süße.«

Ein letztes Mal lasse ich meinen Blick durchs Studio schweifen. Die Matten sind verstaut. Der Boden ist sauber. Die schmutzigen Handtücher sind im Wäschekorb. Alles sieht ordentlich aus für den nächsten Kurs. Zufrieden schließe ich hinter mir ab, schwinge mich aufs Rad und hole mir Avas Wagen. Ich lasse mein Rad bei ihr stehen, fahre dann zu mir und mache mich daran, meine wenigen Habseligkeiten zusammenzupacken. Es ist kein gutes Gefühl. *Aber es ist ja nur vorübergehend!*

Jason

Auf dass ich Antworten erhalte!

Nervös tippe ich die Adresse, die mir Lauren gegeben hat, ins Navi und bin mit Stau eine Dreiviertelstunde später in Palo Alto, wo ich sie bereits auf dem Parkplatz warten sehe, heute nicht in Jeans und einem Shirt, sondern in einem Sportanzug der Stanford-Uni. Vermutlich weil sie nachher gleich wieder zum Training muss.

»Darf ich?«, fragt sie und zeigt auf die Beifahrertür. »Ich kenne ein nettes Café in Menlo Park, da ist es etwas ruhiger als hier auf dem Campus.«

»Sicher.« Obwohl die Tür nicht versperrt ist, beuge ich mich rüber und drücke sie einladend auf. »Brauch ich das Navi, oder kannst du mir den Weg zeigen?«

»Einfach die Straße wieder rauf Richtung San Francisco«, meint sie und lässt sich in den Sitz sinken. »So wie du gekommen bist. Und wenn rechts ein Staples-Laden auftaucht, kannst du was zum Parken suchen.«

Ich nicke, fahre das kurze Stück, stelle den Wagen in einer Parallelstraße ab, und wir laufen gemeinsam zum Café, wo ich ihr die Tür aufhalte und sie auf Kaffee und Kuchen einlade. *Das ist das Mindeste!*

Neugierig frage ich sie, an welchem Punkt sie in ihrer Schwimmkarriere steht, und sie erzählt mir, dass sie schon immer gerne und viel geschwommen ist. Zum Leistungssport ist sie jedoch erst recht spät gekommen. Sie gehört nicht zu den besten ihrer Trainingsgruppe, aber demnächst stehen wieder Wettkämpfe an und sie hat Chancen, ins nationale Schwimmteam zu kommen. Und wenn sie sich dort gut schlägt, darf sie bei internationalen Wettbewerben antreten.

Wow! Ich bin beeindruckt.

»Woher kennst du Chloe?«, frage ich sie.

»Wir sind zusammen aufgewachsen«, antwortet sie schelmisch lächelnd. »Chloe, Ava und ich. Ganz in der Nähe. In Miramar. Das müsstest du kennen, wenn du surfst.«

»Klar«, sage ich. Jeder Surfer kennt die Half Moon Bay. Der Strand ist legendär für seine Wellen und für seine Surfwettbewerbe – und die anschließenden Partys. »Ihr surft auch?«

»Ich früher mal, ich liebe Wasser. Ava macht das, glaube ich, auch heute noch ab und zu. Aber Chloe?« Lauren schüttelt lachend den Kopf. »Keine Ahnung, wie sie auf ihrer Yogamatte die Balance hält, auf einem Board schafft sie es keine drei Sekunden.«

»Das ist alles nur eine Frage der Übung und der richtigen Kleidung«, sage ich amüsiert. Denn das kalte Wasser des Pazifik ist nicht jedermanns Sache.

»Sie hat es einen Sommer lang für ihren damaligen Highschool-Schwarm probiert. Ohne Erfolg. Sie kann andere Dinge eindeutig besser.«

Kurz verspüre ich einen Stich und kann nicht fassen, dass ich auf einen garantiert pickeligen und schlaksigen Typen eifersüchtig reagiere. Aber dann grinse ich. »Glaub ich zu gerne.« Im Yoga ist Chloe definitiv eine der Besten, die ich kenne.

Lauren lächelt zufrieden und nippt an ihrem Kaffee. »Chloe und du, das ist also was Ernstes?«

»Auf jeden Fall«, sage ich. Diese Frau hat es mir einfach angetan. Ihr Lächeln, das Funkeln in den Augen, ihr Kampfgeist, ihr Optimismus, alles. »Ich mag sie wirklich sehr.«

»Und sie dich«, bemerkt Lauren. »Ich hab sie schon lange nicht mehr so happy gesehen. Und wie ihr euch anstarrt.« Sie fächelt sich Luft zu. »Das ist dermaßen heiß. So war es mit Jeremy nie.«

Sie sagt es ganz locker, doch in dem Moment, als der Name fällt, werden wir beide ernst, weil uns einfällt, dass wir uns seinetwegen getroffen haben und nicht, um über Chloes Kindheit und Jugend zu sprechen. »Erzähl mir von ihm!« Ich räuspere mich. »Von ihm und ihr.«

»Sie haben sich beim Strandyoga kennengelernt. Das weißt du bestimmt, richtig?«

Ich nicke, obwohl es neu für mich ist.

»So wie viele hat Chloe Yoga in ihrer Freizeit praktiziert. Sie war früher gut im Turnen, war also schon immer wahnsinnig gelenkig. Aber sie wäre nie auf die Idee gekommen, dass man mit Yoga Geld verdienen kann, wenn Jeremy nicht gewesen wäre.«

»Er hat sie dazu gedrängt?«, frage ich nach, was ihn mir sofort unsympathisch werden lässt.

»Gott, nein«, ruft Lauren. »Er hat ihr eine Perspektive gegeben.«

»Wie meinst du das?«

»Vorher hatte Chloe kein rechtes Ziel. Ich hatte mein Schwimmen, Ava ist im Leichtathletik-Team. Wir beide hatten und haben ein Ziel. Nur Chloe wusste nicht, wohin mit sich. Vor allem, seit sie sich in der Highschool das Knie unglücklich am Schwebebalken verletzt hatte und damit sowieso nie in irgendeine Mannschaft gekommen wäre. Sie hat mit Yoga angefangen, um die Reha zu beschleunigen, was sogar was gebracht hat. Aber sie hat nie in ihre alte Form zurückgefunden.«

»Ich kann mir vorstellen, wie hart das war«, sage ich, weil ich unter meinen Kunden auch Leute habe, die aus dem Leistungssport kommen.

»War es«, bestätigt Lauren und geht von Kaffee zu Kuchen über. »Und dann kam Jeremy und hat ihr plötzlich gezeigt, dass es etwas gibt, das für sie erreichbar ist. Sie haben etliche Fortbildungskurse besucht. Und er hat sie ermuntert, sich eine Trainerlizenz zu besorgen.«

Ich will den Kerl hassen, aber ich finde keinen Grund dazu. Er hat das gemacht, was man tut, wenn man jemanden liebt. Was ich auch tun würde.

»Du wirkst überrascht«, meint Lauren. »Hat dir Chloe nicht davon erzählt?«

Mist! Ich fühle mich ertappt.

»Sie hat von ihrer Trainerlizenz geschwärmt«, improvisiere ich. »Und wollte mir damit beweisen, dass sie besser ist als ich.«

»Und? Ist sie es?«

Ich kenne keine Details ihrer Trainerlizenz. Dafür weiß ich, was ich gesehen habe. In den Videos und in den Kursen. »Ist sie«, sage ich.

»Und das kannst du einfach so zugeben?« Sie klingt beeindruckt.

»Sicher, warum denn nicht?«

»Jeremy konnte das nie.« Sie nippt wieder an ihrem Kaffee. »Versteh mich nicht falsch, Jeremy war toll! Aber in dem Punkt war klar, dass er, weil er schon viel länger im Geschäft war als Chloe, auch den Ton angegeben hat. Weil er ja wusste, wie alles läuft.«

»Muss sie genervt haben«, sage ich und versuche immer noch rauszukriegen, warum Chloe so vorsichtig in Bezug auf mich ist oder was Mr Perfect angestellt hat, dass sie mich meidet.

»Nein, das hat nur Ava und mich genervt«, sagt Lauren zu meiner Überraschung. »Ich meine, in was für einem Jahrhundert leben wir denn, wo man die Leistung von Frauen kleinredet? Das ist nicht fair!«

Ich ahne, dass sie jetzt eher von ihrer Karriere als von Chloes redet, also lasse ich das unkommentiert. »Wie ging es dann in die Brüche?«, frage ich.

»Wie meinst du das?«

Ist das nicht offensichtlich? »Was hat er angestellt, um ihr das Herz zu brechen?« Ich zerstöre meinen Kuchen, aber kann vor Aufregung nichts essen. »Ist er fremdgegangen, hat er sie um Geld gebracht? Was ist es?«

Lauren will gerade wieder was trinken, stellt jedoch die Tasse ab und wird blass. »Scheiße, sie hat dir gar nichts von Jeremy erzählt. Stimmt's?«

Oh, oh, Crowley! Aufgeflogen! Ich schweige betreten.

»Jason! Hat sie oder hat sie nicht?«

Ich überlege, was ich tun soll, und treffe eine Entscheidung. »Hat sie nicht«, sage ich. »Und bevor du sauer wirst: Ich hab das auch nie behauptet. Du hast das nur angenommen.«

»Aber du hast es nicht korrigiert.« Nun wirkt sie beinahe panisch. »Wenn Chloe rauskriegt, dass ich mit dir über Jeremy geredet habe, lyncht sie mich.«

»Hey!« Ich greife über den Tisch und lege meine Hände beruhigend auf ihre. Weil ich sie brauche und sie mir unbedingt mehr erzählen muss. »Noch weiß sie gar nichts, und woher sollte sie es erfahren?«

Lauren atmet tief durch, sieht mich jedoch nach wie vor verstört an. »Ich kann nicht glauben, dass ich hier mit dir sitze und dir all das verraten habe.«

»Du hast nichts über ihr erstes Mal Sex ausgeplaudert«, versuche ich es mit einem Scherz.

Daraufhin kichert sie, zieht ihre Hände unter meinen hervor und schlägt spielerisch nach mir. »Das wäre ja noch schöner! Es gibt so was wie einen Ehrenkodex unter Frauen. Das posaunen wir doch nicht heraus. Nicht mal an sexy Typen, die in unsere besten Freundinnen verschossen sind.«

»Das hab ich nicht gesagt«, erinnere ich sie. »Ich meinte nur, dass ich sie mag.«

»Oh bitte!«, sagt sie mit einem Augenrollen. Womit sie wohl recht hat. Meine Gefühle gehen tiefer.

»Was ist dann mit Jeremy passiert?«, frage ich.

»Darüber kann ich mit dir nicht reden. Ehrlich nicht, Jason. Nicht bevor sie es dir nicht selbst verraten hat.«

»Aber ich muss es wissen«, bleibe ich dran, bin hartnäckiger als sonst, denn das hier ist zu wichtig. »Er hat sie also nicht betrogen?«

»Das hätte er nie getan. Er hat sie geliebt und sie ihn.«

»Er hat keine Drogen genommen?«, rate ich weiter.

»Als Yogi? Keine Chance! Ihr Typen esst ja nicht mal leckeren Kuchen, um die Reinheit von Körper und Geist nicht zu stören«, sagt sie mit einem Nicken zu meinem vollen Kuchenteller, über den ich mich jetzt jedoch hermache. *Als Nervennahrung.*

Ich überlege, was noch infrage kommt. »Er wurde eingezogen? Fürs Militär?« Das passt zwar nicht zum Lifestyle, aber ich kenne viele, die – wenn es einen besonders schlimmen Anschlag gab – plötzlich ihre Meinung ändern und was gegen das Böse in der Welt unternehmen wollen. *Als würden Kampfjets und Bomben Frieden bringen!*

Lauren schüttelt den Kopf. »Nein, da war er wohl früher, aber wäre nie freiwillig zurückgegangen.«

»Lässt du mich echt weiter raten?«

Seufzend lehnt sie sich zurück und sieht mich sehr lange an. »Du gibst wohl nie auf.«

Ich merke, dass nicht mehr viel fehlt, um sie rumzukriegen, und schüttele den Kopf. »Mal kommt sie mir entgegen, und dann blockt sie mich komplett ab, und ich muss verstehen warum.«

»Er ist tot. Jeremy ist tot«, sagt sie schließlich leise.

Was?! Ich hätte mit vielem gerechnet, aber nicht damit. »Hat er sich –?«

»Nein! Es war ein Unfall.«

»Bitte! Was ist passiert? Wie ist er gestorben?« Mein Herz krampft sich zusammen. Ich will alles wissen, *muss* alles wissen.

»Es tut mir leid, Jason. Das sollte dir Chloe erzählen.«

»Das verstehe ich«, sage ich, dabei habe ich unendlich viele Fragen. *Was genau ist geschehen? Wie hat Chloe es erfahren? Wie ging es ihr danach? Hat sie getrauert? Oder liebt sie ihn noch?* Aber Lauren hat mir schon mehr verraten, als ich erwarten konnte. Außerdem hat sie recht. Bestimmte Fragen kann und sollte mir Chloe beantworten. »Danke, dass du es mir erzählt hast«, sage ich. »Das hilft mir sehr.«

»Hab ich gerne gemacht. Und ich fürchte, ich muss jetzt los. Das Schwimmbecken ruft.« Sie steht auf und lockert ihre Schultermuskeln.

»Alles okay?«, frage ich sie, als ich sie nach draußen begleite und zum Campus zurückbringe. »Hätte ich dir keinen Kuchen ausgeben sollen, sondern Salatblätter?«

Sie sieht mich verträumt an. »Du hast nicht rein zufällig einen Bruder, der genauso toll ist wie du?«

»Wieso?«, antworte ich und lache breit.

»Männer wie du sind selten.«

»Männer, die Kuchen spendieren?«, frage ich, weil ich das nicht für so besonders halte.

»Nein, Männer, die sich um ihre Frauen kümmern.«

Wieder spüre ich Wärme in mir, weil ich genau das tue. Ich kümmere mich um Chloe, und weil Ava und Lauren ihre besten Freundinnen sind, sind sie mir automatisch auch wichtig.

»Sorry, ich bin Einzelkind«, muss ich sie jedoch enttäuschen, als ich sie wenig später auf dem Parkplatz vor dem Unigelände absetze.

»Hätte ja sein können.«

»Wenn du willst, höre ich mich aber mal bei meinen Freunden um.« Ich denke da an einen bestimmten. »Was ist zum Beispiel mit Wade?«

Sie verzieht das Gesicht und steigt aus. »Lass mal, Jason! Mein Trainer sagt, dass ich mich voll und ganz auf die anstehenden Entscheidungen konzentrieren soll. Da kann ich keine Ablenkung gebrauchen.«

Verstehe ich. »Viel Glück! Du schaffst das«, wünsche ich ihr und schließe die Tür.

Theatralisch fasst sie sich ans Herz. »Siehst du, was ich meine! Wer macht das heutzutage noch?« Statt auf meine Antwort zu warten, winkt sie, dreht sich um und ist weg.

Wade würde das tun, denke ich und frage mich, was zwischen den beiden vorgefallen ist, dass sie so eisig aufeinander reagieren. *Seltsam …*

Während ich für meine Abendkurse nach San Francisco zurückfahre, lasse ich mir das Gespräch mit Lauren erneut durch den Kopf gehen. Ich verstehe immer noch nicht, warum Chloe mich letzte Nacht nicht in ihr Apartment gelassen und kein Licht gemacht hat. Aber es erleichtert mich, dass zumindest kein noch lebender Mann zwischen uns steht, sondern wenn dann nur ein ganzer Berg an emotionalem Ballast. Damit kann ich umgehen. Den haben wir doch alle.

9. KAPITEL

Chloe

So eine Scheiße!

Ich konzentriere mich auf die Wut, weil die mir die Kraft gibt weiterzumachen. Und die brauche ich, als ich nicht bloß Shirts und Pullover in den Koffer stopfe und zum Wagen trage, sondern unerwartet auch Dinge in der Hand habe, an die ich sehr lange nicht mehr gedacht habe.

Wie Jeremys College-Sweatshirt.

Ich halte den Stoff an die Nase und bilde mir ein, dass ich selbst nach all der Zeit noch immer seinen Geruch wahrnehme. Und plötzlich kommt die Erinnerung dazu.

»Atmet tief ein und aus, spürt jeder Veränderung in eurem Körper nach und genießt die untergehende Sonne auf eurer Haut.«

Von wegen! *Mir wird kalt. Das Work-out war richtig gut. Aber dieses Herumliegen am Ende ist nicht meins.*

Verstohlen sehe ich mich um und bin neidisch auf die anderen, die entweder einen Pullover haben oder sich mit einem Handtuch zudecken.

Ich friere! Und ich entspanne mich null, sondern träume von einem heißen Kaffee. Bis mir klar wird, dass ich jederzeit gehen kann. Kann mir doch egal sein, was die anderen von mir halten.

Ich setze mich auf und beginne, meine Sachen zusammenzusuchen.

»Alles okay?«, fragt mich ein Typ von der Seite.

»Sicher.«

»Warum gehst du dann? Das ist der beste Teil. Einfach in sich hineinhorchen, auf die Wellen hören, den Wind spüren.«

Ich erschauere, als er den Wind erwähnt. »Und frieren«, füge ich seiner Aufzählung säuerlich hinzu. »Mir ist verdammt kalt.«

»Hier!«, meint er, ohne zu zögern, und zieht sich seinen Pullover über den Kopf. »Nimm den!«

Überrascht sehe ich ihn an. »Jetzt hast du nichts.«

»Doch, ein Handtuch. Also, nimm schon und leg dich wieder hin.«

»Danke«, sage ich beinahe schüchtern, ziehe mir den Sweater, der drei Nummern zu groß ist, über und seufze, als ich die Restwärme von dem Mann im Stoff spüre.

Ich lege mich zurück, folge den Anweisungen der Trainerin, aber bleibe unkonzentriert. Weil ich jetzt an den Mann neben mir denke. Ich drehe den Kopf und muss lächeln, weil er mich anschaut, und er lächelt zurück. Und so liegen wir auf unseren Matten am Strand, die Sonne geht unter, und ich habe das Gefühl, wir wären die einzigen Menschen auf dem Planeten, dass da etwas zwischen uns passiert und dass es stimmt, dass Yoga das Leben verändert, weil meines Atemzug für Atemzug plötzlich einen völlig neuen Sinn erhält.

Der Typ streckt seine Hand aus, und ich ergreife sie. Unsere Finger umschlingen sich. Mein Herz bleibt kurz stehen und wird dann neu gestartet für ein neues Leben. Ich kenne das nicht von mir. Mit Männern vor ihm ist es mir nie so ergangen. Aber ich weiß mit absoluter Sicherheit, dass ich mich Hals über Kopf verliebe. Und ich bin bereit dafür, ich bin bereit für alles, was noch kommen wird.

Wie naiv ich doch war! Ich sollte den Pullover aussortieren, aber ich bringe es nicht übers Herz. Ihn wegzuwerfen bedeutet, mich auch von dieser ersten Begegnung zu trennen. Und von diesem Gefühl, dass alles gut wird.

Mit einem Ruck stehe ich auf, nehme den Sweater, schmeiße ihn in meinen Koffer, türme eilig einen Berg von unverfänglichen Klamotten darüber und mache mich danach daran, mein Bettzeug einzupacken. Dann räume ich im Bad meine Sachen zusammen und gehe über ins Wohnzimmer, wo ich Decken und Überwürfe falte und wie auf Autopilot Fotorahmen für den Transport in Papier einschlage.

Ich schaue nicht genau hin, was ich tue, sondern konzentriere mich darauf, fertig zu werden. Doch als ich ein Bild von Jeremy und mir vor meinem alten Studio finde, wo ich damals zusätzlich eine Stelle angenommen hatte, um Geld anzusparen, muss ich erneut schlucken.

Verflucht, wir waren so glücklich!

Wie er mich anlächelt!

Und wie wir beide strahlen!

Wir hatten den Plan, unser Leben miteinander zu verbringen. Und wir konnten es nicht erwarten, zusammen diesen Weg zu gehen. Die Niederlagen wegzustecken und die Erfolge zu feiern und uns dabei etwas aufzubauen, das unsere Handschrift trägt.

Meine Kehle schnürt sich immer enger zusammen. Und wütend kämpfe ich gegen all diese brodelnden Gefühle an, gegen diese Trauer, mein Monster, das ich seit Jahren in Schach halte. Ich kann sie jetzt nicht gebrauchen, wirklich nicht. Ich muss hier fertig werden. Aber Gefühle sind eine Bitch! Sie scheren sich nicht darum, ob man sie haben will oder nicht, sie kommen einfach und möchten beachtet werden. *Huhu, hier bin ich, meine Liebe, schön, dich mal wieder zu sehen!*

Meine Beine geben nach, und langsam lasse ich mich auf den Boden sinken, immer noch mit dem Bild in der Hand, diesem einen Foto, auf dem wir nicht nur unglaublich glücklich aussehen, sondern bereit für unser gemeinsames Leben sind, bereit für unsere Zukunft. *Die wir nie hatten!*

Tränen sammeln sich in meinen Augen. Mit dem Finger fahre ich die Linien seines Gesichtes nach, und mir wird klar, dass ich mich nicht mehr genau daran erinnern kann, wie er sich angefühlt hat. *Scheiße!* Dabei habe ich gedacht, ich könnte ihn nie vergessen.

Aber dafür erinnere ich mich plötzlich an Jason.

Es muss daran liegen, dass die Erinnerungen an ihn noch so frisch sind. Wenn ich die Augen schließe, spüre ich seine Lippen auf meinen, kann genau benennen, wie fest oder weich sie mich necken, wie rau oder sanft sie sich anfühlen. So wie ich jede seiner Berührungen auf mir spüre, als hätte er Abdrücke auf mir hinterlassen, die für die Ewigkeit sind. Was in mir plötzlich den Wunsch weckt, zu duschen, meine Haut zu schrubben, ihn loszuwerden. Weil ich nicht noch mal durchmachen kann, was ich mit Jeremy durchgemacht habe. Es geht einfach nicht.

Warum ist Jason in meinem Kopf, aber Jeremy ist weg? Das ist falsch!

Ich zwinge mich, mich auf das zu konzentrieren, was jetzt zu tun ist. Ich muss die Bude leer räumen, sonst übernimmt das der Vermieter. Ich muss alles ins Studio schaffen, bevor

Jason da ist und Fragen stellt. Und ich muss duschen und dann gut gelaunt und fröhlich wie immer meinen Abendkurs geben, auf dem ich bestanden habe. Denn heute bin ich dran.

In meinem Magen zieht es wie verrückt, aber ich ignoriere das Gefühl. Ich stehe wieder auf und lege los.

***

Am Ende muss ich drei Mal zwischen der Wohnung und dem Studio hin- und herfahren, um meinen Kram in den Schließfächern der Umkleiden zu verstauen. Viel öfter als geplant. Und ich werde genau in dem Augenblick fertig, als meine ersten Kursteilnehmer auftauchen, sodass ich nicht mehr duschen kann.

Innerlich stöhne ich auf, aber äußerlich lege ich ein Lächeln auf. Immerhin hat niemand bemerkt, was ich hier treibe.

Ich ziehe mich um, spritze mir kühles Wasser ins Gesicht und diesele mich mit Deo ein. Dann muss ich auch schon meine Kunden begrüßen, die darauf vertrauen, dass ich sie mit dem nächsten Flow all ihren Stress vergessen lasse. *Schade, dass das gerade bei mir nicht klappt.*

»Alles okay?«, fragt Jason da, was mich aus dem Gleichgewicht bringt. *Wieso ist er jetzt schon da?* Mit seiner kleinen Sporttasche und genauso gut aussehend wie immer kommt er auf mich zu und küsst mich zur Begrüßung, als wären wir ein Paar. Nur flüchtig und doch so, dass mein Herz ins Stocken gerät, ich zittrig durchatme und für einen Augenblick perplex bin, wie er das einfach so machen kann. *Ahnt er was?*

»W-w-warum sollte nicht alles okay sein?«, frage ich unsicher.

»Dein Fahrrad steht nicht draußen.«

Mein Herz rast, weil er so aufmerksam ist, und mein Mund wird trocken vor Nervosität. »I-i-ich bin mit dem Auto hier.«

»Du hast gar kein Auto«, sagt er schmunzelnd, als amüsiere er sich darüber, mich beim Lügen erwischt zu haben.

Ertappt laufe ich rot an, weil ich ihm in der Tat etwas verheimliche. *Was mächtig Großes, wie zum Beispiel meinen gesamten Hausstand im Studio.* »Geliehen. Von einer Freundin«, erkläre ich, bis mir klar wird, dass ich ihm keine Rechenschaft schuldig bin. *Wir sind nicht zusammen!* »Ist bei dir denn alles okay?«

»Auf jeden Fall«, sagt er, stellt sich neben mich an den Tresen und aktualisiert unsere Kurssoftware mit weiteren Terminen. »Warum fragst du?«

»Du bist früh dran. Ich hab jetzt den Kurs«, sage ich.

»Ich weiß«, meint er nur.

»Was hast du dann hier zu suchen?«

Er dreht sich zu mir, lehnt einen Ellenbogen auf den Tresen und fährt mit der anderen Hand durch meine Haare, was ich unterbinden müsste, stattdessen aber zulasse. *Weil es sich unglaublich schön anfühlt.* »Wir haben uns heute Morgen gar nicht gesehen.«

»Und?«, antworte ich. Schließlich ist das gut so.

»Ich hab dich vermisst.«

Wärme breitet sich wie ein Feuerball in mir aus. »Aha«, mache ich. Ich will nachgeben und ihn zurückküssen. Das ist ein Kerl, der einfach so seine Gefühle aussprechen kann, der dir in die Augen schaut und sich seiner selbst ganz sicher ist und der genau deshalb umwerfend ist. *Was will Frau mehr?* Aber ich weiß, wohin das führt, fühle mich emotional schon ganz wund vom Tag und kann mir jetzt nicht leisten durchzudrehen – fünf Minuten bevor der Kurs losgeht. *Es geht nicht.*

»Hast du mich denn nicht vermisst?«, fragt er, wirkt dabei aber keine Spur beunruhigt oder überheblich, sondern einfach nur neugierig, was es verdammt schwer macht, mich von ihm zu distanzieren.

»Ich weiß nicht«, sage ich vorsichtig.

»Das ist kein Nein«, stellt er ruhig fest und lächelt. »Damit kann ich leben.«

Echt jetzt?! Jeder andere Kerl würde mich bedrängen, Spielchen spielen, mich zu einem Eingeständnis zwingen. Aber für ihn ist mein ›Ich weiß nicht‹ genug.

Ich will eisern bleiben, will ihm sagen, dass er das lassen soll. Dass aus uns nichts wird. Ich, die wandelnde Katastrophe. Er, McYogaDream, der heißeste Yogalehrer in der Bay Area! Stattdessen entwaffnet mich seine verständnisvolle Art.

»Danke«, murmele ich leise, und ehe ich darüber nachdenken kann, was ich da eigentlich tue, falle ich ihm doch in die Arme und bin kurz davor loszuheulen, als er die Umarmung erwidert, seinen Kopf an meinen legt und mir das Gefühl gibt, dass mir nichts passieren kann, dass er da ist, dass alles gut ist. Was genau das ist, was ich nicht fühlen sollte. Aber ich kann mich nicht dagegen wehren. *Niemand könnte das*, tröste ich mich.

Jason

Irgendetwas ist passiert! Mein Herz zieht sich zusammen, während Chloe sich an mich drückt. Sie wird es mir nicht erzählen. Dass ich sie halte, ist schon mehr, als sie wollte. *Mist!*

»Du musst zum Kurs«, flüstere ich ihr nach einer Weile ins Ohr.

Ein unwirsches Knurren ist die Antwort. Kein damenhafter Laut, dennoch unglaublich sexy. *Ob sie am Morgen genauso klingt, wenn sie verschlafen ist und aufstehen muss?*

»Deine Kunden warten«, schiebe ich hinterher, halte sie jedoch weiter und streiche über ihren Rücken, liebe es, sie so nah bei mir zu spüren und für sie da zu sein.

»Noch fünf Minuten«, murmelt sie.

Himmel, sie macht mich schwach! Aber als guter Kerl und Studiopartner darf ich diesmal nicht nachgeben. »Willst du schlechte Bewertungen wegen Unpünktlichkeit im Internet?«

»Spielverderber!« Mit einem sanften Hieb in die Seite löst sie sich von mir und sieht auf die Uhr. »Ich hab doch noch eine Minute!«

»Und jetzt bist du pünktlich, Baby.«

»Hat dir schon mal jemand gesagt, dass du unglaublich nett bist?«, sagt sie, während sie zu ihrer Klasse eilt.

»Keiner so wie du«, rufe ich ihr flirtend hinterher.

Mit einem Lachen, das mich erleichtert, schließt sie die Tür zum Yogaraum, und ich wende mich wieder dem Tresen zu. Ich aktualisiere meine Buchungen, beantworte Fragen auf Instagram und kündige einen neuen Flow an. Als ich fertig bin, schiebe ich leise die Tür zum Übungsraum auf, um Chloe beim Kurs zuzusehen.

Wie üblich bin ich beeindruckt, wie präzise sie arbeitet. Sie ist die geborene Trainerin und schafft es, die Gruppe spielend leicht zu führen. Sie hat es verdient, erfolgreich zu sein. Und obwohl normalerweise immer ein riesiger Konkurrenzkampf herrscht, denke ich darüber nach, welche Türen ich ihr öffnen könnte. Ich habe viele Kontakte und kein Problem damit, sie für sie zu nutzen.

Chloe entdeckt mich. Sie zuckt erst zusammen, dann werden ihre Wangen röter, und schließlich lächelt sie in meine Richtung, obwohl sie versucht, es zu verbergen. Was mich ganz ungeniert zurückgrinsen lässt.

Sag, was du willst, Baby, du stehst auf mich!

»Kannst du warten, bis ich mit meinem Kurs fertig bin?«, frage ich sie, als wir uns für die nächste Gruppe abwechseln. Ich will noch einen Abend mit ihr und noch einen und noch einen und noch einen, bis sie begreift, dass das hier was Festes ist. Kein Spiel.

»Ich muss Ava ihren Wagen zurückbringen.«

»Kannst du das nicht morgen erledigen?«

»Nein. Sie braucht ihn.«

»Dann komm danach noch mal her«, beharre ich. Dabei sind alle meine Schüler da, und ich muss anfangen.

»Willst du schlechte Bewertungen im Internet wegen Unpünktlichkeit?«, neckt sie mich, so wie ich vorhin sie.

»Ich geb dir die Schuld«, erwidere ich mit einem Grinsen, weil ich das natürlich nicht machen werde. »Also, kommst du?«

»Du lässt nicht locker?«

»Nein.«

»Worum geht es denn?«, fragt sie abwägend.

»Sei einfach da!«

Bevor sie ablehnen kann, begrüße ich meinen Kurs. Fies, aber effektiv. Wenig später höre ich, dass draußen ein Wagen losfährt, und ich frage mich, ob sie wirklich wiederkommt.

Hoffentlich.

»Krieger eins, halten! Krieger zwei! Runter in den Hund! Und wieder hoch«, sage ich die Asanas an. »Claudia, achte auf deine Körperspannung … Sam, verlagere das Gewicht mehr auf die linke Seite … Ben, streck die Knie durch! Ich weiß, du kannst das.«

Ich ziehe meine Stunde wie üblich durch, werfe jedoch ständig Blicke auf die Uhr, weil ich mich frage, wo Chloe bleibt.

»Gut gemacht«, lobe ich alle nach dem Kurs, und wie auch in meinem Studio kümmere ich mich um die Matten, lüfte und räume auf.

Als ich fertig bin, gehen gerade die Letzten. Ich vermerke im System, wer da war, beantworte Mails, kann es dann aber nicht länger hinauszögern zu schließen. Chloe kommt nicht.

Bestimmt ist sie bei ihrer Freundin hängen geblieben, und sie machen sich jetzt einen schönen Abend. Ich hätte ihr sagen sollen, was ich vorhabe. Dass es nicht um ein Date geht, sondern eine Geschäftsidee. Oder im Grunde um beides. Ein Date, bei dem ich ihr die Idee erklären will. Und eine Gelegenheit, mehr Zeit mit ihr zu verbringen.

»Mist«, fluche ich, lösche überall das Licht, verlasse den Vorraum und ziehe die Tür hinter mir zu. *Mist, Mist, Mist.*

Ich gehe zu meinem SUV, öffne den Kofferraum und werfe meine Sporttasche rein. Dabei sehe ich die immer noch umgeklappten Sitze, obwohl mein Board momentan zu Hause steht. Ich muss lächeln, als ich daran denke, wie wir uns hier geliebt haben. Dann klettere ich in den Wagen und wuchte die Sitze zurück in ihre Ausgangsposition. *So bald wird sich das nicht wiederholen!*

»Halt! Stopp, Jason, warte!«, höre ich jemanden rufen, als ich fertig bin und gerade einsteigen will. »Verdammt, ich bin hier! Ich hab's geschafft.«

Stirnrunzelnd drehe ich mich um, und mein Herz setzt aus, nur um kurz darauf doppelt so schnell weiterzuschlagen.

In einem halsbrecherischen Tempo kommt Chloe auf ihrem E-Bike angerast. Sie fährt teilweise im Stehen, obwohl die Straße flach ist, und winkt mir dabei mit einer Hand wild zu, was einem Stunt gleicht und dafür sorgt, dass mir der Angstschweiß ausbricht, weil sie sich Hals und Beine und quasi alles brechen könnte.

»Oh mein Gott!«, keucht sie und hat so viel Schwung, dass sie beim Absteigen fast in ihren Lenker kracht. »Was hab ich mich beeilt! Ich war mir nicht sicher, ob ich es schaffe. Aber du hast so enttäuscht ausgesehen, und ich war so gespannt, denn du hast auf deinem verdammten Instagram-Account …« Jetzt schlägt sie nach meinem Arm. »… irgendwas Mysteriöses von einer Überraschung heute Abend gepostet. Und ich bin neugierig. Hier bin ich also. Tadaaa!«

»Atme!«, sage ich lachend als Allererstes, als sie eine Pause macht und mich zu Wort kommen lässt.

Sie ist krebsrot im Gesicht und unglaublich verschwitzt. Ihr Outfit klebt wie bei einem Wet-T-Shirt-Contest an ihr. Und ich finde sie schöner denn je.

»Wasser?«, frage ich, weil ich befürchte, dass sie mir jeden Augenblick umkippt. Sie nickt, und ich greife ins Auto, hole eine Flasche und reiche sie ihr.

»Oh Gott, tut das gut!«, stöhnt sie nach den ersten Schlucken, holt kurz Luft und trinkt direkt weiter. »Ich dachte, ich verpasse dich.«

Ich bin gerührt, dass sie – nachdem sie vorhin noch unentschlossen war – nun doch hier ist. Gleichzeitig bin ich verwundert. Mein Post auf Instagram allein hat wohl kaum den Ausschlag gegeben.

»Lass mich raten, deine Freundin Ava hat dir den Marsch geblasen, dass du gefälligst herkommen sollst?«

Sie nickt und reicht mir die Flasche zurück.

»Ich glaub, ich mag deine Freunde«, sage ich ihr. »Neulich Abend hat dich Lauren mir überlassen, heute treibt dich Ava in meine Arme …«

»Super, ich mag meine Freunde auch«, sagt sie, steigt jetzt ganz vom Rad ab und strauchelt, weil ihre Muskeln von der Belastung brennen.

»Hey, Vorsicht!« Ich reiche ihr einen Arm, damit sie nicht fällt, und nehme das Rad.

»Gib mir eine Sekunde!« Sie lässt sich auf dem Bordstein nieder, lehnt sich zurück und schließt die Augen. »Das war echt verrückt«, murmelt sie. »Normalerweise brauche ich von Ava eine halbe Stunde auf dem Rad. Doch dieses Mal hab ich es in nicht mal zwanzig Minuten geschafft.«

»Dafür brauchst du jetzt zehn, um dich zu erholen«, sage ich, einerseits amüsiert, andererseits immer noch nahe am Herzinfarkt, wenn ich mir vorstelle, wie halsbrecherisch sie unterwegs war.

Sie öffnet die Augen und sieht mich an. »Hauptsache, du bist nicht weg. Ich hätte gar nicht gewusst, wie ich dich erreiche. Über Instagram? Schaust du in deine Nachrichten rein?«

»Selten«, gebe ich zu, weil dort meist nur Lob und Heiratsanträge drinstehen. *Nichts Wichtiges.* »Aber du weißt schon, dass du meine Handynummer hast?«

»Echt, hab ich?«

War ihr das nicht klar? »Steht im Untermietvertrag, den ich mit dir geschlossen habe.«

Sie nickt. »Stimmt. Ist damit aber auf einem Papier, das im Studio liegt.«

»Wie? Du hast mich nicht sofort als heißesten Businesskontakt der Welt eingespeichert?«, tue ich entrüstet.

»Macht man das so?«, fragt sie zurück und grinst.

»Ja, macht man so«, sage ich. »Geht es denn jetzt wieder?«

Sie stützt sich auf die Ellenbogen und nickt, und als ich ihr die Hand reiche, lässt sie sich aufhelfen. »Also, wie lautet der Plan, Jason?«

10. KAPITEL

Chloe

»Ich würde gern ein Partneryoga-Video drehen. Schon seit Längerem überlege ich, wie ich mein Angebot erweitern kann, und ich will testen, wie das ankommt.«

»Aha«, sage ich lässig, dabei beschleunigt sich mein Pulsschlag.

Einer der bekanntesten Yogalehrer der Stadt will meine Hilfe. Das kommt mir merkwürdig vor. *Wehe, das ist ein Trick, um wieder mit mir zu schlafen!*

»Bist du dabei?«, fragt er.

»Warum ich?«

»Du bist die Beste, die ich mir dafür vorstellen kann.«

»I-i-ich weiß nicht«, stammele ich gerührt.

»Sag ja, Chloe«, bittet er mich auf diese Art, der ich so schlecht widerstehen kann. »Es ist eine einmalige Sache. Wir drehen heute das Video. Wenn es gut ankommt, können wir überlegen, ob wir mehr produzieren, vielleicht einen Kurs zusammen starten … Wir schauen einfach, wie es läuft.«

Mein Herz schlägt wie verrückt, weil das, was er vorschlägt, ein bisschen so ist wie das, was ich mit Jeremy geplant hatte. Kurse geben und neue Programme entwickeln.

»Rede mit mir!«, sagt er sanft.

»Du könntest Hunderte von Frauen fragen.«

»Ich frag aber dich.« Er kommt näher und drängt mich ans Auto. »Wir wissen beide, dass ich dich auch anders umstimmen könnte.«

Oh Gott, ja, das wissen wir.

Verlangen schießt durch meinen Körper. »D-d-das ist unfair«, stammele ich.

Er drückt sich enger an mich, und ich spüre seine Erektion. »Na und?« Er klemmt mir eine Haarsträhne hinters Ohr und berührt mich mit den Fingerspitzen. »Sag ja, Chloe. Wir fangen ganz langsam an. Keine Verpflichtungen, keine Versprechungen.«

Redet er noch über das Video oder über uns? Oder beides?

Ich muss die Augen schließen, weil sich seine Berührungen so gut anfühlen und mich nicht klar denken lassen.

»Sag Ja«, haucht er mir wieder zu und streift mit den Lippen meinen Hals. »Sag Ja, Baby. Bitte sag Ja!«

Ich müsste tot sein, um dem zu widerstehen. »Schon gut, ich mach ja mit«, sage ich und stemme meine Hände gegen seine Brust, um etwas Abstand zwischen uns zu bekommen. »Lass mich nur vorher duschen. Ich bin vom Radfahren total verschwitzt.«

Es fällt ihm schwer, aber er weicht zurück und gibt mir den Freiraum, den ich brauche. »Gut, ich warte auf dich.«

Wie meint er das? »Wir drehen es nicht hier?«, frage ich überrascht.

»Ich produziere alle meine Videos bei mir zu Hause. Ist das ein Problem?«

»Nein, nein, kein Problem«, sage ich. Aber natürlich ist es das. Denn ich verfalle ihm immer mehr. Egal, wie sehr ich es auch verhindern will.

Jason

»Wow!«, sagt sie, als ich vor meinem Haus auf den Klippen beim Baker Beach halte, einer viergeschossigen Stadtvilla mit einem gepflegten Rasenstreifen und auf Form getrimmten Buchsbäumen davor. Die Abendsonne taucht die Welt in ein goldenes Licht, und der Wind vom Meer ist heute überraschend mild, wenn auch weit entfernt davon, warm zu sein. »Welche Etage gehört dir?«

»Ähm … alle«, antworte ich, warte, bis sich das Tor öffnet, und fahre auf den Innenhof mit den Garagen. Denn ja, ich habe Geld, aber ich mache mir da nie so viele Gedanken drum. Für jemanden, der am Anfang steht, muss das seltsam wirken. »Keine Sorge, das schaffst du auch noch.«

Zweifelnd sieht sie mich an.

»Willst du jetzt doch nicht?«, frage ich sie, was schade wäre. Aber sie soll sich nicht verpflichtet fühlen.

»Wenn ich es mir anders überlege, fährst du mich echt zurück zum Studio?«, fragt sie skeptisch.

»Würde ich machen.« *Allerdings widerwillig.*

Ohne ihren Blick vom Gebäude abzuwenden, steigt sie aus. »Nein, nein, keine Sorge. Ich kann es gar nicht abwarten, mir das Haus von innen anzuschauen.«

»Na dann, mir nach!«

Ich lasse sie rein und erzähle ihr, dass ich die Videos meist draußen auf der Terrasse drehe. Denn egal wie warm es ist, die Kulisse ist einfach traumhaft. Aber Chloe hört mir gar nicht richtig zu.

Sie sagt: »Wow!«, als sie den Flur betritt. »Ach du meine Güte!«, folgt im Wohnzimmer. Noch mal »Wow!« kommt, als sie die Küche entdeckt. »Oh mein Gott!«, haucht sie, als sie ihre Finger über die polierte Tischplatte gleiten lässt, und wieder ein »Wow!«, als sie das Heimsystem entdeckt, mit dem sich Temperatur, Fenster, quasi alles steuern lässt. Dann tritt sie auf die Terrasse und fasst sich ans Herz. »Jason, ich sterbe. Das ist der Wahnsinn!«

»Also, irgendwie ist mir das peinlich«, gebe ich zu.

»Das sollte es auch«, sagt sie. »Wozu braucht ein Mensch allein hundert Quadratmeter?«

»Es sind siebenhundert«, korrigiere ich sie automatisch, woraufhin ihre Augen blitzen und ich abwehrend die Hände hebe. Schließlich wollte ich nicht angeben, es entspricht nur der Wahrheit. »Ich wollte immer eine große Familie haben. Und als das Haus auf dem Markt war, musste ich zugreifen«, setze ich zu meiner Verteidigung an.

»Große Familie?«, wiederholt sie schmunzelnd. »In dem Haus kannst du ein Basketball-Team unterbringen.«

Ich lächele, weil sie verdammt sexy aussieht, wie sie da auf meiner Terrasse steht, im Rücken das Meer und die Golden Gate Bridge, und wie sie strahlt, als würden alle ihre Wows mir gelten. »Oder es hat Platz für Familie und Freunde«, sage ich. »Ich bin in einem Trailerpark aufgewachsen und hab mir das Bett mit meinen Eltern geteilt, bis ich zwölf war. Glaub mir, ich kenne das Gegenteil von dem hier.« Ich drehe mich und betrachte mein Haus mit den Augen des kleinen Jungen. »Ich weiß, dass das der reinste Luxus ist.«

»Über den Trailerpark steht gar nichts im Internet«, sagt sie, geht weiter und hüpft mit kindlicher Freude die Stufen hinab, die zum Whirlpool führen.

Mit einem Lächeln auf den Lippen folge ich ihr, weil sie mich offensichtlich gegoogelt hat. *Das hätte sie wohl kaum gemacht, wenn ich ihr gleichgültig wäre!*

»Könnte sein, weil das nicht jeder wissen soll«, sage ich.

»Aber du erzählst es mir?«

»Wir sind Partner, richtig? Ich finde, da sollte man keine Geheimnisse voreinander haben«, wage ich einen ersten Vorstoß, um sie dazu zu bringen, über Jeremy zu reden.

Sie verharrt kurz auf einer Stufe, geht dann jedoch weiter. Langsamer, weil mein Versuch offensichtlich gescheitert ist.

»Wie bist du denn aufgewachsen?«, frage ich sie, obwohl ich die Antwort schon von Lauren kenne.

»In Miramar. Ein paar Meilen von San Francisco entfernt. Meine Eltern haben dort ein Restaurant. Nichts Großes oder Besonderes. Aber beliebt bei Touristen.«

»Stell ich mir toll vor. Jeden Tag das Meer zu sehen.«

»Das tust du doch heute auch.«

»Stimmt, aber als Kind ist das was anderes«, sage ich. »Wenn ich am Meer groß geworden wäre, wäre ich rund um die Uhr am Strand gewesen.«

Chloe ist auf der unteren Plattform vom Hang angekommen und verschränkt die Arme vor der Brust.

»Kalt?«, frage ich sie, als ich sie eingeholt habe, und lege meine Arme um ihre Schultern. »Wir müssen das Video nicht draußen drehen.«

»Warum wundert es mich nicht, dass du in diesem Palast extra ein Zimmer für Filmarbeiten hast?«, sagt sie lächelnd, lehnt sich gegen mich und schließt die Augen. »Jetzt ist es schon besser.«

»Ja?«, hake ich nach und habe plötzlich eine ganz belegte Stimme, weil sie ihre Abwehr runterfährt. Und weil sie mir gibt, was ich immer wollte. Keinen materiellen Besitz, wie das Haus, sondern das hier, diese Nähe, diese Verbundenheit.

»Ja«, sagt sie nur.

Der Wind weht ihre Haare immer wieder in mein Gesicht, und ich brauche eine Weile, bis ich sie so festklemmen kann, dass sie mich nicht stören. Sie hilft dabei, und jedes Mal, wenn sich unsere Finger berühren, lächelt sie.

»Wo genau kommst du her?«, fragt sie leise, als würde sie ahnen, dass ich darüber nicht allzu gerne spreche.

»Arkansas«, antworte ich nüchtern, dabei übermannen mich die Gefühle von damals. Denn ich habe es gehasst, dort groß zu werden.

»Hey, ruhig«, meint sie und streicht über den Arm, den ich um sie geschlungen habe. »Ich wollte dich nicht verärgern.«

»Tust du nicht«, sage ich. *Im Gegenteil. Dass sie es wissen will, bedeutet mir viel.*

»Wo da?«, fragt sie weiter.

»Kennst du irgendetwas in Arkansas?«, antworte ich mit Humor, weil der Bundesstaat nicht unbedingt ein Magnet für Touristen, die Wirtschaft oder sonst was ist. Wer kann, zieht weg.

»Also, in der Schule haben wir gelernt, dass dort Erdöl gefördert wird.«

Ich brumme zustimmend. »Kennst du irgendwas *Schönes*?«, verbessere ich mich.

»Nein, ich glaub nicht.« Sie dreht sich etwas, um mich anzusehen. »Sag schon, wo war der Trailerpark?«

»Bei Fayetteville.«

»Nie gehört.«

»Siehst du«, antworte ich, schmiege mich wieder an sie, atme ihren Duft ein und bin glücklich, weil ich genau dort bin, wo ich immer sein wollte.

Ich blicke aufs Meer und halte die Frau in den Armen, die mich irgendwie verzaubert hat. Es fällt mir unglaublich leicht, mir vorzustellen, dass das unser Leben ist. Und ich genieße das tiefe, beruhigende Gefühl, solange ich kann. Es ist das erste Mal, dass wir miteinander reden und sie sich auch für mich interessiert und ich mich nicht nur für sie. Ich bin versucht, mein Glück auf die Probe zu stellen und sie nach Jeremy zu fragen, aber verkneife es mir. *Sei geduldig, Crowley!*

»Na, wie sieht es aus?«, frage ich leise. »Wollen wir wieder hoch zur Terrasse gehen, die Matten ausrollen, die Kameras aufstellen, und ich zeig dir, was ich mir vorgestellt habe?«

»Mir wäre lieber, wenn die Welt kurz stehen bleibt«, murmelt sie, löst sich aber, als ihr klar wird, dass sie das laut gesagt hat. »Ja, los, lass uns anfangen. Die Abendsonne ist der perfekte Hintergrund für das Video.«

11. KAPITEL

Chloe

War das wirklich ich, die sich gerade gewünscht hat, dass die Welt stehen bleibt? Mit Jason, der mich so eng umarmt hat, dass ich seinen Körper in meinem Rücken gespürt und mich geborgen, beschützt und geliebt gefühlt habe? Und obendrein unglaublich stark.

Ja, war ich. Denn bei ihm fällt es mir leicht, Jeremy zu vergessen, meine Sorgen auszublenden und ich selbst zu sein. Mit ihm fühlt sich alles so verdammt einfach an. Und das liegt nicht an dieser irren Villa oder daran, dass er so erfolgreich ist. Sondern nur daran, dass er jemand ist, der aus irgendeinem Grund perfekt zu mir passt. Perfekter als Jeremy.

Und plötzlich denke ich: *Was, wenn es gut war, wie es mit Jeremy gelaufen ist?* Ja, ich hab ihn geliebt. *Aber vielleicht sollte ja alles genau so kommen, damit Jason und ich uns begegnen?*

Der Gedanke erschüttert mich, denn es klingt fast so, als wäre ich froh, dass Jeremy tot ist. Das bin ich aber ganz sicher nicht. Nur – wenn ich Jason dabei beobachte, wie er alles für den Dreh vorbereitet, spüre ich eine Aufregung, die ich in Jeremys Nähe nie erlebt habe. *Eine schöne Aufregung.*

»Dreh die Matte etwas«, springe ich ein und positioniere sie schräg, damit die Kamera einen besseren Winkel einfängt.

Dann deute ich eine Kriegerposition an, damit Jason sieht, was ich meine, und mache einen großen Ausfallschritt nach vorne.

»Gute Idee«, sagt er. »Wir sind ein tolles Team!«

»Sind wir«, sage ich und glühe innerlich. Mit Jeremy war ich auch eine Einheit. Aber ich glaube, am Ende habe ich mehr in die Beziehung reingesteckt als er. Und nun tut das Jason, was mir nicht gefällt. Ich will das, was wir haben, mitgestalten. Das ist mir wichtig.

Ohne dass er mir etwas sagen muss, stelle ich die Lichtboxen für den Videodreh auf, damit wir trotz der Dämmerung gut zu erkennen sind. Unsere Blicke kreuzen sich, und er lächelt mich an, glücklich darüber, dass ich mit anpacke.

»Ich zeig dir kurz den Ablauf, und dann nehme ich das Video auf, einverstanden?«

Ich nicke. »Klingt gut.«

Jason geht zur Matte und erklärt, was er sich vorgestellt hat. Nichts Kompliziertes, sondern eine Einsteigersequenz, um sich auf den Partner einzulassen. Danach gegenseitige sanfte Dehnübungen, eine Abwandlung der Brücke, erneutes Dehnen und Ende.

»Das schaffe ich«, sage ich und gehe in Position.

»Gut.« Er startet das Video und setzt sich zu mir. »Dann lass uns erst mal einen gleichmäßigen Rhythmus finden. Schließ die Augen und fühle in dich hinein.«

Wie tausend Male zuvor versuche ich es. Doch in mir drin finde ich keine Ruhe, sondern nichts als brennendes Verlangen, das sich mit jedem unserer Atemzüge steigert.

»Trau dich«, murmelt er und meint die nun folgende Figur.

Ja, trau dich, Chloe, sage ich mir. *Lass dich auf das hier ein. Lass dich auf diesen Mann ein. Nur keine Angst.*

Ich hebe die Arme, und Jasons Hände folgen der Bewegung. Ich umfasse seine Unterarme und ziehe ihn sanft zu mir, über meinen Rücken, spüre sein Gewicht, während seine Wirbelsäule gedehnt wird.

Herrlich!

Er beendet die Dehnung, richtet sich umgekehrt wieder auf und zieht nun mich zu sich, und dieses winzig kleine Kommando genügt, damit ich brenne. Von quasi gar nichts.

»Nächste Figur«, murmelt Jason.

Mit einem Seufzen löse ich die Pose auf, bemerke, wie Jason in die Kindhaltung wechselt, sprich sich hinkniet und vorbeugt, was die Wirbelsäule entlastet, und mir ein Zeichen gibt, dass ich mich mit meinem unteren Rücken auf seinen stützen und erst in die Brücke und dann mit ausgestreckten Beinen und lang über seinem Rücken gedehnt in den Stretch gehen soll.

»Gut, Chloe«, lobt mich Jason, als ich es tue.

Zu gut, denke ich. *Viel zu gut.*

Über mir sehe ich die hellsten Sterne, die man in der Dämmerung bemerkt. Ich spüre den Wind auf meiner Haut, jetzt angenehm frisch als Kontrast zu der Hitze in mir. Mein ganzer Körper öffnet sich, als würde ich mich der Welt anbieten. Und mir entschlüpft ein Stöhnen, als ich mir vorstelle, dass Jason mich so nimmt.

»Dir gefällt die Pose?«, fragt er mit belegter Stimme.

Du gefällst mir, denke ich, brumme jedoch nur zustimmend.

»Freut mich. Und weiter, Baby! Bevor wir Dinge tun, die nicht zum Video gehören.«

Seine Hände berühren meinen Hintern und geben mir das Zeichen, dass wir unsere Positionen wechseln und er dran ist. Ich drücke kurz Jasons Rücken, um zu signalisieren, dass ich ihn verstanden habe, löse meine Haltung auf, gleite auf die Knie ins Kind, um dann Jason umgekehrt über mir zu spüren. Groß und mächtig, sodass er mich spielend leicht überwältigen könnte.

Ist das heiß!

Sobald Jason sich wieder aufgerichtet hat, wenden wir uns wie auf ein stummes Signal hin einander zu, setzen uns Fuß an Fuß, greifen uns an den Händen und ziehen uns gegenseitig. Erst ich ihn zu mir, was mir einen unglaublich hitzigen Blick einbringt. Dann er mich zu sich, was für einen weiteren Wärmeschub in mir sorgt.

Schon die erste Begegnung mit diesem Mann hat mich ganz durcheinandergebracht, doch das hier, das brennt sich ein. Wir harmonieren perfekt, sind eine Einheit, geben und nehmen. *Geht es noch besser?*

So als hätten wir es einstudiert, packen wir uns fester an den Händen und heben schließlich langsam unsere Beine in der Mitte hoch. Jason streckt sie, und ich lege meine Füße an seine Waden und genieße den Kontakt.

Und ich will ihn immer heftiger! Ausgerechnet jetzt.

Schließlich senken wir die Beine wieder, helfen uns zueinandergewandt auf und stehen Schulter an Schulter. Ich habe einen Arm um seine Hüfte, er einen um mich geschlungen. Jeder von uns hebt das äußere Bein und winkelt es an, und wir bilden gemeinsam einen Baum und formen mit der jeweils freien Hand in der Mitte ein Namaste. Wobei wir allerdings nicht in die Kamera schauen, sondern uns ansehen. Und dieses unglaubliche und doch so intensive Vorspiel auf uns wirken lassen. Drei Atemzüge lang, vier, fünf …

Dann explodiert die Spannung zwischen uns, und dass die Kamera läuft, ist uns beiden egal. Das Video muss man später eh schneiden und digital bearbeiten.

Jason schiebt seine Hand in meinen Nacken und zieht mich zu sich. Unsere Münder krachen aufeinander, und ich muss ihn in mir spüren. Nicht dass Jason nicht schon irgendwie in mir ist. Aber jede verdammte Faser meines Körpers braucht ihn jetzt sofort.

Ich führe meine Hände unter sein Shirt und schiebe es ihm mit der nächsten Bewegung über den Kopf. Er macht das Gleiche mit meinem knappen Top.

»Mehr!«, keuche ich und habe das Gefühl, ich könnte meine Hände über jeden einzelnen Muskel von ihm gleiten lassen und es wäre noch nicht genug.

»Ja, mehr!«, knurrt er mit dem gleichen Hunger. Seine Hände wandern über meinen Rücken, tiefer zu meinem Hintern. Und mit einem Ruck hebt er mich an, sodass ich die Beine um ihn schlingen kann. Wir stöhnen beide, als wir spüren, wie bereit wir für den anderen sind. Er nimmt meine Hitze wahr, ich seine gottverdammte Härte. Und ich bin verloren.

»Jason«, rufe ich überwältigt. Ich presse mich enger an ihn, als könnte ich damit ungeschehen machen, dass so frustrierend viel Stoff zwischen uns ist. Und Jason sinkt auf die Knie, setzt mich auf der Matte ab und ist über mir.

»Langsam«, stöhnt er mir ins Ohr. »Langsam, Baby, sonst komm ich gleich in meine Hose.«

»Aber ich brauch dich«, wimmere ich verzweifelt. »Jetzt, Jason. Ich brauch dich jetzt sofort.«

»Ich weiß«, murmelt er, mich weiter küssend. »Ich dich auch. Himmel, ich dich auch!«

Trotzdem nimmt er Geschwindigkeit raus, presst seine Hüfte zwar weiter gegen meine Mitte, aber packt mich an den Handgelenken und hält mich kompromisslos unter sich fest, sodass ich das hier nicht mit kleinen unbedachten Bewegungen sabotieren kann.

»Was soll das?«, frage ich frustriert.

»Ich will dich nicht hier, Baby. Ich will dich in meinem Bett. Ich will jeden Quadratzentimeter von dir erkunden. Bis du unter mir erzitterst.«

»Das kannst du auch hier«, sage ich, schiebe meine Hand in seine Hose, ertaste seine Erektion und stöhne, als ich mich daran erinnere, wie gut er sich in mir angefühlt hat. Ich kann nicht warten. »Bitte, Jason!«

»Verdammt, Chloe!« Er schließt die Augen und kämpft mit sich, atmet schwer und versucht, sich unter Kontrolle zu bekommen, aber verliert. »Du Biest, zieh deine Hose aus!«

Das lasse ich mir nicht zweimal sagen und gehorche sofort.

»Und jetzt?«, frage ich, als sich unsere nun halb nackten Körper aneinanderreiben.

»Kommt drauf an … Bist du bereit für mich, Baby?«

»Bin ich«, sage ich – seit hundert Jahren. Ich greife mir zwischen die Beine, spüre meine Lust und berühre dann mit meiner feuchten Hand seinen Schaft. »Zufrieden?«

»Sehr zufrieden«, sagt er, küsst mich noch mal sanft, drückt dann meine Beine auseinander und stößt ohne Vorwarnung in mich. »Gott, ja, unglaublich zufrieden, Baby!«

»Jason!«, schreie ich meine Überraschung und Erleichterung hinaus in die Nacht und genieße, wie er mit weiteren harten Stößen in mich dringt, bis er ganz in mir ist und wir so eng miteinander verbunden sind, wie zwei Menschen es nur sein können.

»Wäre dir jetzt doch ein Bett lieber?«, fragt er.

»Warum?«, stöhne ich. *Ich hab alles, was ich will.*

»Weil uns die Nachbarn hören können.« Er knabbert an meinem Ohr. »Besonders dich.«

»Mir egal.« Ich packe seinen Hintern. »So was von egal.« *Kriegen die eben mal was geboten!*

Falls das überhaupt geht, so macht ihn meine Antwort noch verrückter, und das Unglaubliche ist, dass mich das umgekehrt ebenso wild macht. Ich bin meinem Höhepunkt wahnsinnig nah. Jason geht es ähnlich. Doch schwer atmend stützt er sich plötzlich über mir auf, legt seine Stirn an meine und bewegt sich wieder langsamer. *Was soll das?*

»Mach weiter!«, bettele ich. »Bitte.«

»Nur wenn du bleibst, Baby.«

»W-w-was meinst du?«, frage ich.

»Du weißt, was ich meine«, sagt er und zeichnet lächelnd mit dem Finger die Form meiner Lippen nach. *Kein Wegstoßen*, wie nach dem Sex auf dem Sofa. *Kein Weglaufen*, wie nach dem Sex im Auto. Er will, dass ich das hier ernst nehme, uns ernst nehme. Und ich will es plötzlich auch.

»Ja, ich bleibe«, sage ich, und wir beide erzittern. »Ich bleibe bei dir, Jason.«

Ein tiefes, zufriedenes Stöhnen dringt aus seiner Kehle. Er beugt sich zu mir und küsst mich, und ohne dass ich ihn noch mal anbetteln muss, bewegt er sich endlich wieder schneller, härter, leidenschaftlicher. Wir drängen uns aneinander, und ich lasse zu, dass mich dieser Mann erobert, nicht nur meinen Körper nimmt, sondern auch meine Seele.

Ich gehöre ihm.

Und er mir.

Der Orgasmus, der sich schon so oft in mir aufgebaut und wieder gelegt hat, kommt wieder näher, nur dieses Mal noch größer. Ich klammere mich an Jason, umschlinge ihn. Bis ich einfach nicht mehr kann, mich in seinen Rücken kralle, mein Gesicht in seiner Halsbeuge vergrabe und loslasse. Alles fliegt von mir weg. Der Frust, der Ärger, die Zweifel. Und als Jason mir folgt und kommt, bin da bloß noch ich, Chloe Davis, die glücklichste Frau auf Erden, die endlich genießen kann, wie perfekt das Leben ist.

Halleluja!

»Geht es dir gut, Baby?«, fragt Jason, als wir wieder ruhiger atmen, setzt sich mit mir auf, streicht über meinen verschwitzten Rücken und küsst meinen Hals.

»Mmh«, mache ich nur, plötzlich wundervoll müde, als wäre eine jahrelange Anspannung von mir abgefallen, von der ich nicht wusste, dass sie da war.

»Wirklich?«, fragt er nach, als würde er spüren, wie erschöpft ich bin.

»Wirklich«, sage ich, schmiege mich an ihn und habe das Gefühl, genau dort zu sein, wo ich immer sein wollte. Es hat ja auch lang genug gedauert.

Jason

Ich will mich nicht bewegen, sondern mit Chloe am liebsten die ganze Nacht hier draußen bleiben. Aber es wird kühler.

Ohne etwas zu sagen, stehe ich mit ihr auf und trage sie ins Haus. Wir schlüpfen unter die Bettdecke, und ich kann nicht glauben, dass ich sie wirklich halte, dass sie bei mir ist, dass sich das mit ihr so perfekt anfühlt. Irgendwas ist dort draußen auf meiner Terrasse passiert. Als wäre Jeremy, der immer zwischen uns gestanden hat, auf einmal weg. Chloe war plötzlich einfach sie selbst, und sie hat mich noch mehr umgehauen als sonst.

Während jeder seinen Gedanken nachhängt, döse ich ein, und als ich wieder wach werde, merke ich, dass Chloe an meiner Seite schläft. Tief und fest.

Ich sehe auf die Uhr und bin überrascht, dass erst eine halbe Stunde vergangen ist. Vorsichtig löse ich mich von ihr, ziehe mir Shorts an und gehe raus auf die Terrasse, um unser Equipment wegzuräumen und die Lichtboxen abzubauen.

Weil ich plötzlich Hunger habe, bestelle ich Pizza, stelle Wasser und Wein auf ein Tablett, um es später ins Schlafzimmer hochzutragen, und nutze die Zeit, bis der Lieferservice kommt, um mir das vorhin aufgenommene Video anzusehen.

Wow!

Die Bewegung des einen ist eine Verlängerung der Bewegung des anderen. Als wären wir ein Körper, nicht zwei.

Und dann wird es mir klar: *Das muss Liebe sein.*

Wahrscheinlich würde jeder, der uns sieht, es sofort ahnen. Aber ich bin nicht der Mann, der mit diesem Wort um sich wirft, das alle ständig und immerzu gebrauchen. Es gibt Slogans, die uns sagen, dass wir Autos lieben und Fast Food und Turnschuhe und – keine Ahnung, grundsätzlich liebt man heutzutage ja alles und jeden. Man verwendet das Wort auch für Dinge, die man bloß mag. Selbst ich mache das. Aber jetzt bei Chloe spüre ich, dass das wirklich Liebe ist. Das Gefühl ist viel tiefer, umfassender, wärmer. Es umschließt mich und sie, ist wie eine Insel nur für uns beide. Eine Insel, auf der uns nichts passieren kann, weil ich für sie da bin, so wie sie es für mich ist.

Mein Türsystem reißt mich aus meinen Gedanken. Ich gehe zum Hauseingang und grinse den Kerl breit an, der die Pizza bringt.

»Einmal vegetarisch XXL?«, fragt er.

»Richtig.«

»Hier, Mann!«, sagt er. »Guten Appetit.«

»Danke«, sage ich und drücke ihm das Trinkgeld in die Hand.

Ich wundere mich, dass Chloe immer noch schläft, und für einen kurzen Moment befällt mich die irrationale Angst, dass sie abgehauen sein könnte. Das wäre so typisch. Doch als ich mit der Pizza, Servietten und den Getränken das Schlafzimmer betrete, löst sich meine Sorge in Luft auf, denn sie schläft nach wie vor wie ein Engel. Als hätte sie seit Jahren nicht richtig geschlafen.

»Hey, Baby«, sage ich sanft, setze mich auf die Bettkante und fahre ihr durch die Haare, bis ihre Lider flattern und sie mich schließlich anstrahlt, als wäre ich das Zentrum ihres Universums. »Hunger?«

»Ja«, sagt sie, stützt sich auf, legt einen Arm um mich und zieht mich zu sich, um mich zu küssen.

Verdammt, ich will sie schon wieder, hier, in meinem Bett, aber ich muss sie bremsen. »Ich meinte keinen Sex. Um *den* Hunger – oder sollte ich eher sagen, Appetit – kümmern wir uns später.« Auch wenn es mir ziemlich schwerfällt, ihre Avancen zurückzuweisen. »Ich hab Pizza bestellt.« Sie rückt etwas zur Seite und macht einen langen Hals. »Ich hatte noch kein Abendessen, und du hast vielleicht auch Hunger.«

Wie auf Kommando knurrt ihr Magen. »Hab ich«, sagt sie. »Definitiv.«

Sie setzt sich zwischen meine Beine, und ich öffne die Pappschachtel, aus der es verlockend duftet. »Greif zu! Ich hoffe, vegetarisch ist in Ordnung?«

»Yummy«, jubelt sie, nimmt sich ein Stück und angelt mit der Zungenspitze nach den Käsefäden. Was mich davon fantasieren lässt, wie es wäre, wenn ihre Zunge das an meinem Schwanz machen würde. »Ist perfekt«, murmelt sie mit vollem Mund, bis sie bemerkt, dass ich sie anstarre. »Alles okay, Jason?«

»Ich glaub nicht«, sage ich und ziehe sie so eng an mich, dass sie meine Erektion spüren kann. »Ich bin eifersüchtig auf ein Pizzastück. Das ist krank. Findest du nicht?«

»Da gibt es nur eine Lösung«, sagt sie, atmet schwerer, aber lächelt mich an und nimmt einen zweiten Bissen, jetzt bewusst sexy. »Du solltest möglichst schnell mit mir zusammen diese böse, böse Pizza verputzen.«

Ich bin versucht, die böse, böse Pizza einfach zu ignorieren und mich gleich auf mein Dessert, Chloe, zu stürzen. Doch mein echter Hunger gewinnt.

Während wir essen, albern wir herum, genießen die Nähe des anderen – oder nutzen sie aus. Und es ist, als wären wir schon seit Ewigkeiten zusammen. Ich bin nicht der Gastgeber, sie nicht der Gast.

Nachdem wir die Pizza aufgegessen haben, ist es Chloe, die mich allen Ernstes kurz aus dem Bett scheucht, um die Krümel vom Laken und der Decke zu wischen. Daraufhin gehe ich in die Küche, um den Karton zu entsorgen. Chloe folgt mir in ein Laken gewickelt und mit den zwei Weingläsern in der Hand. Als hätte sie Sehnsucht nach mir.

»Du weißt schon, dass ich dich jetzt endlich mal in meinem Bett haben wollte?«, raune ich ihr zu, nehme ihr mein Glas ab, trinke einen Schluck, stelle es dann jedoch auf die Anrichte.

»Sag bloß, der Sex auf der Terrasse hat dir nicht gefallen?«, neckt sie mich.

»Doch, hat er«, sage ich, ziehe sie an mich und bringe auch ihr Weinglas in Sicherheit. »Aber dich auf deinem Sofa zu haben …« Ich löse das Laken, und es fällt langsam zu Boden. »Dich in meinem Auto zu nehmen …« Ich packe sie am Hintern, hebe sie hoch und setze sie auf die Arbeitsfläche. »Dich auf meiner Terrasse zu genießen …« Ich spreize ihre Beine und schiebe meine Finger in ihre feuchte Pussy. »Dich hier zu haben, auf meiner Anrichte …«

»Ist oberheiß?«, rät sie keuchend.

»Nein. Das könnte so wirken, als wäre es mir nicht ernst mit dir«, beende ich endlich meinen Satz und bewege meine Finger vor und zurück. »Oder als wäre es dir nicht ernst mit mir.«

»Dann bring mich wieder in dein Bett, Jason!«

»Bist du dir sicher, Baby?«

»Absolut.«

Perfekt.

Ich hebe sie von der Anrichte, sie umschlingt mich mit den Beinen, und ich gehe mit ihr zurück ins Schlafzimmer, lege sie auf dem Bett ab, ziehe mir die Boxershorts aus und gleite mit einem tiefen, zufriedenen Seufzen erneut in sie.

Wir küssen uns, doch dieses Mal sinnlicher, ruhiger, den anderen auskostend. Und wir erschauern beide, als wir einander ganz nah sind. *Als wir uns lieben.*

Dieses Mal will ich es in die Länge ziehen und ausnutzen, dass sie in meinem Bett ist. Weil das hier was Besonderes ist. Aber ein Blick in ihre Augen genügt, und ich weiß, das klappt nicht. Für langsam haben wir den Rest unseres Lebens Zeit. Nicht heute.

Stöhnend vergrabe ich mich in ihr, in dem Wissen, dass jeder Stoß der eine sein kann, der uns beide über die Klippe stößt, küsse ihren Hals, atme ihren Duft ein, ertrinke in ihrer Wärme. Dann ziehe ich mich zurück, muss lächeln, als sie erstickt Luft holt, und schwitze heftig, als ich mich wieder in ihr vergrabe.

»Jason?«, haucht sie und fährt mir durch die Haare.

»Was, Baby?«, antworte ich, sehe zu ihr hinunter und versuche, mir jedes Detail von ihr einzuprägen. Ihre von meinen Küssen geschwollenen Lippen, ihre glänzenden Augen, ihre roten Wangen, die blonden zerzausten Haare. *Sie kriegt alles, was sie will.*

»Mehr! Jetzt! Bitte!«

»Nichts lieber als das!«

Meine Instinkte übernehmen. Ich stoße schneller und tiefer in sie, und sie kommt. Ich müsste jetzt einen Gang zurückschalten, aber ich kann nicht. Und sie kommt erneut oder immer noch, ist ja auch egal. *Sie wollte mehr, sie kriegt mehr.*

Erst als sie sich ein drittes Mal unter mir aufbäumt, explodiere ich heftig und komme. Bis ich erschöpft auf ihr liegen bleibe, noch die Geistesgegenwart besitze, mich zur Seite zu drehen, und dann einfach die Augen schließe. Sie ist an meiner Seite, und ich bin absolut erledigt. Erledigt und glücklich.

»War dir das ernst genug?«, fragt sie.

»Mmh«, seufze ich. *Herrlich ernst.*

12. KAPITEL

Chloe

Ich müsste Angst haben. Immer noch außer Atem warte ich darauf, dass sich das Gefühl einstellt. Doch es bleibt aus, und ich schmiege mich mich an Jason.

Dieser Mann ist unglaublich.

Der Sex mit ihm war bisher jedes Mal großartig. Aber das eben …? Das war noch mal besser. Ich habe mich nie zuvor einem Menschen so nah gefühlt, nie zuvor so viel Liebe verspürt.

Und ich muss mir die Pille verschreiben lassen, denke ich, *weil das hier ernster wird, als ich erwartet habe.* Ich krieg bald meine Tage, also kann ich nicht schwanger werden, und mir bleibt die Schmach erspart, mir zum dritten Mal innerhalb kürzester Zeit die Pille danach zu besorgen. Aber mit irgendwas müssen wir verhüten, und ein Kondom kommt für mich nicht infrage. Nicht nachdem ich weiß, wie dieser Mann sich ohne anfühlt.

Ich drehe den Kopf und betrachte Jason. Seine Gesichtszüge sind entspannt, und auf seinen Lippen liegt ein Lächeln. Eines, das ich ihm ins Gesicht gezaubert habe.

Wie schön!

Mit dem Finger zeichne ich die Konturen nach, wobei er breiter lächelt, aber die Augen geschlossen lässt.

»Gib mir noch einen Moment, Baby«, murmelt er.

Ich lege ein Bein über ihn, tief entspannt, zufrieden und ein bisschen stolz darauf, diejenige zu sein, die ihn so ausgepowert hat. »Du kriegst so viele, wie du brauchst.«

Statt einer Antwort drückt er mir einen Kuss auf die Wange, und wieder überrollt mich dieses warme Gefühl Zelle für Zelle, und ich sinke in eine Glückseligkeit, die ich nie für möglich gehalten hätte.

Ich weiß nicht, wie lange ich döse. Doch als ich wach werde, liege ich in Jasons Armen, halb mit einer Decke zugedeckt, halb von seinen Armen umschlungen.

»Wie spät ist es?«, frage ich.

»Kurz vor eins.«

»Du musst das Video noch posten!«, rufe ich. »Also die zensierte Version«, füge ich hinzu, weil die Kamera auch aufgenommen haben muss, wie wir übereinander herfallen.

»Natürlich, keine Sorge. Unsere Zulage habe ich schon gelöscht. Ich bin gerade dabei, die Musik über den ersten Teil zu legen. Ob vor oder nach Mitternacht ist doch egal«, antwortet er und zeigt es mir auf dem Handy. »Was sagst du?«

Ich sehe uns beide in der kurzen Sequenz, und Tränen füllen meine Augen. *Wir sind absolut perfekt.*

»Also, zum Heulen ist es nicht«, neckt er mich.

»B-B-Blödmann!«, stottere ich, woraufhin er mich warm anlächelt und küsst, weil ich mit meinem Gestammele alles verrate, was er wissen muss.

»Soll ich es hochladen?«, fragt er.

Ich nicke. »Mach schon, McYogaDream. Bring die Frauen da draußen dazu, davon zu träumen, sie würden das mit dir anstellen.«

»Und du hast kein Problem damit?« Er lädt das Video erst zu Instagram-TV und dann in seine Story.

»Warum sollte ich?«, sage ich und grinse breit. »Ich habe dich in echt. Damit bin ich klar im Vorteil.«

»Bist du!«, sagt er, legt sein Handy beiseite, drückt mich zurück in die Kissen und küsst mich erneut.

Ich will ihn wieder, doch als er mich berührt, verziehe ich das Gesicht.

»Zu viel Sex an einem Abend?«, fragt er und nimmt seine Hand weg.

»Von wegen«, knurre ich. Ja, der Sex hat mich ganz schön mitgenommen, aber ich kriege nicht genug von diesem Mann.

»Morgen ist auch noch ein Tag«, sagt er und begnügt sich damit, mit mir zu kuscheln. Woraufhin sich plötzlich mein Herz zusammenzieht. *Verdammt!*

»Hör trotzdem nicht auf«, sage ich und verwöhne seine in meiner Hand härter werdende Erektion. »Wer weiß, was morgen ist. Lass uns den Augenblick genießen.«

»Bist du dir sicher?«, fragt er nach.

Ich nicke. »Ganz sicher.«

Wir lieben uns erneut, erst wieder langsam, dann schneller, bis wir einen weniger heftigen und trotzdem perfekten Höhepunkt erleben. Doch dieses Mal sind wir beide danach nicht erschöpft, sondern ganz da, weil jede Sekunde zählt und wir keine miteinander verpassen wollen.

»War es –?«, beginnt Jason, bricht dann jedoch ab und drückt mich an sich, als würde er die Frage zurückziehen. »Schon gut.«

Sofort ist mir klar, was er wissen wollte. Ich warte darauf, dass mich wieder dieser rasende Schmerz übermannt. Aber während Jason mich hält, ist es absolut in Ordnung. Zum ersten Mal. Und das macht mich plötzlich mutig. »Nein, mit Jeremy war es nie so«, beantworte ich die Frage, die er sich nicht getraut hat zu stellen. *Bei Weitem nicht.*

»Gut«, meint er nur.

Das ist alles, was er dazu sagt? Ich schaue zu ihm, sehe, dass er zufrieden ist, aber bemerke auch die vielen Fragen, die er hat und meinetwegen nicht weiter stellt. Und genau das gibt den Ausschlag …

»Jeremy war meine erste große Liebe«, rede ich weiter, schaue kurz zu Jason und fühle mich von seinem Blick bestärkt. »Wir haben uns beim Strandyoga kennengelernt. Mir war kalt, und er hat mir seinen Pullover gegeben. Und einfach so sind wir ins Gespräch gekommen, haben uns irrsinnig gut verstanden, als würden wir uns schon unser ganzes Leben kennen.«

»Also war es ein bisschen wie bei uns«, sagt er leise.

Denkt er echt, dass so was zweimal passiert? »Nein, überhaupt nicht«, widerspreche ich ihm, nicht nur, weil er sich Jeremy nicht unterlegen fühlen soll, sondern weil es einfach nicht stimmt. »Als du in meinem Studio aufgetaucht bist, das war …«

Ich suche nach Worten, aber jedes, das mir einfällt, wirkt viel zu klein. *Überwältigend? Aufregend? Erschütternd? Prickelnd? Umwerfend?*

»Etwas Besonderes«, sagt Jason für mich.

»Mehr«, fällt mir endlich ein. »Du warst einfach mehr.«

»So hast du aber nicht reagiert«, erinnert er mich sanft. »Du warst ein bisschen garstig.«

Ein bisschen? »Ich stand unter Schock«, sage ich. »Du musst das verstehen. Die Sache mit Jeremy hat mir unglaublich wehgetan. Er war meine erste große Liebe. Ich hab nicht damit gerechnet, das noch mal zu erleben. Und ich hatte Angst.« Ich schmiege mich an Jason und zittere leicht bei der Vorstellung, ihm könnte was passieren. »Die hab ich immer noch.« *Das hat sich nicht geändert.*

»Oh Baby!« Jason drückt mich eng an sich, aber macht keine Versprechungen, die ein Mensch nicht halten kann. Und ich bin ihm dankbar dafür. *Unglaublich dankbar.*

»Willst du wissen, was passiert ist?«, frage ich ihn leise.

Er zögert und seufzt dann. »Ich weiß es schon.«

»Woher?« Mein Herz beschleunigt sich, und ich runzele die Stirn. »Jason?«

»Sorry«, meint er sofort, aber hält mich weiter, was es mir schwer macht, ihm die Hölle heißzumachen. »Ich hab mit Lauren gesprochen. Sie hat es mir erzählt. Und bevor du dich aufregst: Ich hab mir Sorgen um dich gemacht und sie auch. Da muss das erlaubt sein.«

»Was genau weißt du?«, frage ich mit einem Kloß im Hals.

»Dass Jeremy tot ist. Sein Glück!«, versucht er es humorvoll. »Wenn es was anderes gewesen wäre, hätte ich ihn mir vorgeknöpft, weil er dir so wehgetan hat.«

Jeremy ist tot. Die Nachricht ist nicht neu für mich. Aber es ist lange her, dass es jemand ausgesprochen hat. Mir wird kälter, und ich schmiege mich an Jason, der herrlich warm ist.

»Du bist mir nicht böse?«, fragt er vorsichtig.

»Nein«, antworte ich und bin selbst überrascht darüber. »Mit Lauren muss ich allerdings mal ein Wörtchen reden.« Ich sage es scherzhafter, als mir zumute ist, schließe die Augen und muss wieder daran denken, was damals war und dass ich es nie jemandem erzählt habe. Nie alles.

»Weißt du, das Yogastudio war unser Traum«, erkläre ich. »Wir haben Pläne geschmiedet und uns unsere Zukunft ausgemalt, während wir in unserem kleinen Apartment gewohnt haben und Mühe hatten, die Miete zu zahlen.« Ich hole zittrig Luft. »Wir waren so verdammt glücklich.« So glücklich, wie man nur ist, wenn man noch keine Ahnung davon hat, wie grausam das Leben sein kann.

»Wie ist es passiert?«, fragt er leise.

»Ich weiß nicht, … ob ich … das kann«, sage ich, während all die Erinnerungen auf mich einströmen.

»Lass dir Zeit, Baby.«

Er hält mich, und in der Sicherheit seiner Arme schließe ich die Augen und denke an diesen Tag vor drei Jahren. Diesen Tag, der sich mit jeder Sekunde tief in mein Gedächtnis eingebrannt hat.

»Rate mal«, sage ich und platze vor Glück, als ich mit Jeremy telefoniere.

»Du trägst keine Unterwäsche?«

»Ha, ha«, mache ich und höre an den Hintergrundgeräuschen, dass er unterwegs ist. »Bitte konzentrier dich!«

»Das ist schwer, wenn du keinen Slip anhast.«

»Jeremy!« Ich muss lachen. »Ich trage Omaschlüpfer. Und jetzt rate noch mal!«

»Die ausgeleierten mit den Schmetterlingen?«, gibt er zurück.

»Du willst mich wohl ärgern!«

»Will ich, und es gefällt dir.«

»Tust du mir jetzt den Gefallen und rätst?« Ich platze gleich, und er soll endlich mitmachen.

»Du hast jetzt zehntausend Follower auf Instagram?«

»Schön wär's.« Ich habe gerade mal tausend. Und die Hälfte davon likt mehr Bilder von meinem Essen als von meinen Übungen.

»Du hast ein Studio für uns gefunden?«

»Jeremy, dann würde ich dich nicht raten lassen, sondern dir in einer Endlosschleife das Ohr volljubeln.«

Er lacht, klingelt, weil er mit dem E-Bike unterwegs ist, und Wärme erfüllt mich, weil ich weiß, dass er auf dem Heimweg ist. »Du bist schlecht im Raten«, beschwere ich mich.

»Na los, sag schon, was es ist, Babe«, meint er sanft.

»Ich hab meine erste Privatkundin!«, platze ich voller Stolz heraus. »Sie wohnt in Pacific Heights, ist fortgeschritten, aber ich hab sie mit meinem Programm überzeugt. Ist das nicht der Wahnsinn?!« Ich bin total aus dem Häuschen.

»Wow, Glückwunsch, Chloe!«

»Du freust dich ja gar nicht«, maule ich.

Er benutzt wie wild die Fahrradklingel. »Hörst du das? Ich freu mich für dich, und wie! Das weißt du doch. Jetzt brauche nur noch ich einen Kunden, und dann geht es los.«

Okay, er ist beleidigt. Er wollte der Erste sein, der Privatstunden gibt. »Unser erster Kunde«, sage ich daher. »Ist das nicht mega?!« Ich kann es gar nicht oft genug sagen. »Ava und Lauren kommen nachher noch zum Feiern vorbei.«

»Du weißt, dass unsere private Feier dann warten muss?«

Er meint Sex, und ich grinse. »Dafür kriegst du mich später total willig«, sage ich. Weil Alkohol mich immer enthemmt und weil wir Mädels es definitiv krachen lassen werden.

»Uhhh, ja, also wenn das so ist …«

»Wann kommst du?«, frage ich.

Er lacht. »Weil eine gewisse Dame ja heute was zu feiern hat … etwas später!«

»Was?! Wieso?« Das passt mir nicht.

»Vielleicht weil ich nicht ertrage, dass sie diesen besonderen Tag in einem Omaschlüpfer feiert.«

»Was soll das denn heißen?«

»Abwarten, Babe! Bis später! Hab dich lieb.«

»Hab dich auch lieb.«

Wir legen auf, und mein Herz rast wie verrückt. Natürlich ist es albern. Der erste Kunde heißt gar nichts. In San Francisco leben knapp eine Million Leute, und nur einer davon bezahlt mich. Aber so fängt es an …

Ungeduldig sehe ich auf die Uhr. Normalerweise würde Jeremy jetzt jede Minute kommen. Wo er wohl steckt?

Ich nehme mein Handy und schalte eine spezielle App ein, die mir anzeigt, wo er ist, so wie sie ihm sagt, wo ich mich befinde.

Wow, er ist am Union Square! *Das ist das Shopping-Viertel der Stadt.*

Ich grinse breit. Kauft er mir etwa was? *Das muss er doch nicht. Wir haben kaum Geld. Jeden Cent stecken wir in Film- und Yoga-Equipment. Aber der Punkt sagt eindeutig, er ist dort. Und zwar, wenn das GPS stimmt, tatsächlich in einem Unterwäscheladen.* Der Spinner! Mein sexy Spinner!

Ungeduldig warte ich, doch laut der Anzeige ist er dort fast fünfzehn Minuten. Erst dann bewegt er sich wieder.

Verdammt, ich muss ihn noch mal anrufen.

»Hi, Babe!«, meldet er sich. »Kann es sein, dass du mich gestalkt hast?«

»Ich? Nie!«, tue ich entrüstet.

Er lacht.

»Du weißt, ich brauch keine neue Unterwäsche. Meine Omaschlüpfer sind vollkommen ausreichend. Ich will dich jetzt einfach bloß sehen.«

»Und ich dich … in diesem sexy –«

Plötzlich folgt ein ohrenbetäubendes Geräusch, einen Herzschlag lang, noch einen, noch einen.

Was war das?

Mir wird schlecht. Das Handy zittert plötzlich so heftig in meiner Hand, dass ich es auf die Tischplatte legen muss und mein Ohr dranhalte.

»Jeremy!«, krächze ich, weil mir die Stimme fehlt. »Jeremy, das ist nicht lustig. Sag was!«

Ich höre Stimmengewirr, Hupen, Verkehrsgeräusche.

»Kann jemand einen Krankenwagen rufen!«, ruft eine Frau.

»Das kann er nicht überlebt haben«, kommt von einem Mann.

Ich stehe unter Schock. Etwas Schlimmes ist passiert. Dennoch zwinge ich mich, an ein gutes Ende zu denken. Es gab einen Unfall. Jeremy hilft jemand anderem, und er hat dabei sein Handy verloren. Das muss es sein.

Aber das ist es nicht, *weiß ein Teil von mir.* Das ist es nie im Leben!

Ich habe einen Filmriss. In der einen Sekunde bin ich noch zu Hause, in der nächsten, meinen Blick auf das Handy geheftet, auf meinem E-Bike, Richtung GPS-Punkt von Jeremy.

Ich will nicht wahrhaben, dass ihm wirklich was passiert ist. Wir haben doch gerade telefoniert! Jeremy rast zwar wie ein Verrückter, aber er ist trotzdem ein vernünftiger Radfahrer. Das sind wir beide. Unfälle bedeuten Krankenhaus, und Krankenhaus bedeutet Verdienstausfall und hohe Arztrechnungen. Das können wir uns nicht leisten, also passen wir auf.

Völlig durchgeschwitzt komme ich an der Kreuzung an, wo der Punkt auf meinem Handy stehen geblieben ist. Überall sind Leute. Auf der Ecke der Kreuzung parkt ein Lastwagen, und ich frage mich, wie ich Jeremy in diesem Chaos finden soll. Das ist absolut unmöglich.

»Jeremy?«, frage ich jemanden im Vorbeigehen und erhalte einen irritierten Blick. Also laufe ich weiter.

Etwas unter dem Lastwagen erregt meine Aufmerksamkeit. Ich bücke mich, krieche hin und finde ein Handy mit einem zersprungenen Display. Ich hebe es auf und drehe es. Denn das kann ja irgendjemandem gehören, es muss nicht Jeremys Handy sein.

Dann entdecke ich auf der Rückseite den Sticker von mir. Es ist Jeremys.

Aber wo steckt er?

Ich krabbele weiter und entdecke Schrott unter dem Lastwagen. Was mich zunächst wundert, bis ich daneben ein schwarzes Tütchen mit Goldschrift finde, aus dem rote Unterwäsche hervorblitzt. Und erst da wird mir klar, dass das, was ich für Schrott gehalten habe, Jeremys Fahrrad sein muss.

Wie hypnotisiert krieche ich zu der Tüte mit den Dessous und nehme sie. Es ist idiotisch, aber ich muss die Größe überprüfen. Der Inhalt könnte schließlich für jemand anderen sein! Jeremy ist ja nicht der einzige Mann auf der Welt, der Unterwäsche kauft.

Ich krabbele mit der Tüte auf der anderen Seite des Lastwagens hervor und bin erleichtert, als ich das Label am Stoff sehe. 75C. Das ist nicht für mich. *Jeremy kennt meine Größe. Ich hab manchmal A und manchmal B, aber nie C. Das weiß er. Er sagt jedes Mal, meine Brüste sind genau eine Handvoll. Er mag sie, er kennt sie. Er würde mir nie C schenken.*

»Ma'am?«, spricht mich jemand an. Ein Officer. »Alles okay?«

Ich schaue auf. »Ja«, hauche ich und zeige lächelnd die Tüte. »Er ist es nicht. Nicht wahr? Er ist es nicht.«

Ich kriege mit, wie der Mann einen der Sanitäter holt. Der kommt zu mir, aber ich brauche eine ganze Weile, bis ich wirklich auf ihn reagieren kann. So sehr freue ich mich.

»Sie sind Chloe, richtig?«, fragt er da.

Ich nicke erleichtert, wundere mich allerdings, dass er meinen Namen kennt.

»Es tut mir leid«, meint er.

»Was tut Ihnen leid?«, frage ich und klammere mich an die Unterwäsche und an Jeremys Handy.

»Ihr Freund hatte einen Unfall.«

Ich schüttele den Kopf. »Nein, hatte er nicht.« Ich zeige auf die Dessous. »Hier, das ist nicht für mich.«

»Aber Ihr Freund heißt Jeremy Foreman?«

Ich begreife es nicht. »Ja, nur –«

»Gib ihr einen Moment!«, meint der Sanitäter.

»Wir müssen die Kreuzung wieder freigeben«, sagt der Officer und wendet sich an mich. »Heißt Ihr Freund Jeremy, Ma'am?«

Ich nicke, und erst jetzt fällt mir auf, dass der Mann Jeremys Brieftasche in der einen und ein Foto von Jeremy und mir in der anderen Hand hält. Das Foto, auf dem wir beide in einer Fotobox herumalbern und auf einem Sticker fett geschrieben steht: CHLOE & JEREMY FOREVER. *Für immer.* Wie seltsam! Warum hat er das in der Hand?

»Ich glaube, Jeremy war auch in den Unfall verwickelt«, sage ich. »Er muss hier irgendwo sein.«

»Es tut mir leid, aber Ihr Freund ist tot. Anhand der Papiere, die er bei sich hatte, konnten wir ihn eindeutig identifizieren. Es besteht kein Zweifel.«

»Nein«, sage ich. Das ergibt keinen Sinn. »Unmöglich.«

Beim Rettungswagen leuchtet noch das Blaulicht, aber ich wundere mich, warum alle so entspannt sind. Nicht wie im

Fernsehen, wenn ein Ärzteteam sich um den Verletzten kümmert und dabei Dinge ruft wie: ›Kammerflimmern! Die Lunge kollabiert! Wir brauchen drei Einheiten Null negativ.‹

Jemand bringt einen Leichensack und zwei Leute gehen zu einem Körper und heben ihn an. Er sieht Jeremy unheimlich ähnlich, trägt die gleichen Klamotten wie er, könnte sein Doppelgänger sein. Und dann begreife ich endlich, dass das, was passiert ist, wirklich passiert ist.

Jeremy ist tot.

»Aber er hat die falsche Unterwäsche gekauft«, sage ich zu dem Officer.

Mitfühlend sieht der Mann mich an. »Sollen wir jemanden für Sie anrufen?«

»Es ist die falsche Unterwäsche!«, sage ich wieder. Als müsste das alles ändern.

»Es tut mir wirklich sehr leid«, sagt er.

Das sollte es auch, denn plötzlich ist nichts mehr so, wie es war.

Jason

Chloe schluchzt leise, während sie an diesen Tag denkt, und ich halte sie und bin für sie da. Mehr kann ich nicht tun. *Leider.*

Jetzt, da sie mir erzählt hat, was genau passiert ist, verstehe ich sie endlich besser. In einem Moment träumst du von der Zukunft, und in der nächsten Minute ist alles weg, weil ein Lastwagenfahrer ein Fahrrad übersehen hat.

»Scht«, ist ja gut, sage ich beruhigend, als sie fertig ist. »Ich bin hier. Du bist nicht allein. Ich bin da.« *Immer.*

Es dauert, aber nach einer Weile ebben ihre Schluchzer ab. *Gott sei Dank!*

»An den Rest des Tages erinnere ich mich nur verschwommen«, sagt sie schließlich. »Ava und Lauren haben mich im Leichenschauhaus abgeholt, wo ich Papiere unterschreiben musste. Und statt mit dem Wein auf meinen ersten Kunden anzustoßen, haben wir uns betrunken. Das heißt, vor allem ich, weil ich ausblenden wollte, was passiert ist.«

Verständlich.

»Sie wissen nicht, dass du am Unfallort warst?«, frage ich.

»Nein, und sie wissen auch nicht, dass wir telefoniert haben, als es passiert ist.«

»Oh, Baby!« Ich drücke sie noch mal fester und hasse es, mich so hilflos zu fühlen. »Hattest du danach Unterstützung?«

»Ja, Ava und Lauren waren für mich da. Und ich war in einer Trauergruppe.« Sie schluckt. »Aber es war hart. Ich habe jeden Tag darauf gewartet, dass es besser wird. Doch das wurde es nicht, denn er war weg und damit irgendwie auch alles, was wir uns ausgemalt hatten.« Zittrig holt sie Luft. »Es hat sehr lange gedauert, bis ich wieder Pläne für die Zukunft gemacht habe.« Sie schaut zu mir hoch, und in ihrem Blick liegt Angst. »Pläne können jederzeit schiefgehen, weißt du?«

»Dafür bist du schon ziemlich weit gekommen«, sage ich aufmunternd.

»Ich gebe mir Mühe. Einen Schritt nach dem anderen und mich auf den Moment konzentrieren. Das ist mein Motto. Was vor allem Lauren nervt, weil sie von uns dreien immer diejenige ist, die gerne im Voraus plant.«

»Sie hat ein Ziel«, sage ich.

»Das stimmt. Aber für sein Ziel sollte man nie aufhören, auch im Hier und Jetzt zu leben.«

»Ist das der Grund, warum zwischen ihr und Wade Eiszeit herrscht?«, frage ich und bin froh, dass wir von der Vergangenheit wieder in die Gegenwart und von den schweren Themen zu den leichteren kommen.

»Nein, ich hab keine Ahnung, was zwischen den beiden vorgefallen ist. Ich kenne Wade nicht mal.«

Interessant.

»Und würdest du gerne rauskriegen, was bei den beiden los ist?«, frage ich.

»Auf jeden Fall. Du nicht?« Sie grinst endlich wieder mit dem Feuer im Blick, das ich so mag. »Ich meine … Hattest du nicht auch den Eindruck, da ist was zwischen ihnen?«

»Was Böses, Finsteres?«, frage ich bewusst falsch.

»Ich dachte eher an was Sinnliches, Tiefes.« Sie lächelt mich an. »Danke.«

»Wofür?«

»Du weißt wofür.«

Weil ich sie aus der Vergangenheit zurückgeholt habe.

Sie reckt sich, wir küssen uns wieder, und obwohl es spät ist, lieben wir uns erneut, putzen uns danach die Zähne und gehen dann endlich richtig schlafen.

»Du lächelst«, sagt sie plötzlich im Halbdunkel, weil ich die Rollläden nicht heruntergezogen habe und von draußen Laternenlicht ins Zimmer fällt.

»Ich bin glücklich«, antworte ich. »Ich glaube, das ist das erste Mal seit damals im Trailerpark, dass ich mir ein Bett mit jemandem teile.« Ich packe sie fester, atme ihren Geruch ein und genieße ihre warme, weiche Haut. »Und ich hätte nie gedacht, dass das so schön sein kann.« *Definitiv nicht.*

»Hier war echt noch keine von deinen superhübschen Kundinnen?«, fragt sie schläfrig.

»Nein«, sage ich. »Das ist mein Zuhause. Hier kommen nur Leute rein, die mir wichtig sind.« Ich küsse sie noch mal. »Und jetzt schlaf, Baby. Es war ein langer Tag.«

13. KAPITEL

Chloe

Das Piepen eines Weckers lässt mich aufschrecken.

»Schlaf weiter!«, raunt mir eine Männerstimme zu, ehe ich ganz wach bin. Der Weckerlärm hört auf, ich kriege einen Kuss auf die Wange gedrückt, und der Kerl neben mir verlässt das Bett. *Jason Crowley.*

Ein Schwall Glückshormone durchdringt mich, und ich kann unmöglich wieder einschlafen. Ich richte mich auf, als Jason gerade ins Bad geht, werfe einen Blick auf den Wecker – es ist kurz nach sechs –, stehe auf und folge ihm.

»Na, schöne Frau, guten Morgen«, begrüßt er mich gut gelaunt, als sich unsere Blicke im Spiegel treffen.

»Guten Morgen zurück«, sage ich, trete hinter ihn, umschlinge ihn mit den Armen, küsse sein Schulterblatt und lege meinen Kopf an seinen Rücken.

»Alles in Ordnung?«, fragt er und reibt mit einer Hand über meinen ihn umschlingenden Arm, während er in der anderen den Rasierer hält und konzentriert die Konturen seines Gesichts abfährt. »Warum schläfst du nicht weiter? Ich hab eine Kundin um sieben, aber du musst erst um acht im Studio sein, richtig?«

»Stör ich dich?«, frage ich zurück. »Denn dann lass ich dich in Ruhe.« Ich spüre, wie ich rot werde. »Manche Leute mögen es ja nicht, wenn sie im Bad Gesellschaft haben.« *Jeremy zum*

Beispiel. Der seltsamerweise gerade beim Zähneputzen niemanden in seiner Nähe ertragen konnte. Mundhygiene war für ihn eine sehr private Angelegenheit.

Jason legt den Rasierer ab und dreht sich um, sodass wir uns anschauen können – und seine Erektion drückt gegen meinen Bauch. »Keine Sorge, du störst nicht.« Er lächelt. »Im Gegenteil. Mir gefällt, dass du hier bist. Ich hätte nur mehr Zeit heute früh einplanen sollen.«

»Für einen Quickie?«, rate ich grinsend.

»Wie gemein von dir, das auszusprechen!« Jason stöhnt und zieht mich enger an sich. »Ja, für einen Quickie. Doch so gerne ich auch möchte, ich kann wirklich nicht. Sonst komme ich zu spät.«

Mist! Ich weiß genau, wie ich ihn überreden könnte, auf den Termin zu pfeifen. Aber ich weiche zurück. Schließlich sind wir Erwachsene mit Verpflichtungen, die wir beide ernst nehmen. »Gut, dann mach dich fertig. Ich koch uns Kaffee. Wie klingt das?«

Jason schenkt mir einen intensiven Blick.

»Was?«, frage ich irritiert. *Was das vielleicht falsch?*

»Du bist wundervoll«, murmelt er.

»Also, soll ich Kaffee aufsetzen?«, hake ich nach.

»Unbedingt, Baby.«

Wir küssen uns kurz und heftig, und es fällt mir wirklich, wirklich schwer, Jason im Bad allein zu lassen. Aber ich drehe mich um und gehe.

Da ich meine Sachen nicht auf Anhieb finde, durchstöbere ich Jasons Ankleide und nehme mir eines seiner Shirts, die so lang sind, dass sie wie ein Minikleid meinen Hintern bedecken.

In der Küche mache ich Kaffee für zwei, was mich zum Lächeln bringt, weil ich ganz vergessen habe, wie gut sich das anfühlt, sein Leben zu teilen. Dann entdecke ich Bagels und muss noch breiter lächeln, schneide sie auf und belege sie mit allem, was ich im Kühlschrank finde. Heute Morgen mache ich Bagels für Jason statt er mir.

Über San Francisco geht die Sonne langsam auf und taucht alles in ein verheißungsvolles Licht. *Ein neuer Tag, ein neuer Anfang*, so sagt man, und nie habe ich das mehr gespürt als in diesem Augenblick.

Ich schiebe die Terrassentür auf, trete nach draußen und atme tief die kühle Morgenluft ein. *Herrlich!* Über der Bucht hängt dichter Nebel, das ist so typisch für San Francisco. Nur dass ich das in der Stadt weniger mag. Hier ist es jedoch geradezu malerisch. Als läge die Welt noch unter einer Decke und schlüpft erst langsam darunter hervor.

Selbst als mir kalt wird, lasse ich mich nicht vertreiben. Ich nehme ein paar tiefe Atemzüge und bin zum ersten Mal in meinem Leben einfach nur glücklich. Und zwar nicht, weil die Aussicht so toll oder das Haus so luxuriös ist. Sondern weil irgendwo in dieser Villa der wundervollste Mann auf Erden ist. Und aus irgendeinem Grund findet er mich auch wundervoll. Ich hatte schon fast vergessen, wie sich das anfühlt.

Natürlich habe ich immer noch einen Haufen Probleme. Genau wie Jason mit seinem Studio zu tun hat, das nach wie vor trockengelegt wird. Er hat sein Leben. Ich meines. Es wird dauern, bis wir richtig fest zusammen sind. Aber ich spüre plötzlich, dass wir das hinkriegen werden. Dass ich bereit dafür bin. *Endlich.*

»Hey, hier steckst du!«, ruft Jason, kommt zu mir, umschlingt mich von hinten, wobei ich rieche, wie frisch geduscht er ist, und küsst meinen Hals, was mich beinahe dazu bringt, ihn doch von der Arbeit abzuhalten, so sehr will ich ihn.

»Wie viel Zeit hast du noch?«, frage ich.

»Genug, um das hier zu machen!«, sagt er und packt mich überraschend.

»Was hast du vor?«, quieke ich vergnügt, während er mich zurück ins Haus trägt.

»Ich will dich!«, sagt er, ohne zu zögern.

Jetzt doch? »Aber dann kommst du zu spät.«

»Ich sag, ich stand im Stau.«

»Wie oft hast du diese Ausrede schon benutzt?«

»Noch nie«, gesteht er, legt mich auf dem Sofa ab und übersät mein Gesicht mit Küssen.

»Dann ist das unglaubwürdig«, keuche ich und schiebe meine Hände unter sein Shirt.

»Oder gerade deshalb glaubhaft. Weil es ja wohl *ein* Mal passieren kann«, knurrt er und führt seine Hand zwischen meine Beine, bis er spürt, wie feucht ich bin.

»Was ist mit dem Frühstück?«, frage ich, als er seine Finger in mich schiebt.

»Kann warten!«

»Bist du dir sicher?«, presse ich heraus, dabei öffne ich ihm bereits meine Beine, muss ihn in mir haben, brauche ihn dringender als Kaffee oder Bagels.

»Ich dachte, ich könnte dir widerstehen«, sagt er und befreit seine Erektion. »Du nackt, das war schon hart.« Sanft gleitet er in mich, und wir zittern beide. »Aber du in meinem Shirt. Scheiße, Chloe …«

Ich lache und fühle mich wie betrunken vor Glück. »Also bin ich schuld, dass du zu spät zur Arbeit kommst?«

»Schuld klingt so negativ.« Er hält kurz inne. »Du bist der beste Grund der Welt, Baby.«

Da ist wieder pures Verlangen. Nicht nur körperlich, sondern auch emotional. Und als wir beide kommen und

Jason es nicht eilig hat, sich aus mir zurückzuziehen und in den Tag zu starten, sondern noch etwas mit mir auf dem Sofa liegen bleibt und davon murmelt, dass er wohl besser keinen Stau, sondern einen Autoschaden vortäuscht, damit er noch mehr Zeit für mich hat, trifft mich die Erkenntnis. *Ihm gehört mein Herz.* Das hat es von Anfang an. Als hätte ein Teil von mir sofort gespürt, dass dort der andere Teil ist, den ich brauche.

»Du musst jetzt wirklich los«, sage ich schließlich.

»Ich weiß«, meint er und tätschelt meinen Hintern.

»Das heißt, du musst aufstehen.«

»Ich weiß«, sagt er wieder und grinst mich an.

»Aber?«, forsche ich nach.

»Ich mach mir Sorgen, ob es nachher zwischen uns genauso ist wie jetzt«, gesteht er, und ich bin gerührt, dass er so ehrlich mit mir ist und mir nichts vormacht.

»Es wird immer so sein«, sage ich. *Definitiv. Denn ich kann nicht mehr zurück.*

»Irgendwie fände ich es glaubhafter, wenn du stottern würdest.«

»W-w-wird es«, stammele ich künstlich, was ihn zum Lachen bringt.

»Na, wenn das so ist!« Er richtet sich auf. »Ich hab jetzt den Kurs.«

»Ich weiß«, sage ich.

»Und du dann um acht?«

Ich nicke.

»Wie kommst du ohne dein Rad ins Studio?«

»Mach dir darum keine Sorgen.« *Mir fällt schon was ein. Das tut es immer.*

»Weißt du was? Auf fünf Minuten kommt es nun auch nicht mehr an. Mach du dich doch schnell fertig. Ich such deine Sachen zusammen, und wir fahren gemeinsam. Ist das in Ordnung?«

Was für eine Frage! »Natürlich«, sage ich überglücklich.

Ich muss ihn einfach noch mal küssen. Aber dann, nach einem Blick auf die Uhr, renne ich die Treppe hoch ins Bad, um schnell zu duschen. Dann schlüpfe ich in die Sachen, die mir Jason in der Zwischenzeit herausgelegt hat, und als ich wieder ins Erdgeschoss komme, steht er schon da, erneut frisch gemacht, mit unserem Kaffee in Thermobechern und den Bagels in der Hand.

»Hast du immer zwei Becher im Haus?«, frage ich amüsiert und nehme alles an mich, als wir gehen, damit er abschließen und sich hinters Steuer setzen kann.

»Ich hab dir doch gesagt, ich will eine große Familie, oder?«

Ich nicke.

»Ich hab von allem daher acht Stück.«

»Acht?«, keuche ich und frage mich sofort, wie wir sechs Kinder großziehen sollen. Das klingt nach viel Arbeit.

Jason grinst neben mir. »Das bedeutet nur, dass ich ausreichend Becher für meine Familie und für Übernachtungsgäste habe.« Kurz bevor er das Grundstück verlässt und auf die Straße einbiegt, beugt er sich noch mal zu mir und drückt mir einen Kuss auf die Wange. »Keine Sorge, ich träume zwar von Kindern, allerdings nicht von Sechslingen. Für den Moment sind du und ich perfekt genug.«

Jason

Gestern habe ich gedacht, ich könnte für Chloe nicht noch mehr empfinden. Aber das hier, ganz normale Sachen wie zusammen aufwachen, frühstücken, zur Arbeit fahren, die fühlen sich seltsamerweise noch mal besser an. *Unglaublich.*

Mir ist unklar, womit ich so viel Glück verdient habe. Ich dachte, dadurch, dass mein Business schon gut läuft, hätte ich meinen Ausgleich für meine miese Kindheit bekommen. *Einen fetten Ausgleich.* Und das abgesoffene Studio war nur ein kleiner Dämpfer, den jeder mal braucht, um nicht abzuheben. Aber das jetzt hier mit Chloe, das ist wie das ganz große Los.

Sobald wir im Studio sind, scheucht sie mich zu meinem Termin. Obwohl sie mich lieber küssen und Zeit mit mir verbringen will. Ich treffe Amelia, bei der ich mich für mein Zuspätkommen entschuldige und ihr natürlich die halbe Stunde erlasse. Die sagt mir, dass sie als Ausgleich lieber Paaryoga ausprobieren möchte. Und das wiederum bringt mich überhaupt erst dazu, mir meinen Social-Media-Account anzusehen. Und ich bin sprachlos, denn ich habe mehr Kommentare als üblich. *Wow!*

Wie an den vorangegangenen Vormittagen begegne ich Chloe nur kurz beim Wechsel der Kurse. Es reicht für intensive Blicke und flüchtige Berührungen im Vorbeigehen, aber auch das fühlt sich plötzlich anders an. Weil sie auf einmal wie ein Teil von mir ist. Und immer wenn sie mir nah ist, fühle ich mich ganz.

Normalerweise würde ich nach meinem Kurs direkt zum Studio fahren und den Fortschritt der Renovierungsarbeiten begutachten. Aber ich verschiebe die Besichtigung und warte, bis Chloe ihren Kurs abgeschlossen hat, damit ich sie sehen kann.

»Du bist noch hier?«, fragt sie überrascht, als sie fertig ist. »Hast du mitgekriegt, was online los ist?«

»Ähm … nein.«

»Unser Video ist der Renner. Wir sollten mehr Content produzieren.«

»Echt?« Sie strahlt. »Gerne.«

»Sehen wir uns mittags?«, frage ich sie, muss sie einfach berühren und streiche ihr eine verschwitzte Haarsträhne aus dem Gesicht. »Ich weiß nicht, ob ich ohne dich bis zum Abend durchhalte.«

»Millionen anderer Paare schaffen das auch«, antwortet sie amüsiert, wirkt aber nicht so, als wäre sie gerne eines dieser Pärchen.

»Sagen wir um zwei?«, schlage ich vor.

»Ich kann nicht«, sagt sie, und ihre Augen leuchten, obwohl sie mir gerade abgesagt hat. »Ich habe acht Neuanmeldungen!«

»An einem Tag?«, frage ich. Das klappt normalerweise nur zum Jahresanfang, wenn alle mit ihren Neujahrsvorsätzen kommen und in die Studios strömen.

»Ja!«, ruft sie. »Ich bin auch ganz hin und weg.«

»Meinst du, das liegt an dem Video?«

Sie zuckt mit den Schultern. »Möglich. Oder es sind ein paar deiner Kunden, die zu mir wechseln wollen«, sagt sie keck.

»Mach mich ruhig arm«, scherze ich.

»Bin dabei, und ich geb mich erst zufrieden, wenn ich die Hälfte deiner Villa habe.« Sie lacht diabolisch, wird jedoch schlagartig ernst. »Also, das soll nicht heißen … Was ich meine … Ich kling total durchtrieben …«

Ich küsse sie schnell. »Schon gut. So leicht werde ich nicht arm.« Noch ein Kuss. »Und was das Haus angeht: Ich halte dich nicht für eine Schwarze Witwe, die mich erst bezirzt, nur um mir später mein Hab und Gut wegzunehmen. Ich teile gerne alle meine Besitztümer mit dir.«

»Oh mein Gott! Reden wir gerade übers Heiraten?«

»Tun wir wohl«, sage ich. *Wahnsinnig früh. Und sie ist nicht abgeneigt. Interessant.* »Wie lange brauchst du, um dich um deine Neukunden zu kümmern?«, wechsele ich das Thema.

»Ich muss die Termine bestätigen und bin bis zum Abend beschäftigt.« Sie verzieht das Gesicht, weil ihr das nicht passt. »Und dann hast du deine Kurse.«

»Aber danach hast du nichts geplant?«, frage ich lauernd.

»Ich bin eher der langweilige Typ, der seine Freizeit mit einem Buch oder auf der Yogamatte verbringt.«

»Perfekt«, sage ich. »Dann feiern wir deine neuen Kunden heute Abend.«

Sie zuckt kurz zusammen, und mir wird klar, was beim letzten Mal passiert ist, als sie etwas feiern wollte.

»Abergläubisch?«, veralbere ich sie.

»Nervös«, gibt sie zu.

Ich muss sie noch mal an mich ziehen und drücken. »Keine Sorge, mir passiert nichts. Du hast es verdient, dass wir darauf anstoßen.« Ich muss wieder an die hohe Zahl von Neuanmeldungen denken. »Acht ist wirklich viel.«

Sie schmiegt sich an mich. »Ist es, das stimmt. Aber ich finde, das allein ist schon großartig genug. Das muss man nicht extra feiern.«

»Du hast ja keine Ahnung, was ich für tolle Partys gebe!«

»Wie? Jetzt ist es sogar eine Party?«

Ich zucke vage mit den Schultern, aber ich habe da so eine Idee. »Also sehen wir uns?«, frage ich nur.

»Auf jeden Fall.«

14. KAPITEL

Chloe

Heute Abend feiern wir meine neuen Kunden … Ich sollte mich freuen, stattdessen melden sich wieder all die alten Ängste.

Hartnäckige Biester!

Das mit Jeremy ist so lange her, und mit Jason ist alles so wundervoll. Aber *ein* klärendes Gespräch vertreibt nicht sämtliche Schatten der Vergangenheit. Sie sind noch da. Vielleicht nicht mehr als Schatten, sondern eher wie leichte Grauzonen. Sehr wahrscheinlich werde ich sie nie ganz loswerden. Entsprechend schwer fällt es mir, Jason gehen zu lassen, damit er seine Sachen erledigen kann, und entsprechend nervös werde ich, je weiter der Tag ohne ein Zeichen von ihm voranschreitet.

Er wird kommen, Chloe. Hundertprozentig, beruhige ich mich.

Ich führe weitere Probetrainings durch und schließe sogar Verträge ab, was mich aufatmen lässt. Wenn die Überweisungen kommen, kann ich das Geld gleich verwenden, um meine offene Stromrechnung beim Studio zu begleichen. Die haben mir heute erst wieder eine Mahnung geschickt. Eine ›letzte Mahnung‹, wie sie betonen. Aber es ist schon die fünfte letzte Mahnung, also versuche ich, optimistisch zu bleiben.

Die Unruhe fällt erst von mir ab, als Jason am frühen Abend für seinen Kurs zurückkommt. Und während ich danach meine Stunde gebe und er mitmacht, begreife ich, dass sich mein Leben tatsächlich innerhalb weniger Wochen von Grund auf geändert hat. *Ich muss aufhören, ständig und überall Katastrophen zu sehen. Es gibt keinen Grund dafür.*

»Bereit, gefeiert zu werden?«, fragt mich Jason, sobald der Kurs vorbei ist und wir gemeinsam aufgeräumt haben.

»Bereit für alles«, sage ich aufgeregt. »Ich muss mich nur noch frisch machen. Was soll ich anziehen? Ich hab immer ein paar Ersatzsachen hier im Spind.« *Beziehungsweise meinen gesamten Hausstand. Aber das muss er ja nicht wissen.*

»Vielleicht wieder so was wie neulich? Knallenge Jeans und ein Top?«

»Hat dir wohl gefallen?«

»Du gefällst mir immer.« Und das sagt er, obwohl meine Klamotten aus der Vor-Vor-Vorsaison stammen. *Kann er noch perfekter sein?*

Ich löse mich von ihm. »Bin gleich bei dir, okay?«

»Sicher, ich warte.«

Ich dusche schnell, ziehe mich dann um und werde unruhig, als Jason mir in seinem Wagen eine Augenmaske und Kopfhörer gibt. Damit ich nichts mehr sehen und hören kann.

»Ich dachte, wir fahren zu dir!«

»Falsch gedacht.«

»Krieg ich einen Tipp?«

»Nein. Wo wäre denn da sonst die Überraschung?«

»Jason!«

Er lacht und setzt mir beides auf. *Mann, macht er es spannend!*

Als wir nach einer kurzen Fahrt halten, bin ich das reinste Nervenbündel. Jason hilft mir aus dem Wagen und führt mich. Der Boden ist uneben, und ich rieche das Meer, was aber nichts zu bedeuten hat. Das kann man in San Francisco an vielen Orten.

»Jason, ich sterbe gleich vor Neugierde«, beschwere ich mich.

Hinter mir stehend nimmt er mir die Kopfhörer ab. Dann folgt die Augenmaske. Und während ich noch blinzele und versuche zu verarbeiten, wo ich bin und was los ist, knallen mehrere Sektkorken um mich herum, und meine Mädels kreischen wie verrückt: »Überraschung!«

Oh mein Gott! Ich bin an *meinem* Picknickspot. Fleisch brät auf dem Grill. Der Tisch ist mit Salaten gedeckt. Ava hantiert mit dem Sekt herum, und Lauren kümmert sich um die Musik.

»Du bist ja verrückt!«, rufe ich gerührt, drehe mich um und muss Jason einfach küssen. »Wie hast du das angestellt? Woher hast du die Nummer von Ava? Ich will alles wissen!«

»Das wollen wir auch«, sagt Ava lachend. »Für uns sieht das nämlich nicht so aus, als hättest du ihn nur –« Sie schaut zu Lauren. »Was hatte sie gesagt? *Ein* Mal geküsst?«

Jason sieht mich lächelnd an. »Du lügst echt deine Freundinnen an?«, tut er empört. »Dabei waren es doch locker fünf Mal!« Er küsst mich. »Sechs Mal.« Noch ein Kuss. »Sieben Mal.«

Der Charmeur!

»Hier, wir müssen anstoßen«, sagt Lauren, reicht mir Sekt und verteilt auch an die anderen Gläser.

»Auf dich, Chloe!«, ruft Ava.

»Auf dich!«, wiederholen alle, und jeder nimmt einen Schluck.

»Ist es okay, wenn ich mich ums Essen kümmere?«, fragt Jason schließlich.

Was für eine Frage! »Der Grill gehört dir«, sage ich und setze mich zu meinen Mädels auf die Picknickbank.

»Es ist ernst?«, fragt Lauren.

Ich nicke. »Ist es.« *Definitiv!*

»Und er weiß von …?« Ava wackelt zweideutig mit den Augenbrauen.

»Ja, er weiß von Jeremy.«

»Und das ist okay?«

»Das ist es«, sage ich. *Das ist es wirklich*, wird mir klar.

»Und du hast echt noch mal acht Neukunden gewonnen?«, fragt Ava beeindruckt.

»Glaubst du etwa, ich bluffe?«, rufe ich empört. »Ja, hab ich.«

»Und er gönnt dir den Erfolg?«

»Auf jeden Fall«, sage ich und genieße es ausnahmsweise, ausgequetscht zu werden.

»Zeig ihnen das Video von gestern!«, ruft Jason vom Grill, was uns allen klarmacht, dass er jedes Wort mithören kann.

»Ein Sexvideo?«, lauert Lauren.

»Glaubst du, ich würde dir was zeigen, wo du diesen Mann nackt zu sehen bekommst?«, entrüste ich mich. *Der Anblick gehört mir alleine.* Ich hole mein Handy aus der Tasche und rufe das Video auf Instagram auf. »Schaut mal, wir wollen an einem Paaryogaprogramm arbeiten. Das wird bisher kaum unterrichtet.«

Ich sehe erneut, wie Jason und ich völlig im Einklang miteinander sind, und spüre wieder diese schöne, intensive Wärme in mir. Nicht nur, weil ich mich nach Jason verzehre, sondern weil wir irgendwie verbunden sind.

»Das ist heiß«, meint Ava eine Spur neidisch.

»Das ist Yoga«, tue ich cool.

»Und es ist heiß«, pflichtet Lauren ihr bei und fächelt sich Luft zu, nur um mir dann lachend um den Hals zu fallen. »Ich freu mich so für dich, ehrlich.«

Meine Mädels! Ich liebe sie unendlich.

Mit einem Räuspern macht sich Jason bemerkbar. »Ich stör nur ungern, Ladys. Aber wer hat Hunger?«

Jason

Es ist ein bisschen merkwürdig, der einzige Kerl in der Runde zu sein. Und ich ärgere mich, dass ich nicht Tyler und Wade dazu verdonnert habe vorbeizukommen. Aber Tyler ist nicht in der Stadt, und Wade würde vermutlich lieber Sand fressen, als hier zu sein. Denn auf Nachfragen zu Lauren hat er bisher nicht reagiert.

Wobei es mir im Grunde nichts ausmacht. Ich werde den beiden später erzählen, dass es zwischen Chloe und mir ernst ist. Außerdem war längst überfällig, dass mich Chloes Freundinnen auf Herz und Nieren prüfen. Von Lauren weiß ich schon, wie sie drauf ist, und ich mag sie. Und auch Ava, die auf mich nach allem, was ich gehört habe, eher ein bisschen kühl wirkte, gefällt mir. Denn im Grunde ist sie nur verdammt fürsorglich und will nicht, dass Chloe verletzt wird. So wie wir alle.

Ich höre zu, wie die Frauen sich über früher unterhalten und Chloe ein bisschen mit alten Geschichten blamieren wollen. Alle lachen, doch nach einer Weile bremse ich sie, bevor meine Freundin – ich grinse, als ich das denke, *meine Freundin* – vor Scham im Boden versinkt.

Als sie von meiner Jugend hören wollen, zucke ich zusammen. Aber Chloe bemerkt es und lenkt das Thema zu meinem Glamourleben als McYogaDream, ein Spitzname, den ich eigentlich nicht mag, aber der mittlerweile zu meiner Marke geworden ist. *Gut gemacht, Baby!*

Ich kann noch gar nicht fassen, dass diese Frau ab sofort mein Leben ist. Durch sie fühlt sich alles so viel bedeutungsvoller an. Und das macht mir keine Angst. Es ist wundervoll.

»Ich muss langsam los«, sagt Lauren, als wir gegessen haben und der Sekt ausgetrunken ist, und steht auf. »Ich hab morgen früh wieder Training.«

»Ich komm mit«, meint Ava und zwinkert Chloe zu. »Macht euch noch einen schönen Abend.«

»Machen wir«, sage ich.

»Ach ja?«, kichert Chloe.

»Ach ja«, sage ich, und mir gefällt, dass sich alle für Chloe freuen. Genauso wie es mich schon gefreut hat, dass sie spontan Zeit hatten. »Wollen wir heute mal zu dir?«, frage ich sie, nachdem ich den Grill gelöscht habe und Chloe mit mir zusammen die Reste in den Wagen getragen hat.

Eine kurze Pause entsteht. Dann sagt sie: »Also, ich fand es toll bei dir.«

»Ehrlich?«, ziehe ich sie auf, weil ich das natürlich gemerkt habe. »Ich will nur nicht, dass du denkst, ich bräuchte den Luxus.« Ich sehe sie an. »Ich brauche dich.«

»Das weiß ich«, sagt sie. »Ich brauch dich auch. Sehr, sehr, sehr dringend.« Sie zwinkert. »Und deine Wohnung ist viel näher als meine.«

»Der Logik kann ich mich schlecht entziehen.« Denn es stimmt, ich wohne fast direkt hinter dem Presidio. Das sind keine fünf Minuten Fahrt.

Kurz habe ich das Gefühl, dass sie mir noch etwas anderes verheimlicht. *Aber was sollte das sein? Die Asche ihres Ex im Wohnzimmer? Ein Schrein für ihn, den sie erst mal abbauen muss, bevor sie mich in ihr Apartment lässt? Das ist doch lächerlich, Crowley!*

Ich schüttele den Gedanken ab, wir fahren zu mir, und ich genieße, dass wir uns gefunden haben. Es war nicht geplant, dass ich eine Frau wie Chloe kennenlerne. Aber gerade die Sachen, mit denen man im Leben am wenigsten rechnet, sind die besten.

15. KAPITEL

Zwei Wochen später

Chloe

»Hey, Baby …« Seine sexy Stimme schickt Schauer über meinen Körper. »Weißt du eigentlich, wie fantastisch du bist?«

Ich liege mit Jason im Bett, er ist über mich gebeugt und spielt mit meinen Haaren. »Die Idee mit dem Paaryoga ist doch von dir«, sage ich, weil ich es nicht gewohnt bin, ›fantastisch‹ genannt zu werden.

»Und die Idee, es mit akrobatischen Elementen zu ergänzen, von dir«, sagt er. »Unglaublich, dass alle Welt uns beide plötzlich buchen will.«

»Uns beide …«, wiederhole ich und schlinge meine Beine um ihn.

»Uns beide«, sagt er, und tiefe Zufriedenheit erfasst mich. »Das müssen wir feiern …«

Plötzlich höre ich ein Scheppern, und als ich endlich erkenne, was los ist, sehe ich Jason blutüberströmt in seinem Wagen – und schrecke hoch.

Nur ein Traum, wird mir klar. *Aber was für einer!*

»Alles in Ordnung?«, fragt Jason schläfrig neben mir.

»Sicher«, sage ich, schlüpfe aus dem Bett, greife nach einem seiner Shirts und verlasse das Schlafzimmer, weil ich ein paar Minuten für mich brauche.

Verdammt! Das ist bereits der dritte Albtraum in Folge, seit wir diese kleine Feier neulich hatten. *Was stimmt bloß nicht mit mir? Ich bin glücklich. Und Jason geht es gut.*

Ich konzentriere mich auf den Moment, und da sind nur Licht und Wärme in mir. Weil alles in Ordnung ist. Aber gleichzeitig arbeitet etwas in mir weiter, das eigentlich längst hätte aufhören müssen, mich zu quälen. Es ist nicht mehr der Gedanke, Jeremy verloren zu haben. Sondern es ist die neue Angst, Jason zu verlieren – den Mann, den ich liebe, wirklich liebe. Mehr als ich Jeremy je geliebt habe. Es ist die Angst, wieder vor diesem Abgrund zu stehen.

Ich nehme mir ein Glas Wasser und schaue nach draußen. Ein Sturm tobt. Eher untypisches Wetter für diese Jahreszeit.

Es sind bestimmt bloß die Nerven, sage ich mir. *Du hast vergessen, wie es ist, glücklich zu sein. Jason wird nichts passieren.*

Aber ich werde die Bilder aus meinen Träumen nicht los. Gestern habe ich Jason als Wasserleiche gesehen – nachdem er am Tag surfen war. Vorgestern hatte er eine Kugel in der Brust, nachdem im echten Leben ganz in unserer Nähe Schüsse gefallen sind. *Gruselig.* Und heute der Autounfall, weil wir auf dem Weg ins Studio fast einen Unfall hatten, als uns jemand die Vorfahrt genommen hat.

Ich werde noch verrückt! Ich liebe ihn, wirklich. Aber diese Angst, ihn zu verlieren, sitzt unglaublich tief. Und ich habe nicht den Eindruck, dass sie nachlässt. Im Gegenteil. Sie wird größer. *So ein Mist!*

Um mich zu beruhigen, setze ich mich im Lotussitz aufs Sofa und halte mir vor Augen, wofür ich heute dankbar bin. Das Lob von Susan, einer neuen Schülerin, die meinen Kurs toll fand. Ein schuldenfreies Studio – wobei nur noch der Stromanbieter fehlt, aber das ist quasi auch schon erledigt. Und dass ich gesund bin. Und dass Jason es ist, und Ava und Lauren ebenso.

Etwas ruhiger stehe ich auf, nehme die Treppe nach oben und schlüpfe zurück zu Jason ins Bett.

»Was ist los?«, fragt er verschlafen, zieht mich an sich und sorgt einfach so dafür, dass ich mich wieder gut fühle.

»Nichts«, sage ich, streichele über seinen Arm, als müsste ich mich vergewissern, dass es ihm wirklich gut geht, schmiege mich an ihn, höre auf seine gleichmäßigen Atemzüge und schlafe wieder ein.

Es ist wirklich nichts, Chloe …

Als ich dieses Mal einschlafe, träume ich nichts. Und am Morgen, als die Sonne ins Zimmer scheint, weil Jason nie die Rollläden zumacht, und wir aufstehen, um uns zusammen fertig zu machen, lasse ich meine Ängste im Bett. *Ich muss damit aufhören, ständig zu denken, dass Leute um mich herum sterben. Wie groß ist die Wahrscheinlichkeit, dass einem so etwas zweimal im Leben widerfährt? Null.*

»Ich liebe dich«, platzt es plötzlich während der Fahrt zum Studio aus mir heraus.

»Wie bitte?«

»Ich liebe dich«, wiederhole ich. »Ich hatte solche Angst, wieder so zu empfinden. Es war zu schrecklich, Jeremy zu verlieren, und ich wollte das nicht noch mal durchmachen. Aber ich kann nichts dagegen tun.« Ich sehe breit lächelnd zur Seite. »Ich liebe dich, Jason Crowley.«

Schlingernd halten wir am Straßenrand.

»Oh mein Gott, was ist los?«, rufe ich erschrocken.

Jason zieht die Handbremse an, und mit einem Knurren beugt er sich zu mir und küsst mich. »Baby, so etwas kannst du mir doch nicht sagen, während ich Auto fahre!«

Ich muss grinsen. »Nicht?«

Er küsst mich wieder. »Zumindest nicht beim ersten Mal! Willst du uns beide umbringen?«

»Das wäre romantisch«, scherze ich.

»Das wäre tragisch«, sagt er, hat seine Hände überall dort, wo ich sie mag, und legt seine Stirn an meine, ist mir so nah, dass ich spüre, wie sein Atem stoßweise geht, als müsste er sich von dem besten Schock seines Lebens erholen.

»Ich liebe dich wirklich«, sage ich wieder und lege meine Hand auf sein Herz, um zu spüren, wie es schlägt. Schnell und gleichmäßig. Für mich.

»Ich liebe dich auch«, sagt er da.

»Du musst das jetzt nicht sagen, nur weil ich es gesagt habe.« *Eine Liebeserklärung ist schließlich keine Pflichtveranstaltung.*

»Doch, muss ich«, beharrt er. »Ich wollte dir den ersten Schritt überlassen, seit ich das mit Jeremy weiß. Aber jetzt kann ich es auch gestehen: Ich liebe dich, Chloe Davis, schon seit einer ganzen Weile.«

Echt? Nun bin ich es, die sich nicht zurückhalten kann. Er will wieder in seinen Sitz zurückgleiten, doch ich halte ihn fest und küsse ihn.

»Gefällt dir wohl?«, meint er lachend.

»Und wie!«

»Sehr gut, Baby.«

Wir küssen uns erneut. Bevor wir jedoch die rechte Spur länger blockieren, fädelt sich Jason wieder in den Verkehr ein und fährt weiter.

»Sag es noch mal!«, fordert er dabei lachend.

»Ich liebe dich, Jason!«

Er grinst breit. »Noch mal!«

»Ich liebe dich.«

»Noch mal, Baby.«

»Weißt du was? Ich schick dir eine Sprachnachricht. Die kannst du immer wieder abhören. Wie wäre das?«

»Tolle Idee. Dann mal los.«

»Jetzt sofort?«, quieke ich überrascht.

»Ich wüsste nicht, warum du damit warten solltest.«

Lachend hole ich mein Handy heraus und sage ihm noch mal, dass ich ihn liebe. »Glücklich?«, frage ich.

»Unglaublich glücklich.«

»Krieg ich auch so eine Nachricht von dir?«

»Sobald wir da sind, Baby.«

»Juhuuu!«

***

Als wir wenig später vor dem Studio halten, schickt Jason mir sein ›Ich liebe dich‹. Dann schließe ich auf, will das Licht anmachen und stutze, als alles dunkel bleibt.

»So ein Mist!«, fluche ich. *Es war aber auch alles zu perfekt.*

»Ist die Sicherung herausgesprungen?«, fragt Jason arglos.

»Ähm … nein …« Ich verberge mein Gesicht hinter den Händen. »Sie haben den Strom abgedreht.«

»Warum sollten sie das tun?«

»W-w-weil ich eventuell mit den Rechnungen im Rückstand bin.«

Er schmunzelt. »Willst du mir das genauer erklären?«

Ich nicke. »Gestern Abend kam der letzte Geldeingang. Ich wollte danach sämtliche übrigen Rechnungen begleichen.«

Seufzend zieht er mich an sich. »Aber die Miete ist bezahlt?«

Ich nicke.

»Und das Wasser auch?«

Ich nicke wieder. »Telefon und Internet auch, Müllabfuhr ebenso. Das war das Einzige, was noch offen war.«

»Es stand wirklich schlimm um das Studio, oder?«, meint er ernst.

Ich sehe ihm tief in die Augen. »Du warst meine Rettung. In vielerlei Hinsicht.«

»Oh, Chloe …« Er küsst mich wieder, aber nur sanft, bevor wir übereinander herfallen. »Und das waren alle Überraschungen? Keine weiteren Leichen im Keller?«

»Keine«, sage ich, erleichtert, dass das jetzt auch raus ist.

»Was ist mit deinem Apartment?«

Oh Mist! Das hab ich irgendwie verdrängt. »W-w-was soll damit sein?«

Jason zieht die Augenbrauen hoch, weil mein Stottern mich verrät.

»Ich hab es verloren«, gestehe ich. »Schon vor einer Weile.«

»Verdammt, Chloe, warum hast du nichts gesagt? Ich hätte dir helfen können.«

»Um die Bruchbude zu retten?«, versuche ich, es locker zu nehmen. »Hasst du mich jetzt?« Ängstlich schaue ich zu ihm. »Ich meine, ich bin so ziemlich die schlechteste Partie, die du machen kannst. Materiell mit null Gepäck, seelisch dafür mit einem ganzen Laster unterwegs.«

»Quatsch, ich hasse dich doch nicht. Ich ärgere mich nur, dass du es mir nicht erzählt hast.«

»Ich wollte es allein schaffen«, erkläre ich. Es waren schließlich meine Altlasten, nicht seine.

»Und das hast du«, sagt er. »Aber ab sofort schaffen wir es zusammen, klar?«

»Klar«, sage ich und bin erleichtert, dass das auch ausgesprochen ist.

»Dann bezahl du doch jetzt die Stromrechnung, und ich schau mal nach, ob es nicht vielleicht nur die Sicherung ist, okay?«

»Deal.«

Auf meinem Handy beauftrage ich feierlich die letzte fällige Überweisung von meinem erstmals gedeckten Konto und muss stolz grinsen. *Ich bin schuldenfrei! Und alles hat sich zum Guten gewendet. Wahnsinn!*

Mit einem Pling springt genau in dem Moment die gedimmte Beleuchtung an, und ich jubele laut, weil das Timing perfekt ist. *Jason ist ein Genie! Also hat der Stromanbieter den Strom gar nicht abgestellt, sondern es gab wirklich bloß ein Problem mit der Sicherung.*

Summend bereite ich die Matten für Jasons Kurs vor, lüfte den Raum und grinse Sam an, die früh dran ist.

»Jason kommt auch?«, fragt sie nur.

»Klar, er ist gleich da.«

»Super.«

Doch in dem Moment wird mir plötzlich ganz komisch. *Was treibt Jason so lange im Versorgungsraum? Ratten jagen? Nicht dass ich das nicht löblich fände, aber er hat jetzt einen Kurs. Das weiß er eigentlich.*

Nervös gehe ich nachsehen. »Jason, kommst du?«

Ein Krächzen ist die Antwort.

Ein Krächzen?!

In null Komma nichts bin ich bei ihm, und mir stockt der Atem. Die Sicherung ist drin. So weit, so gut. Aber Jason liegt auf dem Rücken und rührt sich nicht. *Was zum Henker ist passiert? Hat er einen Stromschlag abbekommen?*

»Jason? Hey!« Ich knie mich neben ihn und berühre seine Wange.

»Chloe?«

»Beweg dich nicht, ich hol einen Arzt.«

Ich will sofort los, als er mich am Handgelenk packt.

»Es geht schon«, murmelt er.

»Bleib verdammt noch mal liegen!«, kreische ich, selbst für meine Ohren zu schrill. Aber jeder lernt doch, dass man Verletzte nicht bewegen soll, bis Schäden an der Halswirbelsäule ausgeschlossen sind.

»Ich bin nur ausgerutscht, Baby. Mein Schädel brummt. Mehr ist nicht.«

Klar, und genau deshalb ist er weiß wie ein Bettlaken. »Ich schwöre, wenn du dich rührst, kannst du was erleben!«

Er grinst, weil meine Drohung Quatsch ist. Ich könnte ihm nie was antun. Aber er bleibt liegen. *Sein Glück.*

Ich hole mein Handy und rufe einen Krankenwagen. Dabei bemerke ich Blut an meinen Fingerspitzen. *Was, wenn es ihm schlechter geht, als er gesagt hat?*

Schnell laufe ich wieder zu ihm. Seine Stirn ist mittlerweile schweißnass. »Jason? Rede mit mir.«

»Alles halb so wild«, murmelt er und drückt meine Hand – aber längst nicht so kräftig wie sonst. »Mach dir keine Sorgen.«

Weil das ja auch meine leichteste Übung ist!

»Der Krankenwagen ist schon unterwegs«, sage ich.

»Gut.«

Nur eine einsilbige Antwort?! Alarmiert schlägt mein Herz immer schneller. Das mit Jeremy war schlimm. Fast mein Untergang. Aber wenn Jason jetzt was passiert, dann … *Keine Ahnung!*

»Ich kann das nicht«, hauche ich.

»Scht«, macht er.

»Nein, Jason, es tut mir leid. Aber ich kann das mit uns nicht.«

»Wehe«, murmelt er.

Doch ich schüttele vehement den Kopf. *Es geht nicht.*

Als die Sanitäter kommen, weiche ich zur Seite und lasse sie ihren Job erledigen, während in mir der reinste Schmerz tobt. Ich will das mit Jason nicht beenden. Aber ich halte es nicht aus, es weiterlaufen zu lassen in dem Wissen, dass es jederzeit enden könnte. Ich kann solche Gefühle wie damals unmöglich ein zweites Mal durchleben. *Wie konnte ich denken, mit einem neuen Mann wäre alles anders?*

»Sir, wir müssen jetzt los«, höre ich die Stimmen der Sanitäter wie durch eine dicke Nebelwolke zu mir durchdringen.

»Nein, warten Sie!« Das ist Jason. »Chloe? Baby, sieh mich an! Es geht mir gut. Die checken mich durch, und morgen bin ich wieder ganz der Alte.«

Durch einen Tränenschleier blicke ich zu dem Mann, den ich liebe wie keinen zweiten. Zu dem Mann, der sich in mein Herz geschlichen hat. Und zu dem Mann, den ich nun gehen lasse. *Gehen lassen muss.* »Es ist aus, Jason.«

Jason

Wenn mir nicht kotzübel wäre, würde ich nicht ins Krankenhaus fahren, sondern bei Chloe bleiben. Was bescheuert ist, schließlich bin ich der Patient. Nicht sie. *Aber sie so zu sehen …*

Ich kann nur erahnen, wie es damals mit Jeremy gewesen sein muss. Aber ich bin nicht er. Ich sterbe nicht. Nicht heute. Nicht jetzt. »Chloe?«

»Es ist aus«, sagt sie noch mal.

»Aber du liebst mich«, keuche ich.

»Dachte ich«, entgegnet sie völlig aufgelöst. »Doch ich hab mich getäuscht. Mein Herz hängt nach wie vor an Jeremy. Mein Fehler. Es tut mir leid.«

Was?! Sie kann unmöglich das Beste, was uns beiden je passiert ist, wegwerfen. Aber genau das tut sie. Eiskalt.

Verdammt, verdammt, verdammt!

Die Fahrt ins Krankenhaus bekomme ich kaum mit. Die Sanitäter stellen mir Fragen, doch ich bin nicht ganz da, sondern bei Chloe, bei uns, und spiele die letzten Momente durch. Bis ich begreife, dass ich sie tatsächlich verloren habe. Alles in mir zieht sich zusammen, und ich beginne zu zittern.

»Er kollabiert«, höre ich jemanden sagen.

Gut so! Mit dem Piepen der Geräte im Ohr tauche ich in einen angenehmen zeitlosen Nebel und verstehe zum ersten Mal, warum sich Leute das Hirn wegdröhnen. Weil man dann nicht spürt, wie es einen zerreißt.

Wie kann denn der großartigste Tag im Leben gleichzeitig der schlimmste sein? Wie kann Chloe mir erst vor einer Stunde eröffnen, dass sie mich, Jason Crowley, liebt und mir dann so was antun? Wer macht denn das?

Ein Teil von mir will kämpfen. Aber dann wird mir klar, dass nur ich es war, der von Anfang an gekämpft hat, der Chloe vorangetrieben hat, der sich für sie eingesetzt hat. Und das reicht nicht. Beide müssen es wollen. Und sie hat ihre Entscheidung getroffen. Sie wirft uns weg. Aus Angst.

Dann ist der Schmerz zurück. Schneidend. Drückend. Sodass ich kaum atmen kann.

Ich blinzele und sehe, dass ich schon in der Notaufnahme bin. Die Deckenbeleuchtung zieht über mir vorbei. Erneut macht mein Gehirn dicht. Und als ich das nächste Mal aufwache, liege ich in einem Bett, alles ist ruhig, und sobald ich mich rühre, kommt Wade zu mir.

»Hey, Mann«, murmelt er nur und wirkt erleichtert.

»Was machst du hier?«, krächze ich, fasse mir an den Kopf und ertaste einen Verband.

»Dir die Schnabeltasse halten«, antwortet er fröhlich und reicht mir einen Becher Wasser.

Ich will mich aufrichten, da drückt Wade auf einen Knopf, und die Rückenlehne fährt höher. »Besser?«, fragt er.

Ich nicke und nehme ein paar Schlucke. »Was ist passiert?«

»Du hast dir deinen Dickschädel angehauen«, sagt er. »Sie mussten dich operieren, und zur Sicherheit behalten sie dich eine Woche hier.«

»Aber es ist nichts Ernstes?«

Er sieht mich irritiert an. »Die waren an deinem Gehirn. Ich finde das ernst.«

»Was ich meine, ist: Werde ich wieder?«

»Sieht ganz danach aus«, sagt er.

»Weiß Chloe Bescheid?«

Sein Gesichtsausdruck verfinstert sich, als wäre sie es gewesen, die mir eins über den Schädel gezogen hat.

»Verdammt, Wade, du musst ihr Bescheid geben.« Sie muss krank vor Sorge sein. Auch wenn meine Freunde sie noch nicht so gut kennen, sie gehört jetzt zu mir, ich zu ihr. Jemand muss sie informieren.

»Das habe ich«, sagt er zu meiner Überraschung.

»Und?« Ich kapiere es einfach nicht.

»Sie sagt, ich soll dir sagen, das ändert nichts.« Er sieht mich neugierig an. »Was meint sie damit?«

Das ändert nichts …

Plötzlich trifft mich die Wahrheit mit voller Wucht.

Nein, nein, nein.

»Dass sie Schluss gemacht hat«, murmele ich. Allein es auszusprechen sorgt dafür, dass sich mein Puls beschleunigt, was meine Kopfschmerzen verstärkt, was wiederum nicht gut ist. Aber ich kann nichts dagegen unternehmen. Ich will ihr den Hals dafür umdrehen, dass sie mir das antut. Ich will sie anschreien, dass sie so feige ist. Und ich will sie bei mir haben.

»Brichst du gleich in Tränen aus?«, stichelt Wade. Mit Absicht, damit ich meine Wut rauslasse.

»Leck mich!« Ich kneife die Augen zusammen und atme tief durch. Aber es hilft nicht. Sie kann, sooft sie will, behaupten, dass sie mich nicht mehr liebt. Ich liebe sie noch immer, und ich habe keine Ahnung, wie ich jetzt weitermachen soll.

16. KAPITEL

Chloe

Ich habe es geschafft, sämtliche Kurse des Tages abzusagen und über Instagram Wade zu erreichen und ihn über Jasons Unfall zu informieren. Dann höre ich auf zu funktionieren. Ausgelaugt rolle ich mich auf dem Sofa im Studio zusammen und heule los, viel heftiger als damals bei Jeremy.

Für vereinzelte Augenblicke frage ich mich, ob ich mich nicht bei Jason entschuldigen sollte. Er weiß, dass ich, was Unfälle angeht, ein bisschen verrückt bin. Er würde verstehen, wenn meine Abschiedsworte eine Kurzschlussreaktion gewesen sind. Und alles wäre wie vorher.

Doch dann sehe ich ihn wieder verletzt vor mir, und mein Herz bleibt stehen, rast, bleibt stehen, rast … Das mit Jason war wie ein Märchen. Aber im echten Leben gibt es keinen Platz für Märchen. Er verdient jemand anderen, mit weniger Ballast, der zu schätzen weiß, was er zu geben hat. Und der immer für ihn da ist. Bedingungslos.

»Oh Gott«, keuche ich, während ich mich vor Schmerzen krümme. Der Gedanke, dass eine der Frauen vom Yoga nun mit ihm zusammenkommen könnte, trifft mich wie ein Kugelhagel. Dass er mit einer von ihnen statt mit mir Paaryogavideos dreht, ist noch übler. Die Bilder in meinem Kopf gefallen mir nicht. Aber obwohl sie wehtun, zwinge ich mich, sie auszuhalten. Genau das wird passieren. Und wenn es so weit ist, werde ich mich für ihn freuen. Weil ich ihn immer noch liebe und ihm nur das Beste wünsche.

Wird er sauer auf mich sein? Bestimmt! Aber er weiß nicht, wie das ist, wenn man seinen Herzensmenschen verliert. Ich hoffe, dass er es irgendwann verstehen kann. Oder lieber nicht, denn ich will nicht, dass er so einen Schock auch mal durchmachen muss. Niemand sollte das.

»Süße, du musst was essen«, dringt Laurens Stimme zu mir durch.

»Geh weg«, hauche ich.

»Erst wenn du was isst.«

»Ich will nicht.«

»Für mich.«

Ich öffne die Augen und sehe, wie besorgt Lauren ist. »Okay«, sage ich leise. *Weil sie es ist.*

Sie lächelt erleichtert. »Hier, ich hab was vom Asiaten mitgebracht.«

Ächzend setze ich mich auf, brauche einen Moment, bis der Schwindel nachlässt, nehme mir die Box und ein paar Stäbchen und zwinge mir die erste Nudel rein. Für sie. Dabei schmeckt für mich alles nach Pappe.

»Jason hatte einen Unfall«, sage ich nach einer halben Ewigkeit, immer noch mit dem Essen zugange.

»Ich weiß«, sagt sie sanft.

»Woher?«

»Es war auf Twitter.«

Ich runzele die Stirn.

»Seit er aufgetaucht ist, stalke ich ihn.« Sie grinst entschuldigend. »Er ist heiß.«

»Und ein Freund von Wade«, füge ich hinzu.

»Mmh«, macht sie nur und offenbart damit den wahren Grund, warum sie ihm folgt. Um mehr über diesen anderen Mann herauszukriegen. Normalerweise würde ich sie danach fragen. Aber mir fehlt die Kraft.

»Sagt Twitter auch, wie es ihm geht?«, erkundige ich mich.

»Den Umständen entsprechend gut«, antwortet sie.

Erleichterung durchflutet mich warm. »Wir haben uns getrennt«, sage ich und muss mit den Tränen kämpfen.

»Das tut mir leid«, meint Lauren. »Was für ein Scheißkerl!«

Sie sieht das völlig falsch. »Ich hab mich von ihm getrennt«, stelle ich klar.

»Du wirst deine Gründe gehabt haben.«

»Ja«, schluchze ich erstickt. »Weil ich ihn liebe.« *Der mieseste Grund aller Zeiten.*

»Scht«, macht sie und hält mich.

»Hast du mir nicht zugehört? Ich liebe ihn und hab Schluss gemacht.« Neue Tränen laufen mir übers Gesicht. »Ich bin ein schlechter Mensch.«

»Schlechte Menschen würden nicht heulen«, tröstet sie mich.

»Dann bin ich eben eine Idiotin.«

»Die beste Idiotin der Welt.«

»Lauren, was mach ich denn jetzt?«, frage ich sie.

»Das, was dein Herz dir sagt, Süße.«

Als wäre das so leicht!

Ich horche in mich, doch da ist bloß ein taubes Gefühl, sonst nichts. Nicht mal der Gedanke an mein Studio löst etwas in mir aus. So wie es immerhin damals bei Jeremy war. Ich habe keinen Grund weiterzumachen. Aber das kann ich Lauren nicht sagen. »Yoga«, antworte ich daher nur. »Ich mache jetzt Yoga.«

»Das klingt gut, Chloe. Wirklich gut.« Sie nimmt mir die halb leere Pappbox mit den mittlerweile kalten Nudeln ab und drückt mir eine Flasche Wasser in die Hand. »Wart's ab, nach ein paar Chakren sieht die Welt schon wieder viel besser aus.«

Chakren? »Du meinst Mantras oder Affirmationen«, korrigiere ich sie intuitiv.

Sie grinst. »Na, wenn du das sagst …«

Unfreiwillig muss ich lächeln, weil sie das mit Absicht falsch gesagt hat, um mich aufzurütteln. »Du bist die Beste«, sage ich schniefend. »Danke, dass du für mich da bist.«

»Immer, Süße. So wie du für mich.«

»Immer«, antworte ich und wundere mich, dass ich bei ihr und Ava nie solche Angst habe, dass ihnen was passiert. Vielleicht weil wir uns schon so lange kennen und es unvorstellbar ist, dass die beiden irgendwann nicht mehr zu meinem Leben dazugehören.

»Komm, ich bring dich nach Hause«, sagt Lauren schließlich und will mir aufhelfen. Ich hole tief Luft und ziehe sie zurück aufs Sofa. »Was ist?«, fragt sie.

Ich ringe mit mir. Aber ich muss es ihr sagen. *Stunde der Wahrheit.* »Ich hab das Apartment verloren«, gestehe ich.

»Oh Chloe! Scheiße, warum sagst du das erst jetzt? Brauchst du Hilfe?«

»Es geht schon. Alle Schulden sind abbezahlt, das Studio läuft.« Ich schlucke. »Auch dank Jason und der Kurse, die er mir überlassen hat. Du musst nicht bleiben, ich schlaf hier auf dem Sofa.« *Wie an anderen Tagen auch.* »Ich komm klar, Lauren. Ich brauche nur ein bisschen Zeit.«

»Ist auf dem Sofa denn Platz für zwei?«, fragt sie.

»Schon.« Schließlich lag ich dort mit Jason. »Aber –«

»Dann rück mal!«

Ich will protestieren, doch ich habe keine Kraft dafür. Außerdem bin ich dankbar, die Nacht nicht allein verbringen zu müssen. Die erste Nacht ist immer die schlimmste.

***

»Kommst du zurecht?«, fragt mich Lauren am nächsten Morgen, als sie hektisch aufsteht, weil sie zu spät zum Training kommt.

»Klar«, versichere ich ihr und vermeide es, an Jason zu denken oder an den Unfall oder daran, dass ich den Menschen verloren habe, der mir am meisten bedeutet.

Sobald Lauren gegangen ist, kümmere ich mich um den Yogaraum und mache alles startklar, damit heute nicht noch mehr Kurse ausfallen. Mit Jason ist es vorbei, aber ich will nie wieder solche Schulden haben. Außerdem hält mich die Arbeit davon ab, zu viel über alles nachzudenken. Beschäftigt sein ist gut.

Dass ich den Tag überstehe, kommt mir wie ein Wunder vor. Auch der nächste läuft gut. Selbst eine Woche klappt. Fast denke ich, alles ist gar nicht so schlimm, wie ich dachte. Bis Jason aus dem Krankenhaus entlassen wird. Und sofort spielt mein Herz verrückt.

Weil es eine Sache ist, jemanden zu verlieren, der für immer weg ist, aber was ganz anderes, denjenigen wiederzusehen und daran erinnert zu werden, dass man keine gemeinsame Zukunft hat.

***

»H-h-hi«, stammele ich, als er das Studio betritt.

Zu meiner Überraschung lächelt Jason nicht, sondern sieht mich kühl an. Das hat er noch nie gemacht. »Hi, Chloe.«

Er will zum Tresen, und ich stehe im Weg. Doch statt ihn durchzulassen, starre ich ihn an, bemerke die kleine Platzwunde an der Stirn, die genäht worden ist, seine Augenringe und wie sexy sich das Shirt über seiner Brust spannt. *Alles an ihm ist mir vertraut und gleichzeitig fremd.*

»Darf ich mal?«, fragt er. Früher hätte er mich einfach zur Seite geschoben, aber jetzt scheint selbst die kleinste Berührung zu viel zu sein.

Zögerlich mache ich Platz, und als er an mir vorbeigeht, nehme ich seinen geliebten Geruch war. »G-g-geht es dir wieder besser?«, frage ich.

»Ja.«

»Ich hab die letzten Tage deine Kurse übernommen. Ich hoffe, das war okay«, rede ich weiter.

»Danke«, brummt er.

Verdammt, warum benimmt er sich derart mies? Ich hole tief Luft, gekränkt von seinen knappen Antworten.

»Nein, lass es«, sagt er schneidend. »Ich will jetzt nichts hören.« Er wirkt erst wütend, aber dann bricht seine Stimme, weil ihm die Trennung genauso nah geht wie mir. Natürlich tut sie das. Er hat mir schließlich gesagt, dass er mich liebt, und so ein Gefühl löst sich nicht über Nacht in Luft auf.

»Es tut mir wirklich –«, beginne ich tapfer.

»Ich bleibe noch bis zum Ende des Monats, so lange, wie ich die Miete bezahlt habe«, unterbricht er mich. »Wenn du einen neuen Partner brauchst, solltest du jetzt schon deine Zettel aufhängen.«

»D-d-du gehst?«

»Das war es doch, was du wolltest, oder?«, sagt er, während er auf dem Tablet Kurse einträgt und Änderungen vornimmt.

Keine Ahnung, was ich erwartet habe. Jedenfalls nicht das. Tränen sammeln sich in meinen Augen, und ich gehe nach draußen, um tief Luft zu holen. Der nächste Kurs ist sowieso seiner. Er braucht mich hier nicht. *Er braucht mich nie wieder.*

Meine Knie werden weich.

Ich wünschte, ich hätte ein Apartment, wo ich mich verkriechen könnte. Doch da ich das nicht habe und gerade verdammt noch mal einen Ort zum Heulen brauche, wo mich niemand sieht, gehe ich einfach die Straße entlang bis zur nächsten Kreuzung und lasse mich dort am Bordstein nieder.

Mist, ich dachte, ich hätte mich im Griff. Die letzten Tage liefen den Umständen entsprechend gut. Viel besser als erwartet. Aber Jason in meiner Nähe zu haben zieht mir erneut den Boden unter den Füßen weg. Und zu wissen, dass er schon sehr bald richtig weg ist, schnürt mir die Kehle zusammen.

Ja, ich habe mich immer auf den Moment konzentriert. Das ist mein Lebensmotto. Doch der Moment ist gerade so furchtbar, dass ich ihn nicht erleben will. Er soll vorbeigehen. Ich will die Vergangenheit zurück. Ich will meine Zukunft wiederhaben. Ich will ein anderes Leben. Was kindisch ist, weil man das nicht bekommt. Das weiß ich selbst. Also tue ich das Einzige, was nicht wehtut: mich auf meine Atemzüge konzentrieren.

Einatmen und ausatmen.

Jason

Ich habe lange mit mir gerungen, was ich jetzt machen soll. Das Beste wäre, Chloe mit dem Studio sitzen zu lassen. Aber das kann ich nicht. Sie steht noch ganz am Anfang, und der Erfolg kann über Nacht abreißen. Ein Teilnehmer muss nur seinen Kurs nicht bezahlen, und schon türmen sich die Probleme erneut auf.

Also beschließe ich, meine Kurse bis zum Ende des laufenden Monats zu geben – ohne Paaryoga anzubieten. Dann hat Chloe Zeit, sich einen neuen Partner zu suchen. Ich habe Zeit, neue Räume anzumieten. Und so schnell, wie die Sanierung meines Studios voranschreitet, muss ich bloß noch einen Monat statt zwei überbrücken. Was ich irgendwie hinbekommen werde.

So weit mein Plan.

Bis ich ins Studio komme und vor Chloe stehe.

Alles an ihr sagt mir, dass sie sich freut, mich zu sehen. Da ist dieses Blitzen in ihren Augen. Da ist die leichte Röte auf ihren Wangen. Da ist ihr verräterisches Stottern. Sie liebt mich. Es ist so eindeutig, dass es umso bitterer zu akzeptieren ist, dass es aus sein soll.

Sie will reden, sich entschuldigen. Aber ich verkrafte das gerade nicht. Ich muss jetzt vor allem an mich denken und das tun, was mir hilft. Und das ist, den Abstand zu wahren.

Als sie jedoch nach draußen verschwindet, erst unschlüssig wirkt und dann die Straße entlanggeht, mache ich mir doch Sorgen.

In Gedanken sehe ich sie bereits vor ein Auto laufen. *So weit hat mich diese Frau schon gebracht, dass ich auch anfange, Gespenster zu sehen!* Also folge ich ihr.

Sie lässt sich an der nächsten Kreuzung auf den Boden fallen, winkelt die Knie an, legt ihren Kopf ab, und den Bewegungen ihres Körpers nach zu urteilen, heult sie.

Weil sie keine Wohnung hat, wird mir klar. Und weil sie das nicht im Studio machen will, wo es keinen Rückzugsraum gibt und die Gefahr besteht, dass Kunden sie dabei erwischen. *Fuck, Baby!*

Ich wünschte, ich könnte es einfacher machen. Für sie, für mich, für uns beide. Aber statt ihr nachzugehen, konzentriere ich mich darauf, den nächsten Kurs vorzubereiten.

Ihre Probleme sind nicht länger meine.

Als der Tag vorbei ist, fühle ich mich so fertig wie nie zuvor. Ich dachte, ich wäre aus härterem Holz geschnitzt. Meine Kindheit war kein Zuckerschlecken. Da sollte ein bisschen Herzschmerz kein Weltuntergang sein. Aber Chloe gibt mir den Rest.

Als ich nach Hause komme, nehme ich zwei Aspirin. Ich müsste eigentlich ein Video drehen. Doch sobald ich die Kamera und die Lichtboxen aufgebaut habe, stehe ich nur da, denke an die Paaryogasession, die wir hier hatten, und habe keine Ahnung, was ich nun machen soll.

Sie ist weg.

Mein Verstand weiß das. Aber alles in mir sträubt sich dagegen, das zu akzeptieren. Ich will ihr die Schuld geben an dem, was passiert ist. Ich will, dass sie leidet, genau wie ich. Gleichzeitig frage ich mich, wie sie klarkommt, will ihr helfen und brauche umgekehrt ihre Hilfe. Alles ist so verwirrend, dass ich für einen Moment die Augen schließe und den Wind im Gesicht genieße. *Unfassbar, dass ein kleiner Ausrutscher – im wahrsten Sinne des Wortes – alles zum Kippen gebracht hat!*

Ich sehe zum Horizont und erinnere mich, wie Chloe hier stand und ich mir vorgestellt habe, dass sie das bis in alle Ewigkeit tut. Und plötzlich erwischt mich das ganze Ausmaß dieser Scheiße. Ich vergrabe mein Gesicht in den Händen und weine, weil ich es nicht mehr ertrage. Es soll aufhören. Dabei weiß ich, dass der Mist mit Chloe eine Weile dauern wird, bis er in mir heilt. Jemanden, mit dem du eine Zukunft wolltest, kannst du nicht über Nacht vergessen.

Ich muss daran denken, wie sie mir per WhatsApp ihr ›Ich liebe dich‹ geschickt hat, und als ginge es mir noch nicht schlecht genug, spiele ich ihre Sprachnachricht auf dem Handy ab. Wieder und wieder. Bis ich sie kurzerhand lösche.

Wäre schön, wenn ich sie genauso einfach aus meinem Kopf bekäme!

Als es an der Tür klingelt, wische ich mir die Augen trocken.

Was, wenn sie das ist? Es ist idiotisch, doch sofort ist da Hoffnung. *Vielleicht will sie mich zurück?* Keine Ahnung, wie schnell ich ihr verzeihen kann. Aber ich könnte es. Früher oder später.

Zu meiner Überraschung ist es jedoch Wade, der sich mit einem Sixpack Bier an mir vorbeischiebt.

»Hast du geflennt?«, fragt er.

»Nur der Wind. Trockene Augen.«

»Scheiße, Mann«, sagt er, weil er natürlich weiß, dass ich lüge. »Also lief es heute nicht gut?«

»Es lief okay«, sage ich nach ein paar tiefen Atemzügen.

Wade ist zum Glück niemand, der nachbohrt. Er tritt nach draußen auf die Terrasse, sieht das Equipment und stellt es stillschweigend nach drinnen, wo es wettergeschützt ist. Dann macht er zwei Bier auf, geht damit zur Sitzecke, und als ich ihm folge, reicht er mir eins.

»Cheers«, sagt er.

»Cheers.«

Schweigend schauen wir übers Wasser. Mir wird klar, dass auch er in sich gekehrt ist, und irgendwie werde ich das Gefühl nicht los, dass das mit Chloes Freundin zusammenhängt.

»Was ist eigentlich mit dir und Lauren?«

»Nichts.«

»Welche Art Nichts?«

»Die Ich-hab-mir-geschworen-ihr-den-Hals-umzudrehen-falls-sich-je-wieder-unsere-Wege-kreuzen-Art.«

»Was hat sie getan?«

»Soll ich schwören, auch dir den Hals umzudrehen?«, knurrt er, atmet dann aber tief durch. »Sie ist der Grund, weshalb ich meine Sportkarriere an den Nagel hängen musste.«

»Deine Sportkarriere?«, wiederhole ich, weil ich davon zum ersten Mal höre.

»Als Schwimmer in der Nationalmannschaft.«

Was? Wade ist ein Ass im Wasser, doch das ist mir neu. »Und das weiß sie?«

Er schnaubt bitter. »Oh ja.«

»Frauen!«, fluche ich.

»Frauen!«, gibt er mir recht.

Wir trinken jeder erst ein Bier, dann stehe ich auf und hole Nachschub. Wade kümmert sich schließlich um Runde drei, und die ganze Zeit sagen wir einfach nichts, was trotzdem verdammt tröstlich ist.

Ich muss an Chloe denken, die immer meinte, das Wichtigste sei es, weiterzumachen. Genau darauf konzentriere ich mich. Den Moment annehmen und weitermachen.

17. KAPITEL

Chloe

Der letzte Tag, an dem Jason im Studio ist, rückt näher und damit auch die letzte Chance, zwischen uns alles in Ordnung zu bringen. Ich bin völlig durch den Wind. Ich schlafe schlecht, esse kaum, bin ein Wrack. Doch ich kann mich nicht überwinden, ihn um Verzeihung zu bitten. Bei jedem neuen Zwischenfall würde ich wieder genauso durchdrehen. Also suche ich händeringend nach einem Mittelweg. Aber falls es einen gibt, so finde ich ihn nicht.

»Bye«, sagt Jason einfach nur nach seinem letzten Kurs, nachdem er aufgeräumt hat.

»B-b-bye«, stammele ich überfordert mit der Situation.

Er steigt in seinen Wagen, startet den Motor, und keine Minute später ist er weg, weg aus meinem Studio, weg aus meinem Leben. *Weg für immer.*

Erst da trifft es mich mit voller Wucht: Es ist endgültig vorbei. Und mir wird klar, dass ich einen Fehler gemacht habe. *Einen Riesenfehler.* Nur weil ich Angst habe.

»Warte, Jason!«, rufe ich und renne ihm nach. Leider sieht er mich nicht, oder falls doch, dann bleibt er nicht stehen.

Oh mein Gott, er ist wirklich weg, geht mir wieder durch den Kopf. Aber plötzlich bin ich nicht mehr wie gelähmt, sondern aufgeregt. Ohne nachzudenken, rufe ich ihn an und bin erleichtert, als er rangeht.

»Hab ich was vergessen?«, fragt er.

»Mich«, sage ich, ohne zu zögern. »Du hast mich vergessen.«

»Wie bitte?« Er klingt verwirrt. *Aber ist es nicht eindeutig?!*

»Komm zurück!«

Es folgt Schweigen. Sehr langes Schweigen.

»Bitte, Jason!«

»Es tut mir leid, Chloe. Als ich dich gebraucht habe, hast du mit mir Schluss gemacht. Weißt du eigentlich, wie hart das war? Andere reichen die helfende Hand, und du lässt einfach los.«

»Ich hab den Rettungsdienst geholt«, sage ich schnell.

»Das ist zu wenig.«

»Du weißt warum«, schluchze ich verzweifelt.

»Verdammt, wein nicht, Baby. Ja, ich weiß warum. Aber du musst auch mich verstehen. Falls etwas passiert, brauche ich jemanden, der alle Hebel in Bewegung setzt, so wie ich umgekehrt für denjenigen alle Hebel in Bewegung setze. So ist das nämlich, wenn man sich liebt. Man ist füreinander da.«

»Das weiß ich doch«, sage ich. »Versprochen, ich mach es beim nächsten Mal besser.«

»Würde das nicht jede Frau in deiner Lage behaupten?«

»Ich meine es ernst!« *Sehr, sehr, sehr ernst.*

»Ja, jetzt. Aber wir wissen beide, dass du, wenn es hart auf hart kommt, wieder dichtmachen wirst.« Er atmet schwer, ich höre Hupen, und sofort sorge ich mich, dass er einen Unfall haben könnte.

»Fährst du bitte rechts ran, Jason?«

»Ich werde nicht –«

»Mach schon!«, fauche ich.

Er lacht leise. Der erste vertraute Laut seit Wochen. Ich höre Verkehrsgeräusche, dann das Anziehen der Handbremse. »Ich stehe, zufrieden?«

»Ja«, sage ich erleichtert.

»Siehst du? Du tickst jedes Mal aus, sobald auch nur der Hauch einer Gefahr besteht. So eine Beziehung können wir nicht führen. Das Fundament sollte nicht Angst, sondern Vertrauen sein.«

»Ich arbeite an mir.« *Das tue ich wirklich. Und ich bin schon viel weiter gekommen, als ich es nach der Sache mit Jeremy für möglich gehalten hätte. Merkt er das nicht?*

Er schweigt, und ich wüsste zu gerne, was ihm durch den Kopf geht.

»Du hast es doch auch geschafft, deine Vergangenheit hinter dir zu lassen. Gib mir die Chance, das Gleiche zu tun.« Ich kaue auf meiner Unterlippe herum, als er weiterhin nichts sagt. »Du könntest mir zeigen, wie.«

Geräuschvoll stößt er die Luft aus, als hätte er sie die ganze Zeit angehalten. »Verdammt, Chloe. Ich kann nicht fassen, dass wir dieses Gespräch jetzt führen.«

»Wie meinst du das?«

»Du hattest fast zwei Wochen Zeit dafür. Es ist zu spät. Ich blicke nach vorne. Du solltest das Gleiche tun.«

»Ich kann nicht.« Eine Zukunft ohne ihn will ich nicht.

»Doch, du kannst. Du hast den Verlust von Jeremy überstanden, und schau, wie weit du es gebracht hast. Du wirst auch mich überstehen.« Er schluckt. »Schließlich hängt dein Herz ja noch an Jeremy, richtig?«

Nein, nein, nein!

»Das war gelogen«, sage ich kleinlaut und beschämt, dass ich es überhaupt ausgesprochen habe. *Wie dumm von mir.*

»Das ändert nichts. Du schaffst das schon, Chloe. Das weiß ich.«

Da hat er mehr Vertrauen in mich als ich selbst.

»Kehr um!«, wiederhole ich, jetzt mit zitternder Stimme. »Bitte! Ich will noch eine Chance. Was ist denn eine einzige weitere Chance, Jason?«

»Eine zu viel«, sagt er leise und schluckt. »Für mich zumindest. Denn du, Chloe Davis …«

»Was?«, frage ich, als er zögert. *Gibt er nach?*

»Du bist hier nicht die Einzige, um die es geht«, beendet er seinen Satz nun gefasster. »Es tut mir leid, aber jetzt muss ich weiter. Ich hab in nicht mal einer Stunde ein Interview, und ich muss vorher noch duschen.«

»Ich liebe dich«, krächze ich, weil ich nicht weiß, was ich sonst sagen soll.

»Und deshalb wünschst du mir jetzt einfach alles Gute.« Er wartet. »Chloe?«

Ich bringe es nicht fertig. Das ist wie ein zweites Auf Wiedersehen. Nachdem schon das erste schrecklich war.

Feige lege ich auf und spiele die Unterhaltung wieder und wieder in meinem Kopf durch.

Als er eine helfende Hand gebraucht hat, habe ich ihn losgelassen.

Der Vorwurf verfolgt mich. Und ich verstehe Jason. Er reicht mir nicht noch mal seine Hand, sondern sucht sich jemanden, der verlässlicher ist als ich.

Wie kann ich ihm bloß beweisen, dass ich es wirklich ernst meine?

Jason

Nachdem Chloe aufgelegt hat, fahre ich nicht sofort weiter. Meine Hände zittern, mein ganzer Körper kribbelt, und ich müsste unglaublich frustriert sein. Stattdessen macht sich eine eigenartige Wärme in mir breit. Weil das das erste offene Gespräch seit Wochen war und weil endlich gesagt wurde, was gesagt werden musste. Es ist ein Schlussstrich, und genau den brauchte ich.

Sicher, ich könnte Chloe noch eine Chance geben. Aber was ich gesagt habe, meine ich ernst. Eine Beziehung kann man nicht auf Angst aufbauen. *Es ist richtig so, wie es jetzt ist.*

Ich muss mehrmals tief durchatmen, bis ich weiterfahren kann. Dann konzentriere ich mich auf das, was zu tun ist. So wie schon die letzten Tage. Es gefällt mir nicht, es fühlt sich falsch an, es tut höllisch weh, aber das Kapitel Chloe Davis ist abgeschlossen. Endgültig.

Zu meiner Erleichterung scheinen meine Kunden nichts von dem Drama mitbekommen zu haben. Während der nächsten Woche gebe ich die Kurse in einem Kongresscenter an den Piers. Ich poste weiter meine Videos, gehe zu Fotoshootings, treffe mich mit Wade und Tyler zum Surfen – wenn auch nicht mehr am Fort Point, sondern an anderen Stränden, bei denen die Wahrscheinlichkeit, Chloe zu begegnen, geringer ist.

Es dauert, doch ich merke, wie ich in meinen alten Lebensrhythmus zurückfinde. Er kommt mir etwas hohl vor. Aber ich bin mir sicher, dass sich das mit der Zeit gibt. Bevor ich Chloe getroffen habe, war ich schließlich auch zufrieden.

Auch Chloe scheint nach vorne zu schauen. Ich verkneife mir, ihre Aktivitäten auf Instagram zu verfolgen. Doch in meinen Kursen sind Frauen, die ihr folgen und die über ihre Videos reden, wodurch ich mitbekomme, dass es gut für sie läuft. Und es beruhigt mich.

Nach einem Monat glaube ich fast, über Chloe hinweg zu sein. Doch ich täusche mich …

Als mein Studio fertig renoviert ist und ich ein großes Reopening veranstalte, vermisse ich sie völlig unerwartet so heftig, als wäre die Trennung erst gestern gewesen. Um mich herum schwirren Fotografen, die Presse, neue und alte Kunden. Nur sie fehlt.

Verdammt, wann hört das endlich auf?, frage ich mich. Irgendwie habe ich Angst, dass die Antwort ›nie‹ lautet. Denn ich liebe Chloe noch immer. *Fuck!*

»Hi, Jason, können wir noch mal neu anfangen?«, spricht mich eine Frau auf dem Fest an und reicht mir die Hand.

»Jill! Was machst du denn hier?« Ich erinnere mich zu gut an unsere letzte Auseinandersetzung. Aber ich ergreife ihre Hand und schüttele sie.

»Ich hab mich dumm benommen, und das tut mir leid«, sagt sie mit einem vorsichtigen Lächeln. »Du bist der beste Yogalehrer in der Stadt. Und ich würde wirklich gerne wieder Stunden bei dir nehmen.«

Sie wirkt verändert. Ihre Haare sind jetzt kürzer und dunkler getönt. Und ihr Outfit ist züchtiger. *Wie angenehm!*

»Mein Stundenplan ist gerade ziemlich voll«, sage ich, bereit, die Vergangenheit hinter mir zu lassen, aber misstrauisch, ob die Person, der ich vor zwei Monaten gekündigt habe, nicht doch noch in dieser neuen Verpackung steckt. »Du kannst dich auf Probe wieder dem Morgenkurs anschließen. Ausnahmsweise. Wie wäre das?«

Sie dreht sich zur Gruppe, und ein Schatten huscht über ihr Gesicht. »Ich weiß nicht, Jason«, sagt sie. »Ich hatte in den letzten Wochen kein Training. Wenn ich in den Morgenkurs einsteigen soll, brauch ich erst mal Einzelstunden, um auf das Niveau zu kommen.«

»Das kann ich mir nicht vorstellen«, antworte ich ruhig, dabei verstärkt sich mein mieses Gefühl. »Du warst so fit. Vielleicht bist du nicht sofort die Beste im Kurs, aber im Mittelfeld kannst du auf jeden Fall mithalten.«

»Mehr kannst du mir nicht anbieten?«

»Bedauere. Dass ich dich in die Gruppe lasse, ist schon viel. Es gibt Wartelisten.« *Zwischen zwei und sechs Monaten, je nach Kurszeit.*

Sie wirkt unzufrieden. Weil sie doch noch die Alte ist und mich für sich will. Aber ich habe jetzt keine Nerven für ihre Spielchen.

»Weißt du was, Jill, überleg es dir einfach und meld dich, wenn du in den Kurs möchtest, okay?«

»Sicher. Können wir noch ein Foto machen?«, fragt sie, als einer der Eventfotografen gerade vorbeikommt. Sie greift nach meinem Arm und legt ihn sich um die Taille, obwohl sie spürt, dass ich eigentlich wegwill. »Nur ein Foto, Jason. Ich beiß schon nicht!«

Seufzend wende ich mich zur Kamera und lächele, reiße mich dann jedoch los und zeige auf eine Gruppe von Leuten. »Ich muss jetzt weiter. Wir sehen uns.«

»Werden wir, Jason.«

Wie auch immer sie das meint!

Die Party geht bis in die Nacht hinein. Ich begleite das Event auf Instagram und poste Videos und Fotos in meiner Story. Magazine bringen online die ersten Berichte. Und als der letzte Gast das Gelände verlässt und ich das

Studio abschließe, habe ich endlich das Gefühl, dass es wieder vorangeht. *Wurde auch Zeit.*

Ich fahre nach Hause, bin ausgepowert vom Tag, und eine angenehme Schwere erfasst mich.

Ein letztes Mal schaue ich auf meinem Handy nach, was für Kommentare, Nachrichten und Artikel zum heutigen Tag online gestellt wurden und beantworte die wichtigsten. Dann gehe ich zufrieden mit mir und der Welt schlafen.

Na bitte, ein Leben ohne Chloe ist möglich!

***

Geweckt werde ich von der Klingel, um – ich sehe auf die Uhr – kurz nach sechs. *Im Ernst?*

Verschlafen stehe ich auf, steige in meine Jeans und ziehe mir ein Shirt über. Ich öffne die Tür und bereue sofort, nicht vorher auf die Sicherheitskamera geschaut zu haben. Vor mir stehen zwei Polizeibeamte, und hinter ihnen ist ein Meer von Kameras.

»Mr Crowley?«, fragen sie.

Mein Mund ist staubtrocken, aber ich bringe ein »Ja« heraus.

»Sie sind verhaftet.«

18. KAPITEL

Chloe

Wochen vergehen, und ich vermeide es tapfer, Jasons Leben online zu verfolgen, um nach vorne zu schauen. Mein Studio läuft gut, auch ohne zweiten Partner. Ich bin bis auf ein paar Kredite bei der Bank schuldenfrei. Und ich bin sogar auf der Suche nach einem Apartment, weil ich mir das endlich leisten kann. Ich mache weiter. Aber es fühlt sich nicht wie ein Weiter an, sondern wie ein Auf-der-Stelle-treten.

Weil mir dieser Mann fehlt.

Die Neueröffnung von Jasons Studio gibt mir den Rest. Die sozialen Medien sind voll mit Bildern, Videos und Kommentaren, und jedes Yoga-Magazin des Landes berichtet darüber.

Ich will mich dem Hype entziehen, aber schaffe es nicht. Sobald ich anfange, Artikel über ihn zu lesen, kann ich nicht mehr damit aufhören. *Ich bin offiziell in der Hölle! Und mein Los ist, immer wieder den besten Mann zu sehen, den ich je kennengelernt habe, und nicht mehr zu seinem Leben dazuzugehören.*

Oder gibt es einen Weg?

In den frühen Morgenstunden hinterlasse ich auf Instagram unter seinem Post zur Neueröffnung ein »Herzlichen Glückwunsch«, so wie tausend andere Leute auch.

Wenn er mich schon nicht mehr als Partner will, vielleicht können wir wenigstens Freunde werden?

Nervös warte ich auf eine Reaktion. Stattdessen postet jemand einen Link zu einer Eilmeldung, und mir stockt der Atem:

> Der selbst erklärte Yoga-Guru Jason Crowley wurde heute Morgen in seinem Haus in San Francisco verhaftet. Gegen den mehrfach ausgezeichneten Star der Szene werden schwere Vorwürfe erhoben. Er soll seine Stellung als Lehrer ausgenutzt und eine seiner Schülerinnen sexuell belästigt haben.

Dazu ist ein Bild von Jason mit einer Frau abgebildet, und ich zittere, als ich Jill wiedererkenne. Keine Ahnung, was damals passiert ist, aber Jason hat sie aus allen Kundenkarteien gelöscht. Ich wette, nicht weil er sie belästigt hat, sondern weil diese Frau durchgeknallt ist. *Jason rührt keine Kunden an! Was soll der Scheiß?*

Ich rechne damit, dass die Sache sich schnell klärt. Doch stattdessen melden sich im Laufe des Tages weitere Frauen, die Jills Behauptungen untermauern.

Das ist übel.

Das ist richtig übel.

»Hast du es schon in den Nachrichten gesehen?«, fragt Lauren abends am Telefon, ohne dass sie erklären muss, was sie meint.

»Ja«, sage ich. »Und das kann nicht stimmen. Du hast Jason kennengelernt. So ist er nicht.«

»Er ist durchaus sexy, und die Frauen fliegen auf ihn.«

»Lauren!«, keife ich böse. »Jason würde so was nie, nie, nie tun.«

»Schon gut, ich weiß«, sagt sie ruhig. »Er ist einer von den anständigen Kerlen. Mach dir keine Sorgen! Heutzutage ist man erst schuldig, wenn die Schuld bewiesen ist.«

Wie kann sie das so locker sehen?

»Lauren, es geht hier um sexuelle Belästigung. Die Medien sind voll davon. Das Internet vergisst nie. Was auch passiert, er ist ruiniert.« Das kennt man von ähnlichen Fällen.

Seine Werbekunden werden abspringen. Und Schüler werden die Mitgliedschaft kündigen, vor allem die neuen. Nicht weil sie die Vorwürfe glauben, sondern weil sie nicht beim ›Fummelyoga‹ dabei sein wollen, wie die Presse es nennt. Ich rechne nicht mit einem Schuldspruch, dennoch wird Jason innerhalb von wenigen Tagen alles verlieren, wofür er gearbeitet hat. *Das ist unglaublich!*

»Abwarten, Chloe. Ich bin mir sicher, Jason hat gute Anwälte. Er kommt wieder auf die Beine. Bei seinen Kontakten.«

»Da müsste er schon eine völlig neue Identität annehmen und an einen Ort auswandern, der kein Internet hat.« *Wo auch immer das sein soll.*

»Vielleicht ist das Karma«, sagt sie.

»Wie meinst du das?«

»Weil er dich nicht zurückhaben wollte.«

Ich schnaube. »Also, wenn dann hätte das Karma mich treffen müssen, weil ich mich so dämlich verhalten habe.« *Und zwar eimerweise.*

»Wie gesagt. Mach dir keine Sorgen! Er ist unschuldig. Die Presse stürzt sich jetzt drei Tage auf die Story, bis ein neuer Skandal kommt, und danach ist alles wieder gut.«

»Hoffentlich«, sage ich. Dabei bin ich kein bisschen beruhigt.

In den nächsten Tagen verstärkt sich mein schlechtes Gefühl.

Weil der Fall jede Menge mediale Aufmerksamkeit auf sich zieht, drängt die Staatsanwaltschaft auf ein schnelles Verfahren. Unter anderen Umständen verständlich, für mich jedoch schockierend.

Jason wird angeklagt, und gerade mal eine Woche später beginnt der Prozess, was mich so heftig mitnimmt, dass ich meine Kurse aussetze. Ich kann jetzt nicht arbeiten, sondern surfe im Internet, um keine Nachricht zu verpassen.

Die Verhandlung findet unter Ausschluss der Öffentlichkeit statt, doch nach jeder Sitzung folgt eine Pressekonferenz. Während sich Jasons Anwalt, Ted Meyers, der solche Fälle schon öfter übernommen hat, dabei klugerweise bedeckt hält, wirft Jill als das eigentlich eingeschüchterte Opfer munter mit Anschuldigungen um sich.

Ich bin fassungslos. *Sieht denn niemand, dass sie auf einem persönlichen Rachefeldzug ist? Einer muss sie aufhalten!*

Aber keiner stellt sich gegen sie. Es bringt mich um, mit anzusehen, wie Jasons Leben demontiert wird, und mir wird klar, dass ich was unternehmen muss. Egal, wie wir gerade zueinander stehen, er braucht Hilfe.

***

»Rufen Sie mich in den Zeugenstand«, bitte ich Jasons Anwalt, ordentlich zurechtgemacht wie für einen Termin in der Bank, einen Tag später.

»Und Sie sind?«

»Chloe Davis, und ich kann bezeugen, dass Jason zum Zeitpunkt des angeblichen Vorfalls bei mir war.« *Das müsste helfen.*

»Existieren Aufnahmen?«

»Es gibt …« Ich zögere.

»Ms Davis, wenn Sie keine stichhaltigen Beweise haben, wird Jill Weston gewinnen. Sie hat ein Video mit Zeitstempel.«

Ich schaue ihn schockiert an. »Was für eines?«

»Von ihrer Hauskamera, als Mr Crowley bei ihr war.«

»Das könnte manipuliert sein.« *Das geht heutzutage doch ganz leicht, oder?*

»Es ist aber echt. Und selbst wenn es das nicht wäre, Jason war eindeutig bei ihr. Er war ihr Personal Trainer. Es würde nicht viel ändern, wenn man das Gegenteil beweist.«

»Aber Jill würde unglaubwürdig dastehen. Würde das nicht helfen?«

»Vielleicht. Doch ich kann nicht zulassen, dass Sie vor Gericht eine Falschaussage machen.«

Er hat recht. Unter Eid zu lügen kann böse enden. Aber was habe ich für eine Wahl? Wenn es hilft, bin ich dazu bereit. Denn ich bin von Jasons Unschuld überzeugt. Er braucht Hilfe, und ich helfe ihm. So einfach ist das. »Haben Sie etwa eine bessere Idee?«

Nachdenklich sieht er mich an, bis er seufzt. »Sind Sie sich absolut sicher, dass Sie das tun wollen, Ms Davis?«

»Bin ich.«

»Meinetwegen, es ist einen Versuch wert. Ich rufe Sie in den Zeugenstand.«

Jason

Ich konzentriere mich auf meine Atmung. Das ist das Einzige, was ich momentan kontrollieren kann, während um mich herum mein ganzes Leben zusammenbricht.

Ted Meyers, mein Anwalt, macht mir Mut, dass wir das hier noch gewinnen können. Aber ich habe, ehrlich gesagt, den Glauben daran verloren. Und selbst wenn – was wirklich ein großes Wenn ist –, ich bin ruiniert.

So seltsam das ist, einzig die Erinnerungen an Chloe – die guten – bauen mich auf. Sie hat gesagt, dass ich schon einmal geschafft habe, mein Leben zum Besseren zu wenden. Und das schaffe ich wieder. Wenn man älter wird, glaubt man, der Zug ist irgendwann abgefahren. Aber ich bin Anfang dreißig, nicht tot. Ich kann was Neues starten. Jeder kann das.

Chloe …

Ich brauche sie gerade mehr denn je. Doch ich weiß genau, was sie machen würde. Sie würde mir nicht helfen. Warum auch? Das hier, das bestätigt nur, wovor sie Angst hat. Schlimme Dinge passieren, und man kann nichts dagegen unternehmen. Da ist es besser, Distanz zu wahren. *Sorgt für ruhigere Nächte. Wetten?*, denke ich bitter.

»Erheben Sie sich!«, ertönt die Stimme des Gerichtsdieners.

Schwerfällig richte ich mich auf, was mich ärgert. Ich war immer fit, aber gerade fühle ich mich, als hätte ich noch nie im Leben Sport getrieben.

»Sie haben einen weiteren Zeugen?«, fragt der Richter meinen Anwalt.

Überrascht sehe ich zu Meyers. Laut meinem Kenntnisstand sollten heute die Schlussplädoyers erfolgen.

»Haben wir«, sagt der jedoch. »Die Verteidigung ruft Ms Chloe Davis in den Zeugenstand.«

Wie bitte?!

Wir müssen uns alle setzen, und das ist gut so, denn meine Beine zittern plötzlich.

»Ms Davis, kommen Sie bitte nach vorne, heben Sie Ihre rechte Hand und schwören Sie, die Wahrheit zu sagen, die reine Wahrheit und nichts als die Wahrheit.«

»Ich schwöre«, sagt sie.

Ich habe während des gesamten Prozesses nicht ein einziges Mal aufgeschaut, denn ich bin unglaublich wütend auf Jill und fürchte, dass man meine Gefühle falsch interpretiert und zu meinem Nachteil auslegt. Aber so als hätte ich einen verdammt langen Entzug durchgemacht und müsste nun meine Speicher auffüllen, hebe ich den Kopf, und da sitzt sie! Mit einer bunten, hochgeschlossenen Bluse, süßen Ohrsteckern und ordentlich frisierten Haaren.

Wow!

»Davon haben Sie nichts gesagt«, flüstere ich Meyers zu.

»War ihre Idee«, meint er nur und steht auf, um mit der Befragung zu beginnen.

War ihre Idee?

Was soll das bitte heißen? Kann mir mal jemand erklären, was hier los ist? Ich bin der Mandant, ich bezahle ihn schließlich dafür.

Am liebsten hätte ich jetzt ein paar Minuten mit meinem Anwalt. Aber schon die kleinste falsche Bewegung kann mein Ende sein. Die Geschworenen sind überwiegend Frauen, und sie scheinen mir nicht besonders wohlgesonnen. Wenn ich der Argumentation der Anklage folge, dann, weil ich so ein hübsches Gesicht habe und wir ja alle wissen, dass Leute mit hübschen Gesichtern denken, mit jedem Scheiß durchzukommen. *Was leider oft genug stimmt! Aber das macht aus mir noch lange keinen dreckigen Bastard, der Frauen unangemessen anfasst.* Also muss ich ruhig bleiben.

»Ms Davis, Sie kennen den Angeklagten?«, fragt Meyers sie.

»Ja, ich …« Sie sieht zu mir. »Ich k-k-kenne ihn«, stammelt sie, beißt sich auf die Lippe und räuspert sich. »Entschuldigung, ich bin nervös.«

»Das müssen Sie nicht sein«, sagt mein Anwalt wohlwollend. »Sie wissen, weshalb wir heute hier sind?«

Sie nickt.

»Würden Sie das bitte laut sagen?«

»Ja, das weiß ich.« Sie konzentriert sich auf Meyers, was wohl besser ist, als erneut zu stottern. »Jason wird vorgeworfen, eine Frau sexuell belästigt zu haben.«

»Kennen Sie die Frau?«, fragt er sie.

»Ja, das ist Jill Weston, eine von Jasons ehemaligen Kundinnen.«

»Und woher kennen Sie Mr Crowley?«

»Er war für zwei Monate mein Partner in meinem Studio.«

»Haben Sie in der Zeit je mitbekommen, dass er eine Frau belästigt hat?«

»Nein, er hat sich nie unangemessen verhalten, weder mir noch anderen Frauen gegenüber. Er hilft jedem bei seinen Yogafiguren, und ja, dabei muss er die Leute anfassen. Aber das gehört zum Job. Bestimmte Figuren kriegt man ohne Hilfe nicht hin. Sie brauchen jemanden, der von außen draufschaut und Korrekturen vornimmt. Ich selbst bin auch Lehrerin und mache das nicht anders.«

»Danke, Ms Davis. Damit bestätigen Sie, was uns schon andere Kundinnen gesagt haben.«

Dafür hat mein Anwalt sie in den Zeugenstand geholt? Ich weiß wirklich zu schätzen, dass Chloe hier ist. Aber es ändert nichts, gar nichts.

»Ms Davis, kommen wir nun zum Tag des Vorfalls. Meinem Mandanten wird vorgeworfen, Jill Weston bei einem

Training unangemessen belästigt zu haben. Können Sie uns zu dem Tag etwas sagen?«

»Ja, kann ich«, sagt sie ruhig.

Kann sie?!

»Bitte, Ms Davis«, fordert sie Meyers auf. »Führen Sie das aus!«

»Es ist eigentlich nichts Besonderes«, sagt sie. »Wir haben uns das Studio geteilt. Die Morgenkurse. Erst war immer er dran, dann ich. Und manchmal hat er bei mir mitgemacht. So war das auch an dem Tag.«

Was zum Henker erzählt sie da?!

»Wie lange ging Ihr Kurs?«, fragt mein Anwalt.

»Bis zehn«, antwortet Chloe.

»Und Mr Crowley war die ganze Zeit anwesend?«

»Ja, das war er. Das können die anderen Teilnehmer bezeugen. Er ist ja schwer zu übersehen.« Es gibt Lacher im Saal.

»Das würde bedeuten, dass er an dem Tag nicht bei Ms Weston gewesen sein kann?«, schlussfolgert Meyers.

»Richtig«, sagt Chloe ruhig.

»Aber ich habe das Video«, keift Jill wie aus dem Nichts.

Jetzt muss ich doch aufschauen, und ich bin überrascht, wie angespannt plötzlich die Situation ist. Kurz bin ich besorgt, dass Chloes Schwindel auffliegen könnte. Dann erinnere ich mich daran, dass sie Leuten verdammt gut was vormachen kann. Sie hat schließlich verheimlicht, dass sie ihre Wohnung verloren hat, und für sich behalten, was mit Jeremy war. Hier zu lügen ist für sie eine Kleinigkeit.

»Wie ich schon sagte«, wiederholt sie. »Jason war in meinem Kurs. Ich kenne mich mit Zeitstempeln nicht aus, aber vielleicht war der in Ms Westons Video manipuliert.«

»Das ist reine Spekulation«, ruft der Staatsanwalt.

»Stattgegeben«, kommt vom Richter.

Chloe hebt beschwichtigend die Hände. »Was ich sicher weiß, ist, dass Jason an dem Tag im Kurs war. Und dass er sich nie auch nur unangebracht verhalten hat. Und dass Ms Weston von ihm einen Korb bekommen hat.«

»Was meinen Sie damit?«, forscht Meyers nach.

»Ähm … Sie hat mit ihm geflirtet. Und ich war dabei, als er ihr gesagt hat, dass er nichts mit ihr anfangen will.«

»Sie lügt!«, kreischt Jill. »Das ist eine Frechheit!«

Der Richter ruft den Saal zur Räson. Chloe bekommt rote Wangen, aber sie bleibt ruhig sitzen, wirkt eher von Jill eingeschüchtert statt beim Lügen ertappt. Und dann sieht sie kurz zu mir, und mir wird ganz anders. Sie muss es gar nicht sagen, in ihren Augen steht alles. Das ist ihr Rettungsseil, ihre helfende Hand. Sie kämpft. Für mich. Weil sie mich liebt. Selbst nach all den Wochen der Trennung. Und ich kann nicht anders, als ihren Blick zu erwidern und aufzuatmen, denn ich spüre erneut diese Verbindung zwischen uns. So als wäre die Welt nun endlich wieder in Ordnung.

»Ms Davis, können Sie das genauer ausführen?«, fragt der Richter.

»A-a-also an dem Tag …« Sie stammelt, weil sie mich anschaut und ich sie nervös mache, aber sie kann nicht wegschauen. Was mich wiederum nervös macht.

»Alles okay?«, fragt Meyers, um Chloe zu beruhigen.

»Ehrlich gesagt, diese Frau dort macht mir Angst. Ich weiß nicht, ob ich weiterreden kann. Alle haben sich unter Kontrolle, sind ruhig, nur sie … sie nicht«, sagt Chloe andeutungsweise, und erst jetzt verstehe ich, was hier gespielt wird. Das Video zeigt klar, dass ich zu Jill gehe. Vielleicht stimmt die Zeit nicht, aber es ist ein Beweis, dass ich da war. Doch wenn es vom falschen Tag stammt und weitere Zweifel auftauchen, wirkt Jill plötzlich wie diejenige, die hier etwas inszeniert hat.

»Das ist ja lächerlich!«, ruft Jill aufgebracht und spielt Chloe und meinem Anwalt direkt in die Hände, ohne es zu merken.

»Mäßigen Sie sich, Ms Weston«, ermahnt der Richter sie. »Fahren Sie fort, Ms Davis.«

»Jason hatte nach seinem Kurs ein paar Worte mit Jill gewechselt. Das ist nicht ungewöhnlich. Seltsam war, was sie dann tat. Sie hat ihm die Arme um den Hals gelegt und ihm gesagt, dass sie ihn will. Sie sei gerade so herrlich aufgewärmt und beweglich und hätte Lust auf eine Extrastunde. Jason hat sie daraufhin an der Hüfte gepackt und sie von sich geschoben. Sie hat das nicht akzeptiert, hat sich an ihn gepresst, an seine … na, Sie wissen schon … seine M-M-Mitte. Und er musste grob werden, um sie loszuwerden. Ich weiß, dass es viele Fälle gibt, in denen Männer ihre Position ausnutzen. Aber hier ist es umgekehrt. Jason ist das Opfer. Er sollte dort nicht sitzen, sondern Jill Weston.«

Wieder entsteht Unruhe.

Meyers beendet das Verhör, und der Staatsanwalt nimmt sich nun Chloe vor. Doch diese Frau ist einfach der Wahnsinn. Der Typ unterstellt ihr ein Verhältnis mit mir, aber sie verneint das mit großer Ruhe. Man hat uns lediglich zusammen gesehen, als wir auch das Studio gemeinsam betrieben haben. Das sei völlig normal, sagt sie. Er, der Staatsanwalt, würde ja auch bei Gericht jeden Tag Leute wie Ted Meyers sehen. Deshalb wäre er jedoch nicht automatisch homosexuell.

Wie frech von ihr!

Dann wird sie aus dem Zeugenstand entlassen.

Wie erwartet folgen die Abschlussplädoyers. Ich höre jedoch nur halb zu, weil ich in Gedanken bei Chloe bin. Sie hat tatsächlich einen Meineid geleistet. Für mich. Obwohl sie so viel zu verlieren hat. *Wow!*

»Die Geschworenen ziehen sich zur Beratung zurück«, verkündet schließlich der Gerichtsdiener. Ich erhebe mich, und ein Beamter will mich wieder in die Zelle führen, wo ich warten muss, bis das Urteil bekannt gegeben wird. Doch Meyers sagt, er müsse mit mir noch Papierkram durchgehen, und ich werde in ein funktional eingerichtetes Büro geführt, das ihm an Verhandlungstagen zur Verfügung steht.

»Ich lass Sie mal kurz alleine«, meint er und geht.

»Was ist hier los?«, frage ich verwirrt.

In dem Moment taucht Chloe auf. »H-h-hi, Jason«, stammelt sie und ärgert sich sofort darüber. »Verdammt noch mal. Hi!«

»H-h-hi.« Diesmal bin ich derjenige, der stammelt.

19. KAPITEL

Chloe

Ich hatte mir eine flammende Rede zurechtgelegt, über meine Fehler und dass man füreinander einsteht und ich keine Angst habe und über tausend Sachen mehr. Stattdessen stammelt Jason zur Begrüßung, und mein Plan ist dahin. Ich umarme ihn, taste mich seinen Rücken entlang, nehme jede vertraute Wölbung seiner Muskeln wahr und atme seinen Geruch ein, den ich so liebe.

»Lass mich los, Chloe«, sagt er schließlich sanft, und ich spüre seine Hände in den Handschellen, die zwischen uns drücken.

»Ich denke ja nicht im Traum dran!«

»Nur kurz«, sagt er. »Damit ich dich richtig umarmen kann, oder soll ich dich am Bauch kraulen?« Neckend bewegt er die Finger, was mich kitzelt, woraufhin ich lachend zurückweiche. »Na bitte«, ruft er und hebt seine Arme. »Und jetzt komm richtig her!«

»Wirklich?«, frage ich unsicher, weil ich mich deutlich daran erinnere, was er gesagt hat. Dass er mich nicht mehr will.

»Auf jeden Fall«, sagt er.

Dankbar schlüpfe ich durch seine Arme und schmiege mich wieder an ihn. Das, was zählt, ist der Augenblick, und genau jetzt ist er perfekt. Na gut, Jason trägt Handschellen. Aber der Augenblick ist trotzdem der erste perfekte seit einer Ewigkeit. Weil wir uns haben. *Wie konnte ich auch nur eine Sekunde lang glauben, ohne ihn auszukommen?!*

»Geht es dir gut?«, raunt er mir zu.

»Das fragst du mich!« Ich kann Jason nicht loslassen und muss meinen Kopf in den Nacken legen, um ihn anzuschauen. »Hat dein Anwalt dir mal eine Zeitung gegeben? Alle selbst ernannten Experten erklären rauf und runter, dass es nur eine Frage der Zeit war, bis so etwas in der Yoga-Community passiert. Es ist richtig übel, Jason.«

»Ich weiß«, sagt er erstaunlich ruhig und reibt über meinen Rücken. »Also, wie geht es dir, Baby?«

»Ich liebe dich.«

»Das ist nicht die passende Antwort auf die Frage.«

»Es geht mir gut«, sage ich, ein bisschen enttäuscht darüber, dass er mein Geständnis übergeht. Aber ich bin erleichtert, dass er mich nach wie vor hält, denn seine Umarmungen haben was Magisches. Ich fühle mich dann geborgen und gleichzeitig so stark, als könnte ich es mit der ganzen Welt aufnehmen.

»Und dein Studio läuft?«, fragt er weiter. »Meine Geschichte färbt nicht auf dich ab?«

»Bis heute Morgen nicht«, sage ich und spüre einen Stich, als mir klar wird, dass ich nun eventuell als Freundin des Perversen boykottiert werde. Aber damit werde ich schon irgendwie klarkommen. Hauptsache, Jason redet wieder mit mir. Das ist viel wichtiger.

»Keine Schulden?«, fragt er nach.

»Alles abbezahlt, bis auf meine Kredite«, sage ich. *Endlich!* »Und ich suche sogar nach einer neuen Wohnung. Verrückt, oder? Ich hab es wirklich geschafft.« Irgendwie kann ich es selbst noch nicht glauben.

»Freut mich«, sagt er. »Das hab ich immer gewusst.«

»Das kannst du nicht gewusst haben!«

Er lacht leise in mein Haar, als würde er widersprechen. »Und wie fühlt es sich an? Hast du schon mit Ava und Lauren angestoßen?«

Mich rührt, dass er meine Freundinnen erwähnt, aber ich schüttele den Kopf. »Nein, sie haben beide gerade zu viel zu tun.«

»Das können sie nicht machen!«

»Es ist okay«, beschwichtige ich ihn. Ich kann ja schließlich nicht ständig so tun, als sei ich der Nabel der Welt.

»Ist es nicht! Du hast so hart dafür gekämpft.«

»Ich feiere, wenn ich eine neue Wohnung habe. Das ist doch auch was.«

»Ja, langweilig«, sagt er.

»Duuu!«, rufe ich, weil er frech wird, es aber scherzhaft meint. Ich reibe meine Nase an seiner Schulter, lehne mich wieder an ihn und will ihn einfach nie mehr loslassen. »Es ist in Ordnung«, murmele ich. »Wirklich. Mir war sowieso nicht nach Feiern.« Ich drücke ihn noch enger, weil das zwischen uns der Grund war, nicht sofort eine Party nach der anderen zu schmeißen.

Wieder sehe ich zu ihm hoch, und unsere Blicke treffen sich. *Er ist mein Rettungsanker, und ich bin seiner.*

»Jason, ich weiß, ich hab Mist gebaut, und es tut mir leid. Die Nerven sind mit mir durchgegangen. Ich kann dir nicht versprechen, dass es nie wieder passiert, denn was weiß ich, was noch kommt, aber ich –«

In dem Augenblick schwingt die Tür auf, und Meyers erscheint. Ich kann nicht zu Ende sagen, wie viel mir dieser Mann bedeutet und wie sehr ich ihn brauche. Denn auch wenn ich allein zurechtkomme – sobald er da ist, fühlt sich alles schöner an. Die Luft ist reiner, die Sonne heller, das

Wasser wärmer. Es geht mir einfach besser mit ihm als ohne ihn.

»Die Geschworenen sind so weit«, sagt der Anwalt.

»Schon?«, fragt Jason überrascht.

»Ist das ein gutes Zeichen?«, hake ich nach.

»Ich weiß es nicht, aber wir müssen jetzt los.«

Ich halte Jason instinktiv fester, so wie er mich. Aber wir beide wissen, dass er sich seinem Schicksal stellen muss.

»Was auch passiert, ich bin da«, verspreche ich und sehe ihm dabei tief in die Augen. Ich muss es jetzt sagen, weil es keine Rolle spielt, wie das Urteil ausfällt. Meine Gefühle haben mit ihm zu tun, nicht mit dem, was gleich passieren wird. »Verstehst du, was ich meine? Ich lass dich zwar los, aber das heißt nicht, dass du mich loswirst. Ich liebe dich, Jason. Aus der Nummer kommst du nicht mehr raus. Ich lass das nicht zu, verstanden?«

»Ich –«, beginnt er.

»Verdammt, Tempo!«, ruft sein Anwalt und treibt ihn zur Eile an.

»Es tut mir leid, Chloe«, sagt Jason. »Ich muss los.«

Er löst seine Arme von mir und verlässt den Raum, und sofort fehlt mir etwas, nicht nur körperlich, sondern auch in meinem Herzen. Weil er erneut geht.

Und das soll unser Ende gewesen sein? Seine letzten Worte an mich waren: ›Ich muss los!‹ Das ist weder ein gutes noch ein schlechtes Ende. Das ist überhaupt keines, sondern erbärmlich!

Alles in mir will ihm nachlaufen und ihn auf dem Weg in den Gerichtssaal zur Rede stellen. Ich brauche seine Antwort! Aber ich bin die Zeugin, die neue Beweise hatte. Es würde keinen guten Eindruck hinterlassen, wenn ich jetzt mit dem Angeklagten eine hitzige Diskussion führe.

Mist, Mist, Mist.

Ich verlasse das Gerichtsgebäude und wundere mich, dass die Welt da draußen so normal wirkt. Am Himmel ist ein typischer Sonne-Wolken-Mix. Für die anderen Menschen geht das Leben einfach weiter. Aber meines ist völlig aus der Bahn geworfen worden. Ich radele nach Fort Point, weil ich zu nervös bin, um vor Gericht wie alle anderen zu warten. Ich kann jetzt aber auch nicht im Studio sein und die Wände anstarren, sondern brauche das Meer und den beruhigenden Rhythmus der Wellen.

Zwanzig Minuten später rolle ich mein Rad vor ans Ufer, lasse mich in den Sand fallen und sehe zur Golden Gate Bridge.

Das Goldene Tor …

Im Geschichtsunterricht habe ich gelernt, dass die Brücke – die nicht goldfarben, sondern in Wahrheit orangerot ist – nach der Zeit des Goldrausches benannt wurde, als hier in der Bucht, der Golden Bay, unzählige Leute ankamen auf der Suche nach ihrem großen Glück, einem besseren Leben, nach mehr. Mir geht es genauso. Und ich habe immer geglaubt, dass eine höhere Macht alles für mich zum Guten wenden wird. Jetzt gerade denke ich, wie naiv das war.

Eine höhere Macht? Ehrlich, Chloe, wie alt bist du? Drei? Und demnächst kommt eine Fee mit einem Zauberstab um die Ecke?

Ich muss über mich selbst lachen.

Nichts ändert sich einfach so. Man muss sein Schicksal selbst in die Hand nehmen.

Langsam wird es kühl, und ich ärgere mich, dass ich keine Jacke dabeihabe. Aber ich will noch nicht aufstehen und zum Studio fahren. Ich will einen Moment länger daran glauben, dass Jason freikommt und wir eine zweite Chance haben. Die andere Variante …? Nun, die behagt mir weniger.

Tränen steigen mir in die Augen bei der Vorstellung, dass Jason ins Gefängnis kommt – und dass es mit uns vielleicht für immer aus ist. Verdammt, ich kann es nicht länger hinauszögern. Ich muss wissen, wie die Jury entschieden hat.

Ich atme tief durch und nehme mein Handy in die Hand, um nachzuschauen. Doch in dem Moment bilde ich mir ein, Tina Turner zu hören. Ich lasse das Handy noch mal sinken, schließe die Augen und denke an diesen verrückten Tag, als ich so unverschämt glücklich war. Es ist gar nicht meine Art, derart wehmütig an der Vergangenheit festzuhängen. Das habe ich nach Jeremys Tod viel zu lange gemacht, bis ich beschlossen habe, mich auf das Hier und Jetzt zu konzentrieren. Aber die Erinnerung ist zu schön. *Wie Jason getanzt hat!* Das war einer der besten Augenblicke meines Lebens.

Ich muss lächeln. Bis mir auffällt, dass die Musik näher kommt, was mich plötzlich nervt. *Jedes Lied wäre gerade okay, aber nicht dieses. Nicht jetzt.*

Verärgert drehe ich mich um, um denjenigen lautstark in die Wüste zu schicken. *Soll er seine Achtzigerjahre-Party bitte woanders feiern!* Doch mein Ärger verfliegt, denn über den Rasen kommt Jason angeschlendert, mit einem gottverdammten Gettoblaster auf der Schulter und einem Korb mit Sekt und Bechern in der anderen Hand.

Und das heißt, er ist frei!

Jason ist frei!

Mit einem Freudenschrei springe ich auf, fliege förmlich zu ihm und falle ihm so heftig um den Hals, dass wir beinahe umkippen. Ich kann nicht fassen, dass er hier steht, lässig in Jeans und Shirt und – meiner Nase nach – frisch geduscht und rasiert, und wie er mich angrinst, mich, Chloe Davis, als wäre ich der Mittelpunkt seines Universums.

»Lust zu feiern?«, fragt er cool.

Statt zu antworten, küsse ich ihn wie verrückt.

»Nur zur Erinnerung, du trägst roten Lippenstift«, ruft er lachend.

»Oh!«, sage ich, halte inne und mustere sein Gesicht. »Oh, oh!«, mache ich noch mal, jetzt schuldbewusst, und reibe über die Spuren, die ich hinterlassen habe.

»Ach, scheiß drauf!«, sagt er, stellt den Gettoblaster ab, lässt die Becher und den Sekt danebenfallen und küsst mich zurück, bis mein Lippenstift komplett zerstört ist und auch ich Spuren davon im ganzen Gesicht habe. *Wie perfekt ist das denn?*

»Sie haben dich freigesprochen?«, frage ich überflüssigerweise.

»Haben sie. Und Meyers geht nun gegen Jill wegen Verleumdung vor.«

»Und du bist hier?«

»Wo sollte ich sonst sein?«

Er hält mich eng umschlungen. Wir sehen uns in die Augen. Und ich bin plötzlich so unglaublich glücklich, dass ich mich wundere, wie ich glauben konnte, auf dieses Gefühl verzichten zu können. »Ich konnte dir vorhin leider nicht mehr antworten«, sagt er. »Aber ich mache es jetzt. Bereit?«

Mir wird ein wenig schwindelig, obwohl ich weiß, dass das was Gutes ist. Und ich kriege nur ein Nicken zustande.

»Ich liebe dich auch, Chloe. Ich kann dir nicht versprechen, dass ich dein Herz nicht noch ein paar Male zum Stocken bringen werde – manche davon wirst du mögen …«

Er grinst schmutzig. »Andere sehr wahrscheinlich nicht.« Er wird wieder ernst und streicht mir Tränen von den Wangen, die ich nicht aufhalten kann, weil ich so gerührt bin. »Aber ich kann dir versprechen, dass ich dich nie wieder loslasse. Mir ist egal, was gestern war oder was morgen sein wird, das, was heute mit dir passiert, ist das, was zählt.«

»Wir zählen«, sage ich.

»Genau, wir zählen«, wiederholt er.

Und dann finde ich, dass fürs Erste alles gesagt ist, und küsse ihn wieder. Ich schiebe meine Hände unter sein Shirt, muss ihn einfach spüren, genau wie diese Verbindung zwischen uns. Ich bin frei von den Ängsten meiner Vergangenheit, frei von den Sorgen meiner Zukunft. Ich fühle mich stark und mit Jason noch stärker, und ich bin glücklich. Unendlich glücklich.

Jason

Himmel, dieses Gefühl ist das beste der Welt. Mein Leben ist binnen weniger Tage den Bach runtergegangen. Ich habe achtzig Prozent meiner Kunden verloren. In der Presse bin ich der perverse Yogalehrer. Und sämtliche Werbepartner haben gekündigt. Ich habe keine Ahnung, wie es weitergehen soll. Aber das ist nicht schlimm.

Ich habe vieles verloren, doch das, was zählt, das habe ich zurückbekommen. Sie. Uns.

»Baby, langsam«, raune ich Chloe zu, weil ich hart werde und sie will, um auch diese letzte Verbindung zwischen uns wiederherzustellen.

»Ich kann nicht langsam.«

»Du musst«, sage ich leise an ihren Lippen. »Sonst werden wir wegen Unzucht in der Öffentlichkeit verhaftet und haben jede Menge neue Probleme am Hals.«

Ein Knurren entschlüpft ihrer Kehle, aber sie löst sich, etwas zumindest, und wir sehen uns schwer atmend an.

Für einen Augenblick sagt keiner von uns ein Wort. Wir sind zusammen und glücklich. Dann beginnt der nächste Song und bricht den Bann.

»Lass uns feiern!«, sagt Chloe, geht zum Gettoblaster, drückt ein paar Knöpfe und fängt an zu tanzen, sobald unser Lied noch mal läuft.

»Unbedingt«, rufe ich. Obwohl ich ein echt mieser Tänzer bin, hüpfe ich mit ihr im Takt. Und während sie laut mitsingt, spiele ich auf der Luftgitarre, was ich ihrem Lachen nach eindeutig besser beherrsche.

Plötzlich knallt ein Sektkorken, ohne dass einer von uns die Flasche geöffnet hat, weil Leute dazugekommen sind und mit uns feiern, obwohl sie uns gar nicht kennen. *Wie großartig ist das denn?*

Wir küssen uns wieder, und ich sehe in Chloes Augen nicht den Hauch eines Zweifels. Da ist nichts als ein großes Ja zum Leben und zu uns, und ich halte es nicht länger aus.

»Lass uns gehen!«, sage ich zu ihr.

»Jetzt? Wo die Party gerade erst losgeht?«

»Jetzt sofort«, bestätige ich.

»O-o-okay!«

Nie war eine Antwort perfekter!

Entschlossen dränge ich sie zum Parkplatz.

»Was ist mit dem Rekorder und dem Sekt?«, fragt sie.

»Ich schätze, die Achtzigerjahre-Party wird ohne uns weitergehen.« Sie sieht skeptisch aus. »Und nur zu deiner Information: McYogaDream wurde zwar vom Thron gestoßen, aber Jason Crowley besitzt immer noch eine protzige Villa und ein fettes Bankkonto.«

»Das heißt, der Kerl kann es sich leisten, mal eben einen Gettoblaster und eine Tina-Turner-CD zu verschenken?«

»Ja, das kann er.« *Noch dazu für mehr Zeit mit dieser fantastischen Frau!*

Wir stolpern zu meinem Wagen. Ich drücke sie gegen den Kofferraum und küsse sie erneut.

»Was dagegen, wenn wir es hier auf dem Parkplatz treiben?«, frage ich.

»Was dagegen, wenn wir dieses Mal das Bett nehmen?«, antwortet sie. *Weil es ernst ist!*

»Gott, ich kann nicht warten«, stöhne ich, hebe sie an, damit sie ihre Beine um mich schlingen kann, und presse meine Erektion an ihre Mitte.

»Man wird uns verhaften«, keucht sie.

»Nicht wenn wir angezogen bleiben«, entgegne ich und bewege meine Hüften so, dass ich trotz der Jeans zwischen uns das Gefühl habe, sie zu spüren. »Ich brauch dich«, sage ich einfach nur. »Ich brauch dich wie verrückt, Baby.«

»Ich dich auch«, sagt sie und erzittert, als würde sie kurz vor dem Orgasmus stehen.

Ich verschließe ihren Mund mit meinem, spüre ihren heißen Atem, so wie sie meinen spürt, packe ihren Hintern noch fester und stoße gegen sie. Dann merke ich, wie sie kommt, und lasse selbst los, genieße, wie das Ziehen in mir seinen Höhepunkt erreicht und der Druck nachlässt für den vielleicht nicht geilsten Orgasmus meines Lebens, aber trotzdem den besten.

Ich komme in meine Hose, bemerke die Feuchtigkeit, und so als wüsste Chloe das, grinst sie mich verdammt zufrieden an. Dabei müsste ihr Höschen auch hinüber sein.

Langsam lasse ich sie wieder zu Boden, und eng umschlungen und nach Luft schnappend stehen wir da und warten, bis unsere Herzen nicht mehr ganz so verrückt rasen.

»Jason?«, sagt sie nach einer Ewigkeit.

»Ja, Baby?«

»Lass uns nach Hause fahren.«

»Nach Hause …«, wiederhole ich ihre Worte. Sie meint meine Villa. Aber es ist nicht mehr *meine* Villa, es ist jetzt unser Zuhause. »Unbedingt«, sage ich und bin wie high von all den Endorphinen.

Ich fahre uns den kurzen Weg zu mir. Dort angekommen empfangen uns vor der Einfahrt noch Fotografen, aber der Auflauf ist schon kein Vergleich mehr zu dem Trubel, der vor Gericht geherrscht hat. Chloe duckt sich, was clever ist, schließlich sind wir ja laut Gerichtsprotokoll lediglich Geschäftspartner. Und sobald ich auf meinem Grundstück bin, rutscht sie wieder hoch und kichert, als hätten wir alle ausgetrickst.

Ich muss sie wieder küssen, bis mir klar wird, dass wir schon wieder Sex im Auto haben werden, obwohl mein Bett … *unser Bett* … nur wenige Meter entfernt ist.

Fuck, dieses Mal machen wir es richtig!

Ich packe Chloe, ziehe sie erst zu meiner Fahrerseite und dann mit mir aus dem Wagen. Wir taumeln ins Haus. Ich bringe uns mit mehr Glück als Verstand die Treppe hoch, und wir fallen förmlich aufs Bett, wo keiner von uns Zeit damit verliert, sich besonders gewieft auszuziehen.

Chloe küsst mich und streift dabei ihre Klamotten ab, als würde eine Stoppuhr laufen, und wir müssten einen Rekord aufstellen. Ich ziehe mir ebenfalls meine Sachen aus. Und sobald wir nackt sind, drücke ich sie nach hinten. Sie spreizt einladend die Beine. Ich ziehe sie zu mir heran, und dann plötzlich sanfter vergrabe ich mich mit einem Stöhnen der Erleichterung in ihr.

»Oh, Jason«, wispert Chloe und küsst mich.

»Ist das gut?«, frage ich sie und verliere mich in ihr.

Sie nickt überwältigt.

»Ja?«, forsche ich nach.

»Ja«, haucht sie. »Gott, ja!«

Eng umschlungen genießen wir den Körper und die Nähe des anderen. Keiner muss es sagen, aber wir wollen es beide in die Länge ziehen, diesen Augenblick auskosten. Ihre Haut klebt an meiner. Ihr Duft ist überall. Wir schwitzen, haben einen perfekten Rhythmus. Mir fällt auf, dass sie dünner geworden ist. Doch deswegen begehre ich sie nicht weniger, stattdessen fließt noch mehr Liebe durch mich hindurch, und ich schwöre mir, dieser Frau alles zu geben, was sie braucht, damit sie für immer so glücklich aussieht wie in diesem Moment.

Wir küssen uns wieder, unsere Zungen umspielen sich, unsere Lippen verwöhnen sich gegenseitig. Der Sex wird wilder, und ohne dass der eine es dem anderen sagen muss, wird er plötzlich fordernd und damit noch besser.

»Mehr, Jason!«, wimmert sie, während ich sie hart nehme.

Diese Frau bringt mich um. *Auf die schönste aller Arten!* »So?«, frage ich und überlasse mich ganz meinem Verlangen, sie für alle Zeit zu besitzen und nicht mehr gehen zu lassen. »So willst du es?«

»Jaaa!«, stöhnt sie und sieht mich an, kurz vor der Ekstase. »Ja, Jason!«

Mir steht der Schweiß auf der Stirn. Ich küsse sie und wechsele zu noch mal ruhigeren und dafür besonders tiefen Stößen. Und in dem Moment gibt ihr Körper auf. Sie umklammert mich mit Armen und Beinen, hält sich fest, als könnte die Welle der Lust sie sonst davontragen. Und dann kommt sie. *Sexy und wunderschön!*

Endlich kann auch ich loslassen. Mein Höhepunkt rauscht durch mich hindurch. Ich komme, spüre sie, mich, uns, und fühle mich, als wären wir die einzigen Menschen auf der Welt.

»Fuck, Chloe, ich liebe dich«, murmele ich, völlig fertig und unglaublich glücklich.

»Ich liebe dich auch«, sagt Chloe. »Aber du kriegst jetzt keinen Herzinfarkt, oder?«, dringt ihre Stimme zu mir durch, teils amüsiert, teils besorgt.

Jede Faser meines Körpers ist Brei, aber ich zwinge mich, ihre Hand zu nehmen, kurz ihre Fingerknöchel zu küssen und sie dann auf mein Herz zu legen. »Keine Sorge, Baby, so schnell wirst du mich nicht los.«

Sie löst ihre Hand, die mir sofort fehlt, nur um sich ganz an meine Seite zu schmiegen, was natürlich viel besser ist, und ich lächele.

Unvorstellbar, dass mein Leben drauf und dran war, vorbei zu sein. Aber es ist doch noch alles gut ausgegangen. Und was auch immer morgen kommt, wir werden es schon irgendwie meistern. Denn jetzt haben wir uns.

EPILOG

Ein Monat später

Chloe

Die Wellen rauschen und schlagen gegen die Felsen. Möwen kreischen. Die Sonne geht auf, und ich spüre die ersten warmen Strahlen auf meiner Haut. Ich bin mir bewusst, dass ich nicht alleine bin, sondern Jason neben mir sitzt. Dass er an meiner Seite ist, dass wir einander nicht loslassen, egal, was auch passieren wird. Nie wieder.

Im gleichen Rhythmus nehmen wir tiefe Atemzüge, leben den Augenblick. Wenn wir jetzt glücklich sind, sind wir es auch in der nächsten Sekunde. Und aus unzähligen Momenten wird eine Minute, eine Stunde, ein Tag, ein Leben. Das ist das ganze Geheimnis.

Leise kichere ich vor Glück.

»Konzentrier dich, Baby!«, murmelt er neben mir.

»Selber!«

Ich kann nicht länger in mich hineinhorchen, ich muss meine Augen öffnen, sehe zur Seite und stelle fest, dass Jason mich anschaut. Vielleicht erst seit eben, vielleicht schon die ganze Zeit.

Ich bin so in Gedanken, dass ich nicht mitbekomme, wie er sich bewegt, bis er mich auf meine Yogamatte drückt und mich mitten auf der Terrasse küsst.

Ein Schauer freudiger Erregung überkommt mich, und mir wird klar, dass das hier mein Leben ist, meine Realität, kein Traum. Und statt Jason aufzuhalten und darauf hinzuweisen, dass ein paar Meter entfernt ein gemütliches Bett auf uns wartet, gebe ich mich diesem Mann und diesem Moment hin und genieße, dass wir uns selbst nach Wochen, die wir jetzt schon zusammenleben, immer noch wie zwei Frischverliebte benehmen, die die Finger nicht voneinander lassen können.

»Halt mich auf, wenn du willst, dass wir reingehen«, raunt er mir zu, während er mich küsst, als hätten wir uns nicht erst letzte Nacht geliebt.

Ich lege meine Hand an seinen Schritt und fühle seine Erektion. *Das Gegenteil von jemanden aufhalten.*

Daraufhin kämpft Jason mit meiner Hose, das tut er jedes Mal. Yogahosen sind für spontanen Sex ziemlich ungeeignet. Doch sobald ich sie los bin und nur noch das luftige Shirt trage, vergräbt er sich in mir, und wir stöhnen beide, weil es sich einfach zu gut anfühlt und es kaum eine bessere Art gibt, einen neuen Tag zu beginnen. Das Gefühl, ihn tief in mir zu spüren, macht den Moment vollkommen, es zeigt mir wieder, wie nah wir uns sind, und ist wie ein Beweis, dass wir zusammengehören.

»Oh Gott, Chloe!«, seufzt er, weil sich das hier zu gut anfühlt.

»Ja, ich weiß«, antworte ich stöhnend.

Er packt mich, liebt mich und fickt mich, schafft diesen Spagat zwischen harten Stößen und sanften Berührungen und bringt mich binnen Sekunden dazu, die Welt zu vergessen. Und nur noch ihn im Kopf zu haben.

»Komm, Baby«, raunt er mir zu, weil er spürt, wie weit ich bin, und knabbert dabei an meinem Hals, was mich jedes Mal ganz verrückt macht.

»Nein!«, keuche ich, weil ich will, dass es länger dauert.

»Doch«, sagt er. »Komm!«

Ich will es hinauszögern, wirklich, aber alles an diesem Mann fühlt sich zu gut an. Die Hitze in mir wird stärker, das Ziehen heftiger, und mit einem Schrei gibt mein Körper unter Jason nach. Ein unglaublich süßer Orgasmus rauscht durch mich hindurch und wird perfekt, als Jason dabei ebenfalls kommt, meinen Namen murmelt und mir zeigt, dass ich es bin, nur ich, die ihn das empfinden lässt.

»Willst du noch deinen Morgenflow machen?«, fragt er mich danach.

Grinsend sehe ich ihn an. »Das hier, das war mein Morgenflow.«

Wir stehen beide auf und gehen zurück ins Haus, duschen getrennt – damit wir nicht noch mal Sex haben – und frühstücken dann gemeinsam, und ich strahle, weil das jetzt mein Leben ist. Es hat sich nicht alles zum Guten gewendet. Aber so wie es ist, ist es für uns beide in Ordnung.

Direkt nach dem Freispruch von Jason war klar, dass wir von jetzt an zusammen sein werden. Doch weil die Presse das Thema breitgetreten hat, waren wir anfangs sehr diskret mit unserer Beziehung. Schließlich darf niemand rauskriegen, dass ich einen Meineid geleistet habe.

Jason hat unglaublich viele Kunden verloren, ich selbst auch ein paar, weil ich plötzlich als seine Unterstützerin galt. Aber es sind auch Kunden dazugekommen. Die ich jetzt ausschließlich in meinem Studio trainiere, denn Jason hat seines tatsächlich geschlossen. Es war klar, dass wir nur eines betreiben werden. Und durch den Skandal hat seine Yogakarriere einen gewaltigen Knick bekommen, und er gibt nur noch einem Bruchteil seiner Kunden private Yogastunden – sowie einen einzigen festen Kurs: Paaryoga.

Mit mir. Erstaunlicherweise findet er das nicht so schlimm. Er surft wieder mehr und hat angefangen, Unterricht zu geben. Er ist zwar kein Star der Surfszene, doch für Anfänger reicht sein Können aus, und er ist glücklich damit. Was ich erst gar nicht glauben konnte. Er meint, er hat alles, was er immer wollte, und es gäbe nichts, was er bereut. Er würde alles noch mal genauso machen, wenn er dafür am Ende mich bekommt. *Perfekter geht es ja wohl nicht, oder?*

Auch mit Jill hat er seinen Frieden geschlossen. Sie wurde zu einer empfindlichen Geldstrafe verurteilt. Außerdem hat sie nun ein Kontaktverbot, an das sie sich zum Glück hält.

»Hast du alles?«, fragt er, als ich mich auf mein Fahrrad schwinge, um zum Studio zu radeln.

Ich setze mir einen Helm auf, worauf Jason bestanden hat. Eigentlich hätte ich ihn schon viel früher tragen sollen, wenn man bedenkt, was mit Jeremy passiert ist. Aber ein Teil von mir hatte wohl insgeheim Todessehnsucht. Jetzt ist mir mein Leben viel zu wertvoll, als dass ich es aufs Spiel setzen würde. Also verwende ich jeden Schutz, den Jason sich wünscht.

»Ein Kuss fehlt mir noch«, sage ich.

»Kriegst du«, meint er, beugt sich vor und drückt mich dabei an sich. »Bis später, Baby! Ich liebe dich.«

»Ich dich auch! Bis dann!«

Ich hole Schwung, und schon bin ich auf der Straße, eiere mit Absicht etwas herum und höre, wie Jason lautstark »Herrgott, Chloe, lass das!« ruft. Ich winke ihm mit einer Hand zu, muss lachen und bin weg. Alles ist perfekt, und ich erlaube mir keine Sekunde, ans Gegenteil zu denken. Das wäre schade um die Zeit. Ich hab Vertrauen in ihn und er in mich.

***

Nachdem ich meine Vormittagskurse gegeben habe, schwinge ich mich wieder auf mein E-Bike, um zum Ocean Beach zu fahren, wo Jason Surfstunden gibt. Ich soll ihn mit dem Handy filmen, damit er neues Material für Instagram hat.

Als ich dort ankomme, halte ich bei seinem SUV. Ich hole mir den Schlüssel, den er unter der Stoßstange für mich platziert hat, schließe auf und ziehe meinen Neoprenanzug an. Ich nehme ein zweites Board aus dem Wagen und kette mein Fahrrad auf dem Ständer am Kofferraum an, den er neu für mich angebracht hat.

Kurz bin ich besorgt, weil ich Jason auf dem Wasser nicht sehe. Das Gefühl wird wohl nie ganz verschwinden. Dann entdecke ich ihn, winke wie verrückt und muss grinsen, als er mich ebenfalls entdeckt und in seinem eng anliegenden Neoprenanzug an Land hechtet. *Der attraktivste Surfer des gesamten Strandes.*

»Hallo, Schönheit!«, begrüßt er mich und spritzt mich nass.

»Hallo, Sexsymbol«, antworte ich. »Hast du besondere Wünsche, was ich aufnehmen soll?«

»Versuch einfach, so nah wie möglich an mich ranzukommen«, erklärt er. »Bereit?«

Ich nicke.

Wasser an sich macht mir nichts aus, und ich schwimme gerne. Aber Jason hat schnell mitbekommen, dass meine Freunde recht haben: Ich bin auf dem Surfbrett eine absolute Niete. Deshalb paddeln wir beide immer zusammen raus. Bis zu dem Punkt, wo die Wellen abflauen. Dort schaukele ich auf meinem Board, während Jason weiterschwimmt und dann ein paar Moves zeigt, die ich filme.

Wieder muss ich lächeln, als wir ins Wasser gehen, weil ich einfach nicht glauben kann, dass das mein Leben ist.

Unter der Woche mittags am Strand Videos mit meinem Freund zu drehen und das Arbeit zu nennen! Aber gut, das Wasser ist selbst mit Neoprenanzug ziemlich kalt. Und ich weiß, dass ich ab dem Nachmittag in Kursen ertrinken werde, selbst Postings fertig machen muss und nun – so wie Jason früher – auch mit Werbepartnern über Kooperationen verhandele. Der Abend wird also immer lang und endet nie vor zehn Uhr. Aber ich will mich nicht beschweren. Im Gegenteil. Ich liebe es und will es gar nicht anders haben.

»Zeig allen, was du draufhast«, rufe ich Jason zu, als wir beide im Wasser sind und er weiterschwimmt.

»Werde ich.«

Jason

Früher habe ich immer gedacht, ich brauche mehr Werbeverträge, mehr Kurse, mehr Kunden, mehr Geld. Ich hatte das Gefühl, dass etwas fehlt und ich müsste nur weitermachen, um es zu bekommen. Jetzt sehe ich Chloe an und weiß, ich habe alles, was ich will. Mehr brauche ich nicht. Ihr Lächeln reicht mir.

Kitschig, aber wahr.

Ich schwimme weiter raus, drehe mich immer mal wieder um und muss lachen, als ich Chloe auf dem Surfbrett schaukeln sehe. Selbst sitzend muss sie ab und zu kämpfen, um nicht runterzufallen. Ich verstehe immer noch nicht, wie jemand beim Yoga so eine gute Körperbeherrschung haben kann, auf einem Brett auf dem Wasser jedoch innerhalb von drei Sekunden ins Meer plumpst. Aber es ist so, und es ist total okay.

Ich erreiche die Stelle, wo die Wellen sind, und warte … warte … warte …, schwinge mich dann hoch aufs Board und merke, wie das Wasser das Brett vorwärtstreibt. Ich steuere so mit den Füßen, dass ich die Welle möglichst lange reiten kann. Ich setze zu einem kleinen Hüpfer an, aber breche ab, als ich spüre, dass ich den nicht gut ausführen kann. Sobald die Geschwindigkeit nachlässt, lasse ich mich zu Chloe treiben.

»Warum hast du den Sprung nicht gemacht?«, fragt sie.

»Weil ich mir nicht das Genick brechen wollte«, entgegne ich amüsiert.

»Du weißt, du musst auf mich keine Rücksicht nehmen.«

Sie ist wirklich tapfer. »Tue ich nicht, Baby, ich nehme auf mich Rücksicht. Ich will nämlich kein Haifischfutter werden.« Ich paddele zu ihr und beuge mich näher. »Wie ist die Aufnahme?«

Sie zeigt mir die Kamera, die in einer wasserdichten Hülle steckt, und spielt den Clip ab.

»Das ist gut«, sage ich zufrieden.

»Wie, das reicht dir schon? Und dafür bin ich rausgepaddelt? Los, probier es noch mal. Die Wellen sind heute fantastisch.«

Zum Teufel mit den Wellen! Sie ist fantastisch! Ich drücke ihr einen Kuss auf die Wange und tue, was meine großartige Freundin von mir will, wage es nach einem weiteren verpatzten Versuch gar nicht erst, zu ihr zurückzukommen, und schaffe es beim dritten Mal, auch den Sprung zu machen. Woraufhin ich Chloe laut jubeln höre.

Jetzt komme ich zu ihr.

»Hier«, sagt sie und hält mir die Kamera hin.

»Interessiert mich gerade nicht!«, entgegne ich und kapere ihr Board, während meines über eine Leine an meinem Fuß gesichert ist und nicht verloren gehen kann.

»Und was interessiert dich dann?«, fragt sie lachend.

»Das hier!«, sage ich, drücke sie zurück und küsse sie.

»Wird das Sex auf dem Wasser?«, prustet sie halb mich küssend, halb gegen das Wasser in ihrem Gesicht ankämpfend.

»Mmh«, brumme ich, dabei sind die Neoprenanzüge echte Sexfallen.

Ich beuge mich vor, und Chloe umarmt mich und vergisst völlig, wo wir uns befinden.

Bis wir beide das Gleichgewicht verlieren und eine Boardrolle machen. Sofort bin ich wieder oben, aber Chloe ist noch unter Wasser und strampelt. *Fuck!* Ich tauche, packe sie unter der Brust und ziehe sie hoch.

»Ist dir was passiert?!«, frage ich erschrocken.

»Geht schon«, sagt sie und klammert sich hustend an das Board.

Aufmerksam mustere ich sie und entdecke eine kleine Beule an ihrer Stirn. Sie muss bei unserer Rolle mein Brett abbekommen haben. *Mist!*

»Komm, lass uns zurückschwimmen«, sage ich.

»Wir müssen nicht –«

»Doch, es reicht.«

Es dauert gefühlt ewig, bis wir das Ufer erreichen, und dabei sehe ich immer wieder besorgt zu Chloe.

»Alles in Ordnung?«, fragt ein Rettungsschwimmer, als wir das Wasser verlassen.

»Sie hat sich am Kopf gestoßen«, erkläre ich. »Vielleicht sollten wir einen Notarzt rufen?«

»Das ist nichts, nur der Schreck«, wiegelt Chloe ab. »Ich muss mich bloß kurz hinsetzen.«

Sie lässt sich in den Sand fallen, und ich setze mich neben sie und reibe ihr über den Rücken. All der Spaß ist mir plötzlich egal. »Es tut mir so leid«, sage ich.

»Was denn? Du konntest doch nichts dafür«, antwortet sie und bekommt schon wieder mehr Farbe im Gesicht. Sie befühlt ihre Stirn, wo nur die kleine Beule ist, und sieht den Rettungsschwimmer an. »Mir geht es schon wieder besser.«

»Falls es schlimmer wird, gehen Sie ins Krankenhaus«, rät er.

»Wird sie«, sage ich für sie. Eventuell *etwas* überreagierend.

»Hey!« Sie streicht mir durch die Haare. »Es geht mir wirklich gut.«

Ich ziehe sie an mich und merke, dass gar nicht sie zittert, sondern ich. »Weißt du eigentlich, wie toll du bist?«

»Weiß ich«, sagt sie lachend. »Nur … ähm … warum?« Sie runzelt die Stirn. »Jason, was ist denn los?«

»Ich hatte Angst um dich, das ist los.«

»Aber es ist doch gut gegangen«, sagt sie, als wäre das die Hauptsache.

Wie kann sie nur so ruhig sein? »Dir hätte sonst was passieren können.«

»Mir ist aber nichts passiert, Jason, und dir auch nicht. Komm schon, atme einmal tief durch.« Sie macht es vor und wartet. Schließlich mache ich mit und hasse es, dass sie mich beruhigt, dabei müsste es umgekehrt sein. »Na bitte!«, lobt sie mich. »Der Tag ist toll, wir haben super Videomaterial, wir sind zusammen. Es zählt nicht, was hätte passieren können. Es zählt auch nicht, was mal war. Es zählt nur, dass es uns beiden gut geht. Es gibt keinen Grund, sich Sorgen zu machen.«

Ihre Worte dringen zu mir durch, und ich frage mich, womit ich diese nicht nur fantastische, gut aussehende, sportliche, lebenslustige und verrückte Frau verdient habe, sondern offensichtlich auch noch diese verdammt kluge.

»Wäre es okay, wenn wir trotzdem einpacken, nach Hause fahren und uns Essen bestellen?«, frage ich. Mir reicht es nämlich.

Sie tut so, als müsste sie das erst abwägen. »Moment mal: Weiter im eiskalten Wasser auf einem Surfbrett herumschaukeln oder mit meinem Freund kuscheln? Schwere Entscheidung!«

Ich kitzele sie. »Wie gemein bist du, mich so auf die Folter zu spannen!«

»Es ist natürlich okay«, japst sie. »Alles mit dir ist okay.«

Richtige Antwort. »Kannst du aufstehen?«, frage ich und richte mich auf.

»Ja, klar«, sagt sie beinahe empört, dass ich sie behandele wie eine Schwerverletzte. Denn es geht ihr wirklich gut.

Perfekt.

In Ruhe packen wir unsere Sachen zusammen und ziehen uns um. Chloe bestellt während der Fahrt Essen, das gerade geliefert wird, als wir ankommen, und wir machen es uns auf der Terrasse gemütlich. Ich schneide mein Video, Chloe kümmert sich um ihre Mails, und wir schwelgen beide in unserem Glück.

»Hast du eigentlich schon rausgekriegt, was zwischen Lauren und Wade ist?«, fragt sie mich nach einer Weile.

»Nein, wieso?«

»Wäre es nicht lustig, wenn sie auch ein Paar wären?«

Ich muss lachen. »Das wird nie im Leben passieren!«

»Warum denkst du das?«

»Weil sie alles lieber machen, als gemeinsam in einem Raum zu sein. Geschweige denn ein Wort zu wechseln oder sich zu berühren.«

»Mmh«, macht Chloe nachdenklich. »Lassen wir uns überraschen.«

»Genau«, sage ich und umarme sie fester. »Lassen wir uns überraschen, was das Leben sonst noch so mit uns allen vorhat.«

»Ich bin bereit«, sagt sie.

»Ich auch.«

Ende

DAS *Beste* DES TAGES …

Genau wie sich Chloe jeden Tag vor Augen hält, wofür sie dankbar ist, so wollte auch Philippa L. Andersson von ihren LeserInnen wissen, was *Das Beste ihres Tages* war. Hier sind die schönsten Antworten!

Meine beste Freundin hat mich heute offiziell gefragt, ob ich nächstes Jahr ihre Trauzeugin sein möchte. Ich war so gerührt.

(Manuela aus Berlin)

Ich hatte ein Taxi bestellt. Als es kam, rief ich zu einer Frau mit Krücken auf der anderen Straßenseite: „Warten Sie ebenfalls?" Sie antwortete: „Ich habe noch keines bestellt." Spontan bot ich ihr meines an. Sie war sehr überrascht und freute sich. Genau wie ich mich.

(Sandra aus Ottensoos)

Meine kleine Maus (11 Monate) hat zum ersten Mal richtig bewusst "Mama" zu mir gesagt.

(Romy aus Setzingen)

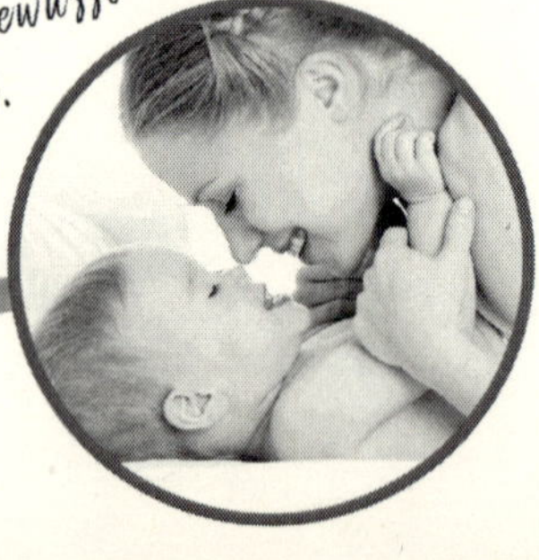

Unser Gehirn ist so geeicht, dass es negative Momente eher wahrnimmt. Das hatte früher einen guten Grund. Probleme bedeuteten: Gefahr! Und Gefahren den Tod. *Autsch!*
Aber nun leben wir ja nicht mehr in Höhlen! *Zum Glück!*

Die Übung *Das Beste des Tages* ist daher wundervoll, um sich bewusst auf schöne Momente zu besinnen und diese intensiver zu erleben. Probier es gerne selbst einmal aus! Viel Spaß dabei! :)

Ich war im Freizeitpark Achterbahn fahren und hatte das leckerste Eis, das ich jemals gegessen habe.
(Julia aus Lünen)

Als ich aufgestanden bin, fand ich an der Kaffeemaschine einen Klebezettel von meinem Freund. Er macht das manchmal, wenn er zur Arbeit muss, bevor ich aufstehe. Ich bin mit einem riesigen Lächeln in den Tag gestartet. Besser geht es nicht!
(Bea aus Neubrandenburg)

Vom Käsekuchenteig zu naschen. Die Schüssel leckt immer mein Mann aus, ich nasche schon beim Backen. Soooo lecker!
(Nicole aus Berlin)

VERPASS KEINE NEUIGKEITEN VON MIR!

ABONNIERE MEINEN NEWSLETTER!
Erhalte Neuigkeiten zu neuen Romanen, Preisaktionen & Gewinnspielen. www.philippalandersson.de/newsletter

FOLGE MIR AUF INSTAGRAM!
Schau dir an, was mich bewegt, und erhalte exklusive Infos in meinen Storys! www.instagram.com/philippal.andersson

ABONNIERE ODER LIKE MICH AUF FACEBOOK!
Erhalte alle Infos und bleib mit mir in Kontakt!
www.facebook.com/PhilippaLAndersson

FOLGE MEINEM AMAZON AUTORENPROFIL!
Lass dich von amazon über alle Neuerscheinungen informieren
www.amazon.de/Philippa-L.-Andersson/e/B00C5K5V52/